JE SUIS TA NUIT

Loïc Le Borgne

JE SUIS TA NUIT

INTERVISTA 15 • 20

Collection 15-20
co-dirigée par Constance Joly-Girard et Denis Guiot

ISBN : 9782910753818

But the stars are burnin' bright
like some mystery uncovered
I'll keep movin' through the dark with you
in my heart
My blood brother.

Bruce Springsteen, *Blood Brothers*,

« Mais les étoiles scintillent de mille feux
comme un mystère insondable
Je vais continuer à avancer dans le noir avec toi
dans mon cœur
Mon frère de sang. »
(traduction : Hugues Barrière)

PROLOGUE

Mémoires d'un mort vivant

Moi aussi, j'ai connu l'horreur et elle avait un nom : on l'appelait le Bonhomme Nuit. Ce monstre, avec son regard mort d'épouvantail, fauchait les gosses comme on joue aux quilles. J'ai songé à lui quand tu m'as parlé de ta copine de classe :

— Papa, faut pas que tu viennes à son enterrement !

Tu étais debout sous le crachin, au milieu de la terrasse. Avec juste un pull, pas de manteau parce que les gros froids n'étaient pas encore là et qu'on venait de sortir de la cave. Et aussi parce que, à dix-sept ans, on emmerde la pluie.

La bruine grise transformait en lointains fantômes les arbres au fond du jardin.

J'ai bafouillé :

— Quoi ? Mais...

— Je préfère y aller seul, papa.

Je suis resté bras ballants à l'entrée de la remise, ma canette de bière à la main, la sueur glacée collée à mon échine et les chaussures pleines de sciure.

— Mais... c'est pas ce qu'on avait décidé le jour où...

Je me suis tu. *Le jour où... on a appris qu'elle s'était suicidée.* Tu n'avais pas besoin que je le dise pour savoir ce qui me trottait dans la tête.

— J'ai changé d'avis, papa. C'est comme ça...

Tu regardais le jardin, celui où tu jouais encore quelques années plus tôt, les étés où l'on sortait la piscine gonflable, les ballons et les brouettes pour improviser des courses de chars.

— Je croyais qu'on irait ensemble... ai-je cru bon d'insister. À mon avis, c'est mieux.

Tu as soupiré. Je ne voyais que tes épaules, déjà plus larges que les miennes, les gouttelettes translucides, froides, qui s'accrochaient à la laine de ton pull et tes cheveux noirs, emmêlés, pareils à ceux de ta mère, mouillés par l'averse et la sueur. À la radio, sur une station rétro, Barbara chantait *L'Aigle noir*. Tu ne t'es pas énervé :

— Y'aura tous mes amis. C'est pas la peine que tu viennes.

Et tu t'es retourné. Tu avais le visage blanc de celui qui n'a pas dormi, et les yeux noirs, résolus, de ta mère les jours de tempête.

De l'eau coulait sur ton front, ton nez. Ça ressemblait à des larmes, mais tu n'avais pas encore pleuré.

— On a rendez-vous à l'entrée de l'église. Ensuite, on ira manger ensemble. Je me change et j'y vais.

J'ai hoché la tête. On peut vaincre toutes sortes d'horreurs, mais pas lutter contre le temps.

— Bon. T'es assez grand, Tristan. Prends ce qu'il faut, mon portefeuille est sur la commode.

Rentre pas trop tard, allais-je ajouter, avant de me mordre les lèvres.

— Je pense pas que je rentrerai tard, as-tu dit. Mais m'attends pas. À plus.

Tu as grimpé les escaliers jusqu'à la maison, non pas quatre à quatre comme le joyeux gamin d'antan, mais plus vite que moi depuis deux ans.

Denis est sorti de la remise.

— Il y va sans toi ?

J'ai bu une gorgée de bière et j'ai avancé sous la pluie. J'avais ma casquette irlandaise et ma vieille veste en toile. Denis avait mis un antique CD de rock. Les Clash se fendaient d'un *Death or Glory* rageur.

— T'as rangé la tronçonneuse ? ai-je demandé.

— Tout est à sa place. Vous avez de quoi vous chauffer au moins deux hivers.

Lui aussi avait pris une bière. Pendant que Tristan et moi allions chercher le bois dans le verger, il avait débité les fûts à l'aide de la tronçonneuse électrique. Denis aimait sentir la chaîne de la lame mordre le bois.

— Faut le comprendre, a-t-il ajouté. Il va retrouver ses amis du lycée.

— Je sais.

— C'est pas facile, ce qui lui arrive.

— Je sais.

On a bu en silence, moi sous la pluie, lui à l'abri sous l'auvent. Il avait cinquante-sept ans, deux décennies au-delà de ma génération, mais c'était notre voisin depuis qu'on avait emménagé dans le coin. Quand c'était arrivé, pour Marie, il avait été là.

Il coupait mon bois, et je lui en donnais un stère chaque année. Bon troc.

— Elle avait quel âge, la petite ? a-t-il demandé.

— Dix-sept. Comme Tristan.

— Merde. Qui l'a retrouvée ?

— Sa sœur, je crois.

— Merde. Tristan était proche d'elle ?

— Elle était dans sa classe et... elle est déjà venue ici.

Denis a soupiré.

— C'est dingue... Vraiment dingue ! Et c'est seulement deux ans après la mort de...

Il s'est interrompu. Trop tard. J'avais suivi le fil de ses pensées.

Marie, Marie, Marie.

Certains jours, on aimerait que nos amis soient muets. Ou, juste une fois, leur foutre un bon gros poing en pleine gueule.

— Je te laisse finir ta bière, ai-je dit. Je vais me doucher. Oublie pas d'éteindre si t'as fini.

Il a ricané :

— J'ai pas fini, c'est jamais fini quand tu coupes du bois. C'est comme les histoires que t'écris, Pierre. Y'a toujours une saloperie de bûche qu'on n'avait pas vue, cachée quelque part.

Il a roté. Au fond de la cave, Springsteen a embrayé derrière les Clash avec un lugubre *Darkness on the Edge of Town.*

— Je reviendrai samedi, OK ? a continué Denis. Je vais graisser un peu la chaîne de la tronçonneuse pour l'instant...

— Reviens quand tu veux, Denis, tu connais le chemin !

J'ai grimpé les marches, et c'était comme si mes chaussures pesaient des tonnes. Il avait dit « deux ans plus tôt ». Tu parles... deux ans et deux mois et demi, exactement.

Toi et moi, Tristan, nous le savons avec précision.

La bruine a rafraîchi mes joues, mais elles étaient déjà mouillées, de toute manière. Deux ans et deux mois et demi !

Deux ans et deux mois et demi qu'on vit seuls. Sans Marie.

Au fond, j'étais pas fâché d'échapper à ce nouvel enterrement. Mais j'étais terrifié : qu'est-ce que j'allais pouvoir te dire quand tu rentrerais ? Consoler un gamin de dix ans, c'est facile, mais on dit quoi à son fils de dix-sept ans quand l'une de ses meilleures amies décide de se pendre à la poutre de son grenier ? On lui dit quoi ?

On lui parle du Bonhomme Nuit ?

J'ai pris une douche, terminé ma bière, et je me suis assis à mon bureau.

Près du dictionnaire, il y a une photo en noir et blanc de toi et de Marie, trois ans plus tôt. Avant notre solitude. Je suis resté immobile quelques minutes, vos visages en face du mien.

Puis j'ai mis le bureau sens dessus dessous. J'ai ouvert des portes, des tiroirs, des cartons, écarté des piles de dossiers, de revues, de souvenirs poussiéreux.

J'ai fini par dénicher la pochette cartonnée que je cherchais. À l'intérieur, il y avait un cliché de gosses hilares autour d'une table et d'un gâteau d'anniversaire. Les onze ans de Mélanie, chez moi ! La joie illuminait ces visages d'enfants – le mien ne faisait pas exception –, mais je sais que, derrière les apparences, leurs cœurs frémissaient de terreur.

J'ai allumé mon ordinateur, vos visages juste devant le mien, je me suis souvenu de jours et de gens disparus.

Et de *lui*.

Je vais écrire ces jours enfuis. Une histoire de peur et de néant, mais aussi de rires et de lumière. Les premiers n'existent pas sans les seconds, c'est une éternelle dualité. Pas de vie sans mort, pas de beauté sans horreur, pas de magie sans maléfice. Il y a toujours un moment où l'on finit par comprendre, au sortir de l'enfance ou de l'adolescence. Nous n'avons alors que deux solutions, Tristan : surmonter cette découverte ou y succomber.

Partie I

La Menace Noire

Chapitre 1

Le jour des cloches

La première roue de l'engrenage qui nous a menés vers l'abîme s'est mise en mouvement le jour des cloches, à Pâques. C'est ce jour-là, je le sais aujourd'hui, que le Bonhomme Nuit s'est réveillé. Son ombre a commencé à planer au-dessus de nos maisons. Elle a attendu là-haut, comme une semelle au-dessus d'une colonie de fourmis, prête à nous écraser.

On était en 1980, le mois où maman (et grand-mère avant elle) disait qu'il ne fallait pas se découvrir d'un fil. Aujourd'hui, j'ai trente-neuf ans, je suis veuf et j'ai un enfant, mais je n'ai jamais oublié l'année de mes onze ans. Magique et terrifiante.

Les années soixante-dix furent étranges, comme tout ce qui est fluctuant, mouvant, transitoire : une période charnière entre la folie électrique des sixties, que les gosses de ma génération n'ont pas connue, et la somnolence numérisée de la fin du siècle, qui berça notre adolescence et nos ébats de jeunes adultes. Au début de l'année 1980, il n'y avait pas encore de micro-ordinateurs dans les maisons françaises, pas de trains à grande vitesse, pas de Compact-Disc, de vélos BMX ni de navettes spatiales au-dessus de nos têtes.

Nous ne vivions pas au Moyen Âge cependant : il y avait déjà quelques jeux vidéo, la télé couleur faisait son apparition dans les foyers, et les premiers synthés dans les chansons. Et surtout, il y avait nos dieux : le Jedi Luke Skywalker, héros chevaleresque de *La Guerre des étoiles,* et le prince Actarus, pilote de Goldorak, le plus balèze de tous les robots qui aient jamais peuplé la galaxie.

Luke Skywalker et Actarus étaient nos saints patrons, le sabre laser et le fulguropoing, nos Excalibur. Nous sommes et resterons à jamais les enfants de ces héros intersidéraux. Nous connaissons toujours les refrains des génériques, nous les chantons entre amis à la fin d'une soirée arrosée, en rigolant comme des tordus mais avec ce pincement au cœur qui signifie deux choses : un, que le temps a passé et que ça ne fera qu'empirer, et deux, qu'il ne passera jamais assez pour tout effacer.

Je ne savais pas, en me levant ce jour de Pâques 1980, que d'ici peu j'aurais à combattre des forces aussi néfastes et effrayantes que celles du Grand Stratéguerre, ennemi juré d'Actarus, ou du sinistre Empire de Dark Vador, dont la haine pour les Jedi n'avait d'équivalent que celle d'un enfant torturé pour son bourreau.

Ce matin-là, j'ai quitté mon lit avec plaisir, le sourire aux lèvres et le cœur battant comme le drapeau pirate d'Albator. Je n'avais pas cette hâte dans le sang, ce creux au ventre qui caractérisent les matins de Noël, mais quelque chose – venu de l'époque où je croyais encore à la petite souris – me disait tout de même, au fond de mes entrailles, qu'il s'agissait d'une journée pas comme les autres, d'une journée *extraordinaire*.

Le jour des cloches de Pâques.

Cette envie de pousser des cris de joie, je la maîtrisais du mieux possible, parce que j'étais devenu *carrément* grand depuis mon entrée en CM2 et que mes parents m'auraient rebaptisé Oui-Oui si j'étais arrivé hilare et pépiant en me dévissant le cou.

J'ai jeté de côté les draps entortillés dans lesquels j'avais rêvé que je sauvais Wonder Woman de la noyade et couru, mes pieds claquant sur le carrelage glacé, cogner à la porte d'Alric.

J'avais un frère, un seul. Alric avait huit ans en 1980. C'était un garçon timide mais intelligent. Alric croyait encore aux cloches de Pâques, et j'avais respecté l'ordre des parents : fermer ma gueule, même si ce n'était pas l'expression qu'ils avaient employée. Dans le cas contraire, avait prévenu maman, je pouvais toujours compter sur des morceaux de chocolat, mais seulement sur les restes que voudrait bien me donner Alric, un demi-atome selon mes calculs.

J'ai crié :

— Alric, elles arrivent !

Les ressorts du sommier ont couiné. Alric a ouvert la porte, ses yeux bleus brillant comme les calots neufs apportés par la petite souris en échange de sa dernière dent de lait.

— Les cloches ?

Je suis reparti en courant.

— Non, le père Noël ! La cloche, c'est toi !

Il a filé derrière moi. On a couru le long du couloir, déboulé dans la salle, et on s'est plantés devant les deux baies vitrées, ouvertes sur la lumière.

La pièce, en avril 1980, contenait une table rectangulaire en orme massif, solide comme un mégalithe, un canapé vert fiente et un fauteuil de la même couleur, le meuble de l'électrophone avec les disques de Jacques Brel et des Tri Yann, l'increvable poste de télé en noir et blanc – Alric et moi attendions sa mort avec impatience pour découvrir sur l'écran de son successeur la version orange de Casimir –, un tapis persan plus bariolé que Goldorak et, sur ce tapis, le bazar qu'on avait laissé traîner la veille : des petits soldats en plastique et des cubes dont la disposition évoquait de très loin Fort Alamo.

Alamo avait été une sacrée bataille, mais c'était du passé. Ce qui nous intéressait était ailleurs, à l'extérieur.

Les baies vitrées, des portes-fenêtres mal isolées, refroidissaient la baraque mais étaient pratiques pour observer tout ce qui se passait dehors. De la salle, on pouvait contempler le gazon, la haie de cyprès qui délimitait le jardin et, plus loin, la rue, le parking de l'école et l'école elle-même.

Mon frère et moi, ce jour-là, on regardait le ciel.

Les nuages étaient bas. Il avait l'air de faire très froid. J'ai frissonné en pensant qu'on allait bientôt courir dehors chercher les chocolats. Pâques, c'est un œuf sur le plat : beau comme un soleil de Pentecôte ou brouillé comme une averse de Toussaint. Là, c'était une Pâques-Toussaint, à pleurer.

Papa et maman prenaient leur petit déjeuner dans la cuisine, juste à côté. Ils discutaient, mais je ne cherchais pas à les écouter. Excité comme une nana devant John Travolta, j'étais incapable de me concentrer sur ce qu'ils disaient. Papa et maman ont rangé leurs bols et leurs couverts dans l'évier, puis se sont approchés. Papa a passé une main dans les cheveux d'Alric et m'a fait un clin d'œil, parce qu'il savait que je savais ce qu'il savait et qu'il voulait me montrer qu'il était de mon côté, dans le camp des grands, et qu'il fallait y aller à fond pour satisfaire Alric.

Papa était flic. Inspecteur. Il avait les cheveux courts et commençait à en perdre un peu même s'il n'avait que trente-sept ans. Il était grand, mince et se tenait droit, les épaules en arrière, comme ces soldats anglais avec un drôle de chapeau sur la tête. Il avait le regard malin d'un type qu'on a essayé de gaver de tonnes de vertes et de pas mûres mais qui n'a pas desserré les dents. Les malfaiteurs face à lui comprenaient deux choses : il était inutile de lui raconter des salades, mais il n'était pas un salaud. Papa ressemblait un peu à Docteur Justice dans *Pif Gadget*, sauf qu'il ne faisait pas de karaté.

Maman s'est plantée devant la fenêtre et, solennelle, a dit :

— Je crois qu'elles ne vont pas tarder.

— Comment tu sais ? a demandé Alric.

Maman a tendu l'index vers la fenêtre.

— Tu vois les gros nuages là-bas, au-dessus des cyprès ?

Alric a dit que oui. Les nuages étaient énormes, menaçants. Ils bougeaient lentement sous un plafond gris et mouillé qui avait l'air d'une serpillière dégueulasse. Ils étaient trois, noirs de colère. Ils tournaient et roulaient des muscles comme des cerfs sur le point de se battre.

On était fascinés. Je crois que papa aussi observait les nuages noirs, et ses yeux ne souriaient plus.

— Ce sont des cumulus, a dit maman. Et ils se rapprochent les uns des autres.

Alric a froncé les sourcils.

— Et alors ?

— Alors, c'est la porte des cloches. C'est par-là qu'elles arrivent.

Alric l'a regardée pour voir si elle blaguait. Le visage de maman était un masque de cire.

— C'est un passage ?

— Oui. Et si ce passage se referme, c'est que les cloches sont déjà arrivées dans le coin. Sinon, il resterait ouvert. On va bientôt les voir. Il faut bien regarder.

Alric s'est campé sur ses deux jambes, la tête renversée vers la serpillière céleste, et a attendu. Je regardais, et de temps en temps jetais un œil vers mon père. Comme un soldat anglais, il patientait.

Maman a murmuré :

— J'en vois une, une rouge.

Alric s'est collé à la vitre, mais sa respiration a dessiné un fantôme sur le verre, alors il a reculé.

— Où ça ?

Maman, une nouvelle fois, a tendu le doigt.

— Là, au-dessus de l'école ! Il y en a une autre, maintenant ! Une jaune ! Elle a laissé tomber quelque chose !

Je me suis rendu compte que j'ouvrais de grands yeux, à l'affût. C'était idiot ; je savais que maman avait déjà planqué les œufs et les cloches en chocolat dans les arbres et sur le rebord des fenêtres avant de prendre son petit déjeuner. Pourtant, je scrutais le ciel comme si un vaisseau spatial hostile – genre Golgoth – était sur le point de fondre sur nous. De nouveau, maman a crié :

— Une autre encore ! Une verte ! Tu les vois, Alric ?

Maman aurait dû faire du théâtre ; peut-être que toutes les mamans devraient faire du théâtre.

Puis Alric a dit un truc pas croyable :

— Oui, je les vois...

J'ai sursauté et j'ai vu que papa planquait un sourire dans la commissure droite de ses lèvres (ce sont des choses qu'on ne remarque qu'une fois passé le cap des dix ans). Ses yeux aussi trahissaient un sourire. Ils brillaient un peu comme ceux d'Alric quelques minutes plus tôt. J'ai supposé qu'il était content de voir que maman avait réussi son coup. Et puis une autre pensée m'est venue à l'esprit : et s'il était content qu'Alric ait pu voir lui aussi les cloches ?

C'était carrément débile, comme idée. J'ai regardé le ciel avec plus d'attention.

— J'en vois une rose, a dit Alric. Elle va par-là, et il a montré la direction.

La prétendue cloche allait vers un bout de ciel plus lumineux, loin des cumulus noirs.

Maman a acquiescé.

— Oui, elle vient de laisser tomber un truc !

Alric s'extasiait.

— C'est un gros paquet ! Je crois qu'il va tomber chez nous !

Mon frère avait-il compris notre jeu ? N'était-il pas en train de nous embobiner à son tour ? Alric n'ayant que huit ans et personne n'étant classé surdoué dans la famille, j'ai estimé qu'il était sincère.

Il sautait à pieds joints sur le carrelage.

— Derrière ! Il est tombé derrière la maison, je parie !

Maman a confirmé :

— On dirait bien. Tu en vois d'autres ?

Alric a encore une fois levé le menton.

— Il y en a plein. Une rouge et une bleue au-dessus de l'école ; une orange tout en haut ; une mauve près du peuplier. Il y a aussi...

Il a hésité.

— Il y a plein de cloches noires... Elles viennent de l'église.

J'ai regardé dans cette direction ; papa et maman aussi.

— De quelle couleur sont-elles ? a demandé maman, qui n'avait plus l'air de jouer la comédie.

— Noires, elles sont toutes noires, a dit Alric. Il avait cessé de s'agiter.

Papa regardait vers l'église et ses sourcils étaient froncés, ce qui n'arrivait presque jamais ; ça ne se reproduirait qu'au début de l'été, après le premier meurtre.

On ne voyait pas l'église de la baie vitrée, mais je savais dans quelle direction regarder : à l'est. Si le mur droit du salon, la cuisine, le garage et la maison des voisins avaient été transparents, j'aurais pu voir le monument, construit sur un promontoire rocheux. Je ne le voyais pas, mais je connaissais son emplacement. Je me suis penché en avant, écarquillant les yeux pour scruter le ciel, vers l'est.

Et j'ai vu une cloche noire. Je l'ai vue comme j'avais vu le regard inquiet de mon père, le sourire s'effacer sur le visage de mon frère, le haussement d'épaules imperceptible de ma mère. J'ai vu cette cloche aux contours flous ; elle semblait dessinée au pastel sur une feuille de papier

Canson. Je l'ai vue osciller et disparaître derrière un voile poussé par le vent.

— Les cloches noires, ça n'existe pas, a dit papa, et sa voix était plus grave qu'elle n'aurait dû en ce jour de Résurrection. Puis il a souri (mais son sourire était contraint et il n'a pas regardé ma mère, juste le vide du ciel) et a ajouté :

— Le chocolat, en revanche, ça existe, et je pense qu'il y en a plein dans le jardin.

C'était le signal : on a bondi.

— Mettez votre robe de chambre et des chaussettes ! a crié maman.

On a couru vers les chambres pour se couvrir. Alric s'est arrêté devant sa porte. Il n'est pas entré tout de suite. Au lieu de cela, il m'a regardé et j'ai stoppé net. Ses mèches noires tombaient devant ses yeux, mais je devinais son regard bleu planté dans le mien. Il a chuchoté :

— Les cloches, elles étaient *vraiment* noires.

J'ai haussé les épaules. Alric a continué à me fixer.

— Elles étaient noires et elles venaient vers nous.

J'étais resté trop longtemps sur le carrelage nu du salon ; j'avais froid aux pieds. Une vague glacée est remontée le long de mes jambes jusqu'à ma poitrine.

Chapitre 2

Morts de frousse

On avait créé une bande à Duaraz. Pas une bande structurée, juste un agrégat vague d'amis qui se retrouvaient plusieurs fois pas semaine, de manière aléatoire, depuis des années. On avait notre rythme, nos habitudes, sans à-coups. Les mois passaient les uns après les autres, monotones et rassurants à la fois. On aimait ce ronron, même s'il commençait à nous peser un peu.

Après les vacances de printemps, la routine a volé en éclats.

Les dix semaines qui ont suivi le jour des cloches sont passées vite, comme pendant un voyage, lorsque les paysages défilent devant la fenêtre d'un train Corail.

Maël Dulac est arrivé à Duaraz avec sa mère aux alentours de Pâques. Élève dans notre classe de CM2 malgré ses douze ans passés, il a transformé notre groupe en une entité, un bloc soudé, avec sa hiérarchie et ses règles.

Un vrai tour de magie.

C'était ce que nous pensions à l'époque, avant la Menace Noire, le Bonhomme Nuit et tous ces morts.

Le dimanche 15 juin – je ne suis pas près d'oublier cette date et l'odeur de mort qui lui est associée –, nous étions rassemblés au stade de foot. Mon père et le père de Mélanie, qui jouaient dans l'équipe C du CSD (Club sportif duarazien), disputaient un match amical contre Liffré, une commune voisine. Le stade de foot était situé sur les hauteurs, alors que nous habitions tous, Maël excepté, dans les quartiers bas, de l'autre côté de la voie de chemin de fer.

Laisse-moi te dire un mot sur notre bled, Tristan. Duaraz n'était pas (et n'est toujours pas) une grande commune. C'est un village breton situé à une dizaine de kilomètres de Rennes. Duaraz a poussé de manière incroyable dans les années soixante-dix, comme si quelqu'un avait épandu un engrais spécial dans les champs pour faire éclore des maisons partout ; d'ailleurs, avant qu'on parle de protection de l'environnement, ça puait pas mal le lisier de cochon dans les campagnes du coin. Il y a des gens très intelligents pour appeler ce genre de bled une banlieue-dortoir, mais en réalité Duaraz était une cité bien vivante, parce que la population était en grande partie composée de jeunes couples nés pendant le baby-boom, qui avaient lancé des pavés quand ils étaient étudiants – mon père faisant exception – puis s'étaient mis à bosser, avaient, mine de rien, gagné de l'argent, mais sans devenir milliardaires ; juste de quoi élever un, deux ou trois enfants, pas trop loin d'une ville quand même, et oublier la révolution de mai 68. La vie au grand air était très tendance en cette ère post-hippie. Mieux valait l'odeur des cochons que celle des pots d'échappement, les bouses de vache que les merdes de chien sur les trottoirs, disaient les écolos du coin. On était tous d'accord avec ça, d'autant que les bouses de vache font de plus gros projectiles que les déjections canines.

La plupart des nouveaux quartiers étaient construits au milieu des prés ou même des marais. Il y avait pas mal d'inondations l'hiver, ce qui était amusant sauf pour les gens dont la maison se transformait en *Titanic*. À Duaraz, il y avait encore des tas d'endroits sauvages (parfois sombres et inquiétants), mais aussi tout ce qu'il fallait pour vivre peinard : des écoles neuves, une mairie neuve, des salles et des terrains de sport neufs, et le Casino, un supermarché neuf. Il restait quelques vieux trucs, comme la gare, l'église, les écluses du canal, la bibliothèque, la maison du catéchisme, enfin juste ce qui convenait pour garder un zeste de pittoresque à ce bourg qui avait grandi trop vite. On était une nouvelle race : des paysans de la ville, ou des citadins de la campagne, bref des mutants. Notre village, nous l'avons compris par la suite, se croyait à tort moderne et très urbain. C'était oublier les marais, les endroits reculés, les bois et les broussailles denses qui se glissaient au cœur des lotissements.

Son domaine à *lui*.

Six mille habitants vivaient à Duaraz en 1980. Aujourd'hui, ils sont dans les dix mille ; le supermarché Casino a été rasé et il y a un Champion deux fois plus grand. Une bibliothèque moderne a été construite à la fin des années quatre-vingts, et on compte maintenant un millier de maisons de plus. Il y a moins d'inondations parce qu'on a construit un plan d'eau avec des vannes, des îles, des plantations, des déversoirs. Tout cela fait très artificiel, très banlieue classe moyenne, et les endroits sauvages sont devenus rares, mais je compte sur les enfants et sur *celui* dont je vais te parler, Tristan, pour en dénicher toujours de nouveaux.

À Duaraz, un touriste qui aurait voulu faire une pause pique-nique en 1980 n'aurait rien déniché de transcendant. Il aurait peut-être remarqué l'église, du XIXe siècle, de style néo-roman, que l'on voyait de très loin, juchée au sommet d'une bosse rocheuse. Nous, on se demandait ce qui avait bien pu passer par la tête des gens du siècle précédent pour bâtir une église à cet endroit. Sans doute voulaient-ils se rapprocher du ciel... ou de l'enfer si l'on songe à ce qui est arrivé par la suite. Le vieux bourg, une quarantaine de maisons, s'enroulait comme un escargot autour de cette colline, et on transpirait dur pour arriver au porche de l'édifice lorsque nous allions à la messe ou à une célébration de catéchisme.

Ce 15 juin, nous avions traversé la commune de part en part à trois reprises : une fois pour aller à la messe, une deuxième pour rentrer déjeuner – une hostie ne remplit pas un estomac de onze ans –, une troisième pour nous rendre au stade.

Ce n'était pas une petite trotte : notre quartier à nous, La Haye-Blanche, était situé à un kilomètre et demi de l'église, dans un creux. Pour gagner le bourg, il nous fallait passer quatre obstacles majeurs, qui donnaient des cauchemars aux parents : dans l'ordre, la voie de chemin de fer, la route nationale, le canal et son bras annexe. Arrivé au pied du bourg, on avait encore à grimper cinq cents mètres pour rejoindre le stade de foot.

Voilà pourquoi nous étions, ce jour-là, mollassons.

Appuyés contre la rambarde du terrain, nous regardions d'un œil torve les joueurs courir au milieu de la pelouse et s'engueuler en soufflant comme des vaches. Le père de Mélanie beuglait contre l'arbitre. Solidaires, ses coéquipiers renâclaient dans la poussière.

— Qu'est-ce qu'on fait ? a demandé Francis-Emmanuel.

C'était une question que nous posions souvent. En général, quelqu'un trouvait une réponse dans les trente secondes suivantes. Lorsque la réponse tardait, l'un d'entre nous donnait une tape sur la nuque d'un autre, et c'était parti pour un chahut général ; la question avait trouvé sa réponse. Mais là, nous étions amorphes, et le stade grillait sous le soleil ; personne ne voulait se rouler par terre ou jouer à la bataille de Sankukaï. Nous aurions bien aimé que ma mère et celle de Mélanie aient l'idée de nous payer des canettes de Coca, mais on avait plus de chance de croiser Dark Vador en patins à roulettes que de boire ce nectar américain. Nos parents avaient amené des gourdes pleines d'eau, et il n'était pas question de gaspiller de l'argent pour ce genre de mixture corrosive.

— Qu'est-ce qu'on fait ? a répété Francis-Emmanuel.

Il avait dû insister, et cela signifiait que tout le monde somnolait plus ou moins, c'est-à-dire s'emmerdait ferme.

Francis-Emmanuel Baudelaire avait posé ses deux coudes sur la rambarde blanche et laissé pendre ses longs bras noirs à l'intérieur du stade. C'était un garçon de mon âge, grand et mince, aux cheveux crépus coupés court, dont les parents étaient venus de Martinique dix ans plus tôt. Il me faisait penser à un guerrier massaï, long et fier, avec quinze bons centimètres de plus que moi. Francis-

Emmanuel et moi étions dans la même classe depuis la deuxième section de maternelle. On jouait ensemble aux Big Jim et Action Joe le mercredi dans mon jardin ou le sien, du moins jusqu'à ce que nous rencontrions Maël.

Autant Francis-Emmanuel aimait rire – il riait comme un prince, sans jamais tomber dans l'humour grivois –, autant Sébastien Carré était taciturne. Sébastien était un peu gras (« Bientôt, il aura le bidouf de Casimir », avait estimé Alric la semaine dernière au petit déjeuner, ce qui avait eu pour conséquence de me faire expulser du lait et un pétale de Corn Flakes par les narines). Sébastien était aussi un peu maladroit. Il était assis par terre, appuyé contre un poteau, et grignotait un Pepito dont le chocolat fondu ressemblait à ce truc qu'on obtient en bouffant des pêches pourries. Il en avait plein les doigts, ce qui ne le gênait pas. Nous non plus : le chocolat cachait ce qu'il restait de ses ongles rongés jusqu'au sang.

Campé derrière la balustrade comme John Wayne sur les barricades de Fort Alamo, Karl Vojol suivait le match avec attention et sans se ronger les ongles. Karl vouait une admiration sans borne à mon père, qu'il qualifiait de « putain de bon militaire » (en fait, mon père était policier, pas militaire, comme les gendarmes, mais ce genre de détails était sans importance pour Karl). Il voulait aussi être flic, ou peut-être GI, et pour cela il lui faudrait aller aux États-Unis, chez Jimmy Carter, le président qui, d'après lui, devait être sympa parce qu'il avait un « putain de nom de cow-boy ». Karl, qui faisait du judo et regardait les films de Bruce Lee, était musclé et pas très bon en classe. Il ne parlait pas beaucoup, à l'inverse de Mélanie, mais on pouvait compter sur lui en cas de pépin... et ceux de l'été seraient dévastateurs. Il avait un visage de boxeur, une cicatrice au menton qui, je le savais, plaisait à Mélanie.

Mélanie Lagrange avait notre âge, mais sa maturité était sans commune mesure avec la nôtre. Elle connaissait les tubes d'Abba et de Carlos par cœur, trouvait sexy les pantalons en cuir de John Travolta, adorait le disco, écoutait Police, portait des chemises ou des jupes colorées, des tee-shirts et des chaussures qui nous semblaient sortis de l'émission *Temps X*. Chez elle, il y avait des jeux électroniques et la télé couleur dans le salon, un radiocassette et un radio-réveil dans sa chambre. Pendant que nous nous extasions devant les prouesses de Goldorak, elle dansait sur *Grease*. C'était la seule fille de la bande, elle était donc un peu garçon manqué, mais elle savait aussi mettre en avant, quand il le fallait, des ongles peints en rose ou des jeans qui semblaient soudés à ses hanches. Nous étions tous amoureux de notre muse. Son cœur à elle, d'après moi, balançait entre celui de Karl et le mien... avant l'arrivée de Maël. Mélanie, derrière les cheveux bruns en désordre qui effleuraient ses épaules, observait tour à tour chacun d'entre nous, de haut en bas et sans se cacher, un sourire en coin sur les lèvres.

— Alors, qu'est-ce qu'on fout ? On se casse ou pas ? a grogné Francis-Emmanuel en étouffant un bâillement.

— On peut aller péter des bouteilles, a dit Karl sans broncher.

Je parie qu'il avait envie de sauter sur place en chantant un truc joyeux du genre « Rosalie Rosalie oh ! » tant il était fier de son idée, mais il n'a pas bronché d'un millimètre.

Il faisait lourd à présent, et même sans bouger on transpirait. Casser des bouteilles ne nécessitait pas de gros efforts. C'était une idée super. On a regardé Maël.

Maël était presque aussi grand que Francis-Emmanuel, mince aussi, mais plus large d'épaules. Ses yeux gris-bleu nous fixaient derrière la frange de ses cheveux blonds. Maël ne souriait pas beaucoup, mais ne faisait pas non plus la gueule à tout bout de champ comme Karl. Le sentiment qui se dégageait du visage de Maël, c'était la résolution. Maël était le chef, et se comportait comme tel. Il avait mis deux semaines à peine pour tous nous envoûter, moi le premier. Il a parlé d'une voix posée.

— On peut casser des bouteilles par ici ?

Ça voulait dire qu'il trouvait l'idée intéressante. Le regard de Karl s'est allumé.

— Ouais. Il y en a des tonnes près du vieux wagon, là-bas.

Nous savions tous où était le vieux wagon de marchandises, sauf Maël. Karl a tendu le doigt vers un coin du stade. À cet endroit, à une centaine de mètres de nous, une zone de friches bordait le terrain. Loin derrière la ligne blanche, on devinait, au milieu des ronces et des arbustes, un toit rouillé. Un bout de train qui devait rouiller là depuis les années cinquante.

— C'est là-bas, a indiqué Karl. Avant, c'était une buvette, mais y'a plus personne depuis qu'ils ont construit la nouvelle. Il reste plein de bouteilles vides.

Maël a regardé les buissons. J'ai vu qu'il fronçait les sourcils. Il ne devait pas aimer ce genre d'endroit, sale et abandonné. À l'époque, comme il était toujours propre et soigné, je l'imaginais vivant dans une maison luxueuse, avec de beaux carrelages partout et pas un grain de poussière entre les carreaux.

Ce coin ne lui plaisait pas, mais il ne pouvait pas se dégonfler maintenant. Il a regardé Karl bien en face.

— D'accord, on y va.

Karl a souri. Le sourire d'un cow-boy qui voit les Indiens s'enfuir au galop. Il a annoncé la couleur :

— Ça va barder !

Il y avait des bouteilles de toutes sortes. De bière, d'Orangina, de Perrier, de Coca. Une montagne de bouteilles qui scintillaient sous le soleil, devant l'ancienne buvette. Le wagon n'était plus qu'une épave. L'humidité et les bestioles avaient abattu la porte, transformé les lattes de bois des parois en montagnes russes. La rouille s'était acharnée sur les armatures métalliques, mais le wagon, comme un squelette de dinosaure dans un musée, tenait encore debout. Le toit avait résisté ; le bar, vermoulu, se cramponnait aux murs. Le plancher et le sol devant l'entrée étaient jonchés de débris de verre.

Tous les garçons se sont précipités pour attraper des bouteilles et ramasser des pierres, sauf Maël, qui a pris son temps pour choisir sa cible et son projectile. Mélanie est restée à l'écart, son éternel sourire au coin des lèvres. Elle a dit :

— J'embrasse celui qui en bousille deux à la fois !

— En l'air ? a demandé Karl.

— Ouais, gros malin, par terre, c'est pour les mioches. Vous balancez deux bouteilles en l'air et vous les dégommez avant qu'elles touchent le sol.

Pendant une seconde, on s'est regardés avec des yeux

ronds, notre bouteille dans une main – je tenais une canette d'Orangina, reconnaissable à son gros cul – et le caillou dans l'autre. On formait un joli demi-cercle entre le wagon et le stade, Mélanie au milieu, un peu en retrait. Dégommer une bouteille au vol, c'était pas un truc fastoche. En dégommer deux, c'était digne de Thierry la Fronde.

Karl a couru chercher une deuxième canette et une autre pierre. J'étais sur ses talons, et Francis-Emmanuel juste derrière moi. Sébastien n'a pas bougé, les épaules rentrées, bouffant ses ongles ou son chocolat. Maël est resté immobile lui aussi, et Mélanie a eu l'air un peu déçu.

Karl a lancé ses deux bouteilles. L'une a explosé en mille morceaux – un geyser de bouts de verre dans le soleil –, mais l'autre, une de Coca, est tombée dans une grosse touffe d'herbe au pied du wagon.

Intacte.

J'ai arrêté de respirer. C'était un moment important de mon existence, je le savais. Je n'allais pas commettre l'erreur de Karl, qui avait agi avec précipitation. J'avais une bouteille et une pierre dans chaque main. J'ai pensé à Luke Skywalker et j'ai lancé les bouteilles, serrant les cailloux au creux de mes mains. J'ai tiré une première fois. Sans regarder le résultat, j'ai fait passer la pierre restée dans ma main gauche dans celle de droite et tiré une deuxième fois, alors que la première bouteille retombait en miettes translucides. La suivante a explosé. J'ai crié « Sankukaï, c'est la bataille ! » et j'ai regardé Mélanie tout sourires. Elle aussi souriait ; on était comme deux vieux amoureux dans un film d'après-guerre. L'un contre l'autre et côte à côte.

Francis-Emmanuel a serré ses bouteilles ; il a murmuré :

— Que la Force soit avec moi.

Il a imité le bruit d'un sabre laser qui s'allume (un borborygme genre « dziummm ») et a déroulé ses longs bras dans un geste ample et gracieux. L'une des bouteilles a explosé au-dessus du wagon, et la deuxième à dix centimètres du sol. Il m'a regardé, m'a fait un clin d'œil, puis a bombé le torse en se tournant vers notre princesse. Mélanie nous a embrassés tous les deux sur la joue droite en assurant qu'on était ses chevaliers Jedi, puis s'est dirigée vers Karl et l'a embrassé aussi. Mais Karl est resté bras croisés, ses yeux furibonds fixés sur la bouteille intacte. Je crois pourtant (encore aujourd'hui) que Mélanie l'a embrassé un peu plus près des lèvres que Francis-Emmanuel et moi.

Nous avions oublié Maël. Dans sa main droite, il ne tenait pas une canette, mais deux : une de 1664 et une de Kronenbourg. Dans la gauche, un caillou de la taille d'un œuf de pigeon. Personne ne l'avait vu se pencher pour ramasser la deuxième canette.

Il avait un sourire moqueur sur les lèvres, et son regard bleu-gris malicieux brillait entre ses mèches.

— Et ça, vous savez le faire ? a-t-il demandé.

Il a lancé les bouteilles haut vers le ciel chauffé à blanc. Les canettes ont flamboyé comme des comètes, l'une au-dessus de l'autre, puis il y a eu un double paf et elles ont disparu, remplacées par une nuée de fragments de verre qui ont crépité sur le toit du wagon.

— Ouah ! a fait Sébastien.

— Putain de merde ! a juré Karl.

Mélanie s'est mise à applaudir.

— Où est le caillou ? a-t-elle demandé.

Personne ne l'avait entendu retomber.

— En orbite, a dit Karl, et on s'est pliés en deux, cassés par nos rires.

— Il a dû s'écraser de l'autre côté du wagon, ai-je observé. Maël l'a lancé vraiment fort.

Sur les lèvres de Maël flottait un sourire satisfait. Il regardait dans le vide, à peu près en direction du toit du wagon ou juste au-dessus. J'ai eu l'impression que ses yeux avaient foncé, sans doute un jeu d'ombres subtil.

Il a haussé les épaules.

— Je pense que Pierre a raison. Le caillou est de l'autre côté du wagon.

Maël, le chef, venait d'affirmer tout haut que j'avais eu raison, et mon cœur est passé à la vitesse supérieure.

— On va le retrouver, ai-je dit. Il était rond, ce ne sera pas difficile.

Francis-Emmanuel a tapé du pied dans une canette de Kro.

— Pourquoi ? On s'en fout de ce caillou...

— C'est juste pour voir où il est, ai-je rétorqué. T'es pas obligé de venir.

— Moi aussi je le trouvais marrant, ce caillou, a dit Mélanie, il avait l'air d'un œuf tout blanc...

Elle avait penché la tête sur le côté en disant cela. Ses cheveux sont tombés sur sa joue, ont effleuré sa bouche, et j'ai pensé aux poupées Barbie pleines de courbes qui traînaient dans sa chambre.

— C'est vrai qu'il ressemblait à un œuf, a approuvé Maël.

— Un putain d'œuf de Golgoth ! a lâché Karl.

Et là, on a tous rigolé en imaginant le Golgoth pondre son œuf-Golgoth. Même Goldorak aurait fini par se marrer en pensant à ce truc.

— Faut l'choper, ce putain d'œuf, avant qu'il s'ouvre, sinon ça s'ra l'invasion ! a hurlé Karl.

Je riais aux larmes, Francis-Emmanuel et Mélanie aussi. Sébastien pouffait et tentait tant bien que mal de rester sur ses deux jambes. Maël affichait un grand sourire. J'ai crié « Le premier qui le trouve, Mélanie lui fait la bise ! » en démarrant au quart de tour. J'ai entendu Mélanie dire « Et si c'est moi ? » et Karl répondre : « Tu ponds un deuxième œuf ! »

C'était carrément débile, et on a ri de plus belle. J'avais mal à l'estomac mais je courais. « Ouh ! arrêtez, arrêtez, j'vais pisser ! » hululait Mélanie, et j'entendais Sébastien glousser et gémir de douleur en queue de peloton.

Je me suis arrêté le premier. Francis-Emmanuel et Karl ont pilé à côté de moi une seconde plus tard. Mélanie m'a percuté dans le dos, et Sébastien a bousculé Karl, qui a dû faire un pas en avant. Il a reculé sur-le-champ et Sébastien, qui n'avait encore rien vu, a failli tomber sur les fesses.

Nos rires s'étaient tus. Seul Sébastien gloussait encore, mais le son s'est transformé en un couac étranglé et a laissé place au silence lorsqu'il a vu, entre les épaules de Francis-Emmanuel et de Karl, la même chose que nous.

À trois mètres de là, la Chose était appuyée contre la paroi du wagon, assise, jambes étendues comme celles d'un vacancier somnolant au soleil.

La chair n'était pas bronzée. Elle était blanche, violacée

à certains endroits. Et la Chose ne dormait pas. La Chose était morte.

Morte morte morte morte. Mon cerveau s'est mis à tourner en boucle. Quelques années plus tard, on aurait parlé d'un bug, mais en 1980 on ne connaissait même pas les ZX Spectrum, les Amstrad et les Commodore 64.

Des mouches et d'autres bêtes couraient sur le visage, sur le ventre, sur les jambes de la Chose morte. Entre nos respirations saccadées et nos reniflements, nous entendions leur terrible vrombissement. La Chose était assise sur des cailloux blancs, le dos appuyé contre les lattes du wagon.

Cette chose avait été un humain ; maintenant, c'était un homme mort et nu.

— Oh merde oh merde oh merde... a murmuré Karl, et Mélanie a gémi avec une toute petite voix de fillette, celle qu'elle avait quatre ou cinq ans plus tôt.

— Maman... a-t-elle dit.

Aucun de nous ne parvenait à bouger. Je sentais le contact, le souffle de mes voisins, et dans l'horreur nous ne faisions plus qu'un, un seul gosse terrifié, traumatisé, incapable de prendre la moindre décision.

Nous avions tous le regard braqué sur le cadavre. Nous étions choqués parce qu'il s'agissait d'un mort, mais aussi parce qu'il était nu. Nous n'étions pas censés voir d'adultes nus. Quelque chose de sombre, au plus profond de nous, chuchotait que se retrouver en compagnie d'un grand à poil, surtout un inconnu à poil, était une erreur. Ce pouvait être *dangereux*. Ce mort à poil avait une gueule de mec et pas de seins. C'était un homme, même si je pressentais que quelque chose clochait. Mes yeux avaient repéré une anomalie – *des anomalies ?* –, mais le message n'avait pas encore été traité par mon cerveau blessé.

J'ai vu les taches noires sur le sol. Ce que je voyais là, par terre, ressemblait à du sang séché. Il y avait un type mort, et en plus une flaque de sang autour de lui. Je me suis mis à trembler comme lorsque je sortais de l'eau au bord de la mer. Mon regard s'est arrêté sur la blessure au bas du ventre, une zone que j'avais préféré éviter de regarder jusqu'à présent. *Anomalie.* Si j'avais commencé par là, j'aurais peut-être cru que le mort était une femme. *Anomalie.* Un rond de sang à la place du pénis. On avait tranché le sexe de ce mec.

J'ai vu d'autres détails horribles. Les mains du mort, qui reposaient sur les cailloux, de part et d'autre de son corps, paumes tournées vers le ciel, n'avaient plus de doigts. *Anomalie.* Les mouches grouillaient autour des dix moignons coupés au niveau de la dernière phalange.

Je n'avais pas regardé le visage avec attention, et j'y suis revenu. La bouche était ouverte, comme si le type avait crié avant de mourir, et des dizaines de mouches entraient dans ce trou noir et en ressortaient comme s'il s'agissait d'un métro. *Anomalie.* Durant une seconde, je me suis demandé pourquoi les lèvres étaient si foncées, puis j'ai compris : elles n'existaient pas. Ce que je contemplais, c'étaient des plaies et du sang coagulé. Les lèvres avaient disparu. Arrachées elles aussi.

Personne ne bougeait. Il y avait toujours ce vrombissement horrible. Il ne s'était pas écoulé plus de dix secondes depuis que nous nous étions arrêtés, et pourtant je ne sentais plus mes jambes, seulement la chaleur de cet après-midi de juin, l'étouffante chaleur qui annonçait sans doute un orage. Je la sentais dans mon cou, sur mon visage, sur mon ventre. Quelque chose de noir envahissait mon champ de vision. J'ai quand même vu ces trucs, à un mètre environ au-dessus de la tête du mort, ces immenses clous plantés dans les lattes du wagon, avec des choses difformes empalées dessus. Je n'ai pas compris de quoi il s'agissait. Karl nous a fourni une explication le lendemain : les trucs piqués sur le wagon comme des papillons sur les planches d'un collectionneur, c'étaient les doigts, les lèvres et la quéquette du type. Plus tard encore, mon père a eu la mauvaise idée de le confirmer à ma mère pendant que je les espionnais, planqué derrière la porte du salon.

Karl a été le premier à bouger. Un imperceptible mouvement d'épaules. Ça a été le signal. L'équivalent d'un battement d'ailes dans une nuée de moineaux. Une volte-face simultanée, un envol brutal. Le voile noir qui embrumait mon cerveau s'est évaporé.

Nous avons failli percuter Maël. J'ai réalisé à cet instant qu'il était resté en retrait. Tout près de nous, mais sans nous toucher. Ses traits étaient décomposés. Son visage était livide. Nous l'avons évité et laissé sur place. Trois mètres plus loin, j'ai fait demi-tour et je suis revenu sur mes pas avec l'impression de plonger au cœur de l'enfer. J'ai attrapé Maël par la manche de son tee-shirt et je l'ai tiré, sans un mot et sans un regard pour le cadavre. J'ai cru que le corps de mon ami allait basculer en arrière, puis j'ai senti qu'il se retournait, se libérant de l'emprise du mort, qu'il m'emboîtait le pas, qu'il courait lui aussi.

Que le terrain de foot était loin ! J'entendais les sanglots de Maël, et, malgré ma gorge dure comme du métal, je ne pleurais pas ; les larmes viendraient, en cataractes, mais plus tard, une fois réfugié dans les bras de mon père. J'avais les yeux secs et regardais, terrifié, courir devant moi mes amis. J'imaginai le cadavre violacé se levant et courant aussi, mais beaucoup plus vite que nous, puis nous rattrapant, ses mains sans doigts tendus vers nous, sa bouche sans lèvres hurlant nos prénoms, du sang coulant par le trou de son entrejambe, et je courus plus vite encore.

Le monde brûlait, l'orage venait, et les silhouettes des adultes qui jouaient au foot, dont celle de mon père, étaient si loin de nous...

Chapitre 3
La vieille écluse

Les taches de soleil dansaient à la surface du canal. Je suivais le chemin de halage depuis un bon kilomètre ; c'était l'itinéraire le plus court pour me rendre à la maison de Maël.

J'étais sur le dos d'Héroïko, le nom que j'avais choisi pour mon vélo de course. C'était un bel engin, rouge, de taille moyenne mais racé ; le cadeau de mes dix ans. Tous les membres de la bande, ainsi qu'Alric, et même Vincent, le petit frère de Karl, avaient baptisé leur vélo d'un nom de cheval, parce qu'on imaginait qu'on était des cow-boys et que nos vélos étaient des destriers du Far West. L'idée de donner des noms de chevaux à nos vélos, je l'avais piquée dans *Pif Gadget* : on y trouvait depuis quelques semaines une série BD où des gosses équipés comme des cow-boys chevauchaient des gros chiens comme s'il s'agissait de canassons, et j'avais trouvé ce plan génial. Je n'avais dit à personne que mon idée n'était qu'un pastiche, et tout le monde (Mélanie aussi) louait mon éclair de génie. Seul Alric était au courant, pour une bonne raison : il piquait chaque semaine mon *Pif Gadget* pour le lire aux chiottes. Comme mon frère n'était pas idiot au point de souhaiter une séance de tortures indiennes, il fermait sa gueule. J'avais chopé l'idée des chevaux, mais aussi le nom d'Héroïko dans la BD. Ça sonnait vraiment bien, et Mélanie avait adoré. Elle était d'ailleurs la seule à ne pas avoir donné de nom de cheval à son vélo. Le sien, c'était Ferrari. Il était rouge, de la même couleur que le mien.

Je chevauchais Héroïko sur le chemin de halage, en pédalant comme un dingue parce que ma monture n'était pas du genre à se traîner comme un bourricot. J'avais quitté l'avenue de la République au premier pont, et m'étais engagé sur la rive gauche du canal. Rive droite, les ronces et les arbustes avaient envahi un sentier étroit où il était impossible de rouler à bonne allure. Les rayons de soleil se glissaient entre les feuillages des grands hêtres plantés le long des deux rives ; j'imaginais que des milliers de papillons (ou d'esprits malicieux) s'étaient lancés à la surface du canal dans une sorte de danse bretonne : deux pas à droite, un en avant, un en arrière... Des libellules rasaient la surface comme des fées.

J'avais quitté la maison vingt minutes plus tôt. Francis-Emmanuel était passé me voir. On avait galopé côté à côte jusqu'au pont, puis il avait continué seul en direction du bourg. Il avait rendez-vous chez le dentiste, au pied de l'église, et ne voulait pas être en retard : il ne faut pas énerver un type qui manie des instruments de supplice à deux centimètres de votre visage.

On ne s'était pas vus depuis la découverte du mort, trois jours plus tôt. Madame Tiny, notre maîtresse, avait autorisé nos parents à nous garder à la maison jusqu'au mercredi, parce que nous étions tous choqués.

Notre découverte avait fait un sacré raffut, quand nous avions rejoint les adultes, et la nouvelle s'était répandue dans le village à la vitesse de Steve Austin, l'homme qui valait trois milliards. Et pas seulement à Duaraz : d'un bout à l'autre du département, d'après ce que j'avais pu voir dans *Ouest-France* le lundi. Un mort, c'est banal, mais il n'est pas souvent à poil et tout découpé, c'est ce que j'ai compris en lisant la page où l'on parlait de notre macabre découverte. Dans l'article, on parlait de nous : le journaliste disait que le corps avait été retrouvé « par des enfants ». J'étais déçu : il n'avait pas mis nos noms. Il parlait seulement de « traumatisme » et de « nuits blanches ». Les adultes adorent empêcher les gosses de dormir.

Maël et sa mère habitaient à l'écluse de La Morinais depuis leur arrivée à Duaraz. Il n'y avait plus de transport de marchandises sur le canal – la dernière péniche de fret était passée en 1972 –, mais on voyait encore des bateaux de touristes, qui naviguaient de la Manche à l'Atlantique ou de l'océan à la mer. Du côté de l'avenue de la République, le canal filait droit entre la double rangée de peupliers, mais en pleine campagne, retrouvant le tracé de l'ancienne rivière, il se permettait quelques paresseux méandres.

Après un dernier coude, j'ai retrouvé la route bitumée. Étroite, rectiligne, elle descendait des coteaux qui surplombaient le canal. Juste avant de tomber dans l'eau, elle tournait à angle droit et remplaçait le chemin de halage. L'écluse n'était plus qu'à soixante mètres.

J'ai pédalé un peu plus vite ; les sabots d'Héroïko ont mordu l'asphalte truffé de nids-de-poule et percé par des touffes d'herbe et d'ortie. J'ai vu l'écluse près de la route :

les grandes portes en bois barrant le lit du canal, les imposants murs de ciment consolidant les berges. La maison de pierre était bâtie près de la voie bitumée. Un jardinet clos séparait la maison de la chaussée.

La bâtisse, toute en hauteur, faisait face à la rivière. De grands hêtres avaient été plantés dans son dos, sur le coteau. Les papillons lumineux étaient de retour ; ils virevoltaient sur le toit, les murs, le jardin, partout. Même en plein jour, cette danse permanente de spectres lilliputiens donnait au site une atmosphère étrange. L'écluse, elle, lézardait sous le ciel azur, à l'écart des arbres agités. Pas un souffle de vent, pas une ride à la surface de l'eau.

Les murs de la maison paraissaient plus solides que ceux de notre pavillon. Au milieu de la façade, grise ou rougeâtre selon les jeux de lumière, il y avait une vaste porte en bois vert pâle. Les trois fenêtres avaient été peintes de la même couleur. La maison aurait pu être séduisante, mais la peinture s'était écaillée, des tuiles avaient glissé du toit et jonchaient les hautes herbes sous les gouttières, des fleurs poussaient en pagaille, et le gazon me rappelait la coiffure d'Alric au réveil.

Les années avaient passé sans péniches. La maison avait l'air malade. Une vieille dame triste qui jadis avait été princesse.

Cachés derrière la petite haie qui flanquait le portail, des ferrailles et des débris de toutes sortes croupissaient, invisibles de la route. Maël n'était pas le fils unique d'une famille aisée comme je l'avais imaginé au début de notre amitié. J'étais surpris, pas déçu. Des types bien comme Luke Skywalker et Jésus de Nazareth n'étaient pas non plus issus de familles riches, loin de là. Le Christ et le Jedi avaient passé leur enfance en plein désert et étaient quand même devenus des héros. Mes propres parents étaient loin d'être milliardaires, et personne dans la bande ne roulait sur l'or hormis peut-être Mélanie, qui avait tout de même passé quinze jours aux Baléares en 1979.

Une femme – il ne pouvait s'agir que de la mère de Maël – s'affairait dans le jardin. Une robe mal coupée tombait sur ses chevilles. Des cheveux bruns parsemés de mèches grises coulaient en flots gras sur sa nuque. L'une de ses épaules était à demi dénudée parce que la bretelle de la robe avait glissé. J'avais posé pied à terre à une dizaine de mètres du jardin, attendant sur le bitume, craignant de trop m'approcher, et elle ne m'avait pas vu. La femme mettait du linge à sécher au fond du jardin, là où le chemin de halage reprenait pour courir jusqu'à l'écluse suivante. Sur le fil, il y avait des vêtements de femme et des vêtements d'adolescent. Pas de vêtements d'homme.

La femme s'est penchée pour ramasser une grande bassine métallique – une matière qui ressemblait à du zinc, le genre de truc qu'on pouvait encore dénicher dans la cave de ma grand-mère, dans le Finistère, et qui servait dans les années quarante et cinquante avant l'arrivée de l'eau courante. La bassine était vide. La femme s'est redressée, a levé la tête. Les cheveux emmêlés cachaient une partie de son visage. J'ai vu un œil bleu iceberg me fixer. La femme devait avoir dans les trente-cinq ans. Avec des cheveux propres et une jolie robe, elle aurait été belle. Elle a serré les mâchoires et s'est avancée vers la porte verte, puis s'est engouffrée dans la maison en marmonnant.

Deux secondes plus tard, Maël est apparu. Lui aussi m'a observé en levant le menton, mais son regard gris-bleu semblait moins agressif, moins tranchant que celui de la femme. Il y avait de la glace dans le regard de sa mère et seulement de l'ombre dans le sien.

Il a souri et s'est dirigé vers moi. Les papillons de feu dansaient sur ses cheveux, sur sa chemise à carreaux mal repassée. Il portait un bermuda bleu marine de fortune, un simple pantalon coupé aux genoux.

Il a proposé des ricochets, et c'était une très bonne idée parce qu'il n'y avait pas de vent à la surface de l'eau, lisse comme un miroir. Au bord de la route, on a cherché des pierres plates, ni trop lourdes ni trop légères. C'est le plus important dans ce sport : trouver le bon caillou parmi des tas de caillasses informes. Vous pouvez toujours vous déhancher comme Borg sur un court de tennis : si vous ramassez la patate qui traîne à vos pieds histoire de tirer le premier, vous avez toutes les chances d'obtenir l'équivalent d'une bouse de vache s'écrasant dans un pré.

— Je vais te battre ; mon bras bionique est invincible, a déclaré Maël, qui avait pris son temps pour dénicher son missile.

Je lui ai dit que c'était vraiment super de valoir trois milliards et d'être fabriqué à base de boîtes de conserve, mais que moi je venais de la planète Krypton et que mon nom était Superman. Les rôles étant définis, le combat a commencé.

Je l'ai regardé lancer son premier projectile. Maël s'est déplié comme un chat (bionique) et la pierre a filé vers la surface du canal. Elle a rebondi quatre fois. Un bon coup ; pas un exploit.

Maël a regardé les quatre ronds s'élargir sur l'eau. Il

pensait comme moi : peut mieux faire. Il avait le visage impénétrable, mais je savais qu'il était un peu déçu. Je voyais ses doigts tapoter sa hanche. Je commençais à bien le connaître. Comme Francis-Emmanuel, Maël portait un masque de guerrier samouraï et planquait derrière ses déceptions, ses joies, ses embarras. J'étais content que Maël soit devenu mon meilleur ami et le chef de notre bande. Je l'avais croisé la première fois en classe le jour de la rentrée, après les vacances de Pâques.

Il s'était assis au fond. Moi, j'étais à côté de Sébastien, au troisième rang. Jusqu'à Noël, j'avais été à côté de Francis-Emmanuel au cinquième rang, mais madame Tiny nous avait séparés à cause de nos fous rires. Sébastien me parlait ce matin-là de ses œufs et de ses poules en chocolat, déjà dévorés, et voulait savoir si par hasard j'en avais en rab chez moi. Je n'ai prêté aucune attention au garçon du fond et Sébastien s'est retrouvé au tableau parce qu'il parlait trop.

C'est dans la cour de récré, à dix heures, que Maël et moi avons discuté pour de bon, et c'est là qu'on est devenu copains. J'étais intrigué par ce grand type. Je voulais savoir qui il était, d'où il venait. Il représentait l'imprévu, le mystère. Il était appuyé contre l'un des trembles noueux qui bordaient le fond du terrain de sports. Il serrait comme un lingot d'or un truc noir entre ses mains.

Je me suis approché. Le truc noir était une figurine représentant Dark Vador. Le sinistre seigneur de *La Guerre des étoiles* était muni de son casque, de sa cape et d'un sabre laser rouge. La figurine mesurait environ dix centimètres de haut.

— Salut, ai-je dit, en tentant de grossir un peu ma voix, style chef-sioux-rencontre-homme-blanc.

Il m'a regardé d'un œil méfiant, bleu voilé de gris. Il n'a pas répondu.

— J'ai aussi des trucs comme ça, ai-je repris en abandonnant le ton chef sioux et en montrant la figurine. J'ai Luke, Yan Solo, Chewbacca et la princesse Leïa.

Il est resté impassible, mais il a répondu :

— J'ai seulement celui-là. C'est mon père qui me l'a donné.

Il l'a tourné entre ses doigts. J'aimais bien le casque et la cape. Je comptais demander cette figurine en cadeau pour mon anniversaire, avec deux ou trois soldats de l'Empire en supplément.

— Il est super, a-t-il commenté. C'est le pire de tous.

— Il est super mais c'est un tueur, ai-je remarqué.

Le nouveau s'est redressé, abandonnant l'appui de l'arbre.

— Ouais, mais je l'aime bien. Il est invincible. Et personne ne sait qui il est vraiment.

Là, je n'étais plus d'accord.

— Je crois qu'il n'est pas invincible. Le plus fort, c'est Luke Skywalker.

— On verra. Il y aura des suites.

Je n'en croyais pas mes oreilles.

— Des suites ? Des suites de *La Guerre des étoiles* ?

— Ouais. Mon père bossait dans le cinéma. Il m'a dit qu'il y aurait au moins deux films à suivre.

Star Wars, c'était le premier film que j'avais vu au cinéma, en 1978 (je ne compte pas les dessins animés de Walt Disney comme *Pinocchio* ou *Blanche Neige*). En sortant de la salle, après la séance, j'avais les oreilles pleines d'explosions, les yeux pleins d'étoiles, de vaisseaux spatiaux, de lasers et d'extraterrestres. Me dire que *La Guerre des étoiles* allait avoir une suite, c'était m'annoncer que j'avais gagné la télé couleur à la tombola de l'école.

— C'est vrai ? ai-je dit dans un souffle.

— Juré. Mais pas avant un ou deux ans.

C'était dans une éternité. On serait déjà vieux, mais c'était une sacrée nouvelle.

— Il est acteur, ton père ?

— Non, il écrivait des films.

— Quoi comme films ?

— Des trucs sérieux, pas des films pour nous.

— Ah ! Il en fait toujours ?

Il a haussé les épaules.

— Il est parti. Il n'est plus chez nous.

Tout d'un coup, l'atmosphère n'était plus aussi joyeuse. Il faisait froid à l'ombre du tremble. Je dansais d'un pied sur l'autre ; je ne savais plus quoi dire.

— Il me l'a donné juste avant de partir, a repris Maël d'une voix sourde (il a montré Dark Vador). C'est pour ça que je l'aime bien. Même s'il est noir et qu'il tue les gens en respirant fort.

J'ai regardé la tête de Dark Vador, ce casque sans yeux et sans visage. J'étais bien content d'avoir Luke et la princesse chez moi. Et même ce gros singe velu de Chewbacca. Je n'aimais pas Dark Vador. Et il faisait beaucoup trop froid sous cet arbre. Et sombre. Et triste. Tout était noir. Un noir qui vous envahissait, qui pouvait vous emporter comme une lame de fond sur une plage la nuit. J'ai repensé à Luke et à Leïa. À la Force. Je voulais changer de conversation. J'ai dit :

— Si tu veux, tu pourras venir jouer chez moi. On fera des combats. Mon frère a les deux droïdes.

— D2-R2 et Z-6PO ?

— Ouais.

— Extra. D'accord, je viendrai.

Il souriait de nouveau, et moi aussi. S'il connaissait le nom des robots, c'est qu'il aimait le film. On a parlé de ça, de Goldorak, d'Albator et de plein d'autres trucs, puis je lui ai raconté la bande, notre base secrète au chemin des Chèvres, et je voyais qu'il m'aimait bien, qu'il s'arrimait à mes mots. Et je savais moi aussi que je m'étais accroché à lui. Qu'il était triste parce que son père était parti, mais qu'il l'était un peu moins depuis qu'il parlait avec moi.

— Tu t'appelles comment ? a-t-il fini par demander.

— Pierre.

— Moi, Maël. Je suis content de t'avoir rencontré, Pierre Skywalker.

C'était un beau compliment. On s'est serré la main comme deux explorateurs dans la jungle et on est devenus amis.

Au ricochet, Superman a perdu. Ça faisait plus d'une heure qu'on jouait ; il était temps que je redevienne Clark Kent et que je rentre à la maison.

On avait le bras droit ankylosé, moi tout comme l'Homme qui valait trois milliards, et ce malgré ses biceps d'acier.

On est revenu vers Héroïko, qui patientait près de la haie.

— Tu fais des cauchemars la nuit ? ai-je demandé.

Maël m'a dit que non. Il m'a demandé si j'en faisais. Non. Francis-Emmanuel non plus.

— Peut-être qu'on en fait et qu'on s'en souvient pas, a dit Maël.

C'était une possibilité, mais je n'y croyais pas trop.

— Scoubidou voit des fantômes tout le temps et il dort très bien, ai-je proposé en guise d'explication.

On s'est marré, puis j'ai pensé que les fantômes n'existaient pas dans la réalité mais que le cadavre sans doigts, sans lèvres et sans pénis était bien réel. J'ai arrêté de rire. Maël aussi.

Les papillons de lumière dansaient toujours sur le toit de la maison. Ils allaient même plus vite que lorsque j'étais arrivé. Et je sentais des courants d'air soulever mes cheveux. Maël avait l'air préoccupé. Il avait encore quelque chose à demander. Il l'a fait :

— Ton père ne t'a pas dit s'ils ont retrouvé le tueur ?

Mon père ne m'avait rien dit, mais je l'avais écouté parler à ma mère.

— Il pense qu'il n'y a pas de tueur.

— Pas de tueur ? Et comment il est mort, ce mec, alors ?

— Il s'est suicidé. C'est ce que pense mon père.

Il y a eu un silence. Les papillons dansaient leur gigue folle.

— C'est pas possible, a dit Maël. Il n'a pas pu se faire ça tout seul !

Sa voix était plus grave que d'habitude. Il chuchotait presque. Je savais pourquoi : le mot « suicide » est un mot interdit aux enfants. C'est un mot empoisonné, comme « viol » ou « meurtre ». Un mot qui rampe dans le cerveau et qui mord. Un mot dangereux.

— Ma mère a dit comme toi, mais mon père a répondu que si. Que c'était ce que disait le médecin légiste, le type qui étudie les morts pour savoir comment se sont passés les crimes.

Maël a passé une main dans ses cheveux blonds. Je voyais qu'elle tremblait. Ce cadavre l'avait impressionné, plus que moi sans doute.

Je lui ai demandé s'il voulait venir avec moi goûter à la maison ; il y avait des glaces à l'orange et à la grenadine. Il a dit que non, qu'on se verrait demain à l'école. Je n'ai pas insisté.

En partant, j'ai croisé une bagnole qui descendait de la colline. C'était une 4L bleu marine pourrie. Il y avait un mec mal rasé dedans. Il m'a lancé un regard mauvais, injecté de sang, en passant au ralenti. Une fois la terre du chemin de halage retrouvée, j'ai mis pied à terre et je me suis retourné. Maël avait déjà regagné la maison.

Le type a arrêté la 4L au milieu de la route, devant le portail. Il est sorti en titubant et a claqué la porte. Il tenait des papiers à la main ; j'ai reconnu des billets de banque. Il a levé les billets et a gueulé : « Me voilà, p'tite pute ! » Il a poussé le portail, a failli s'étaler dans l'herbe et a marché vers la maison en vociférant.

Mon cœur s'est emballé ; j'avais peur. Les papillons lumineux volaient beaucoup trop vite sur la maison. « Pute » était lui aussi un mot interdit. J'ai talonné Héroïko et on s'est sauvés. Pendant la chevauchée, je me suis demandé s'il fallait que je prévienne mon père.

Arrivé au pont, j'ai ralenti car Héroïko commençait à fatiguer. J'avais décidé de ne rien dire à papa ni à personne. Je ne voulais pas que Maël soit emmené à l'orphelinat à cause de moi.

CHAPITRE 4

Bêtes noires

C'était dimanche et nous étions heureux. Pour cinq raisons. Un, nous n'avions pas école ; deux, les grandes vacances étaient très proches ; trois, on était tous ensemble ; quatre, le ciel était aussi bleu que les yeux d'Anthony dans *Candy* ; cinq, les parents allaient nous filer un peu d'argent de poche et on pourrait acheter des bonbons.

Avant cet instant béni, quatrième dimanche après la Pentecôte, il nous faudrait accepter un contretemps : aller à la messe. Nous n'étions pas euphoriques à l'idée de nous y rendre, mais pas mécontents non plus : on se marrait bien sur le chemin de l'église, à l'aller comme au retour. On allait tous au catéchisme et on formait une bonne bande de copains. Et puis, comme l'avait dit Mélanie, Jésus était un type cool qui avait vécu des aventures palpitantes.

Il était dix heures quarante-cinq et nous nous tenions en ligne sur le pont principal de Duaraz, appuyés contre le parapet, la tête penchée vers le canal pour savoir qui cracherait le plus gros mollard. Comme on rigolait beaucoup – surtout quand une vieille passait derrière nous –, c'était plutôt de longs filets de salive qui coulaient du pont, ce qui nous faisait rire et baver encore plus.

Nous étions tous là, en rang au-dessus de l'eau, et si tu me demandais, Tristan, quel fut le meilleur souvenir de cette année 1980, c'est sans hésiter cet instant précis que je te citerais : huit mômes le sourire jusqu'aux oreilles, debout sur le pont de la République, idiots et contents comme les vautours du *Livre de la jungle* sur leur branche. Dans l'ordre, de gauche à droite : Maël, qui ne bavait pas et prenait son temps pour préparer ses munitions, les roulant avec minutie sous la langue ; Sébastien, riant en sourdine et n'ayant pas encore commencé à cracher de peur que sa mère se pointe derrière lui ; à côté, Vincent, son petit frère, debout sur la barre inférieure de la balustrade métallique, attendant bouche bée le crachat de Maël et jubilant d'avance. Karl, qui avait pris le rythme d'une mitrailleuse et gonflait sa cage thoracique comme un soufflet, en rajoutait parce que Mélanie était juste à côté de lui. Au centre, Mélanie était notre reine, ce qui ne l'empêchait pas de baver, de rire et de pleurer à la fois. Ensuite, Alric, dégoûté parce qu'il venait de cracher sur la balustrade. Francis-Emmanuel tirait vers le haut de manière calculée, et sa salive retombait en superbes paraboles. Et moi, incrédule, observant ce manège entre deux bombardements intensifs, des bombes H qui atomisaient les araignées d'eau, en bas, et allaient, j'en étais convaincu, remporter une belle victoire.

On n'a jamais su qui avait gagné, je l'ai réalisé le soir en repensant à cette drôle de journée. Ce fut un instant de bonheur avant la tempête.

Le cadavre du wagon, c'était la première bourrasque, mais nous ne le savions pas. Le corbeau serait la deuxième, et la messe, la troisième. Après ces trois coups, le rideau s'ouvrirait et le vent balaierait notre enfance.

Nous regardions les eaux sales du canal, quatre mètres plus bas. Elles avançaient à un rythme d'escargot, emportant nos crachats et quelques araignées d'eau atomisées. Sous le pont, il faisait sombre. On a sursauté quand le corbeau a jailli de l'obscurité. Il a poussé un cri râpeux, guttural, qui a résonné sous la voûte. D'où venait ce corbeau ? Depuis quand était-il caché sous nos pieds ? Nous ne l'avons jamais su.

Le corbeau est monté en flèche au-dessus de l'eau, a viré comme un avion de chasse et s'est retrouvé face à nous. Moins de dix secondes s'étaient écoulées depuis son apparition. Personne n'a réagi quand il nous a pris pour cible. Nous avions relevé la tête, mais nos mains étaient encore posées, à intervalles réguliers, sur le parapet.

J'avais vu un film de guerre à la télé avec les célèbres avions kamikazes qui s'écrasaient sur les navires américains pendant la Seconde Guerre mondiale. Le corbeau a fait la même chose. Il a piqué sur nous, mais sans bruit, alors que j'entendais dans ma tête l'horrible crescendo du Zero japonais. Les Américains n'avaient pas pu faire grand-chose contre les kamikazes, et j'ai compris pourquoi ce jour-là : ça allait trop vite dans le ciel, pendant qu'au sol le monde semblait tourner au ralenti. Le corbeau était sur nous. Une seconde plus tard, il s'éloignait vers le feuillage des peupliers à grands battements d'ailes. J'ai levé les yeux pour le suivre du regard. Il y avait beaucoup de lumière ; l'oiseau volait au-dessus des cimes. Un voile noir est passé devant mes yeux.

Au moment où le corbeau disparaissait, j'ai entendu quelqu'un crier. Lorsque j'ai reconnu la voix de Mélanie, mon cœur a tenté de quitter ma cage thoracique. On s'est bousculés pour la rejoindre, mais j'étais loin d'elle et le trottoir était trop étroit. Une bagnole a klaxonné parce que j'empiétais sur la route. Lorsque j'ai vu Mélanie, elle était derrière Alric et Vincent, soutenue par Maël d'un côté et par Karl de l'autre. Elle avait une grande estafilade au milieu du front, et du sang coulait de chaque côté de son nez.

Un passant est arrivé. Un monsieur de cinquante ans à peu près – donc très vieux de notre point de vue – en costume. Il a dit que c'était pas croyable, qu'il avait vu ce corbeau plonger sur Mélanie, que l'animal devait être fou. Maël a prêté un mouchoir à notre reine blessée. Elle a essuyé son visage. Elle avait les yeux brillants mais ne pleurait pas. Elle a quand même reniflé, puis elle m'a regardé et elle a dit :

— J'ai une marque, Pierre ? Est-ce que j'ai une marque ?

J'ai bousculé Alric et Vincent, et je me suis approché à quinze centimètres de son visage. J'étais furieux et peiné d'être resté comme un imbécile à suivre cet oiseau des yeux au lieu de défendre ma meilleure amie. Je lui ai affirmé que ce n'était pas grave, que la tête, ça saignait toujours beaucoup, qu'il ne fallait pas s'en faire, que ça allait s'arrêter... ce qu'aurait dit ma mère en pareille circonstance.

En réalité, ce n'était pas très joli à voir parce que la peau venait de prendre une sale couleur mauve autour de l'entaille, mais je ne voulais pas l'effrayer.

Le monsieur en costume a demandé où elle habitait. Elle a dit « La Haye-Blanche ». Voulait-elle que quelqu'un la ramène chez elle ? On pouvait aussi appeler ses parents au téléphone depuis une cabine. Il fallait qu'elle désinfecte la plaie.

Mélanie a reniflé puis a relevé la tête. Dans ses yeux, il n'y avait plus trace de peur, juste de la colère. Elle a parlé d'une voix qui ne tremblait pas :

— Je rentre chez moi et vous allez à la messe comme prévu. Et si cet enfoiré d'oiseau ramène sa fraise, je lui éclate la gueule !

L'église était moderne et ancienne à la fois. On appelle ça le « néoromantisme », mais les gosses de onze ans ne connaissent pas de mots aussi pointus. Pour nous, l'église pouvait se décrire en termes simples : elle était grande ; elle était vieille. Si quelqu'un avait suggéré que le XIXe siècle était une époque récente, on l'aurait regardé avec l'indulgence d'un CM2 pour un élève de première section de maternelle. Comme dans toute église normale, il y avait des piliers, des vitraux, des chaises, des confessionnaux poussiéreux et un autel. En 1980, j'étais persuadé qu'il s'agissait d'un « hôtel » ; je croyais que Dieu ou un saint venait y passer des vacances de temps en temps. Il n'y avait rien de remarquable dans cette église, sinon peut-être la rosace au-dessus du porche, qui faisait comme un hublot dans la façade occidentale. Il y avait aussi la statue sur le pilier de droite au milieu de la nef. Elle représentait saint Martin, le centurion romain qui coupait sa cape en deux pour la donner à un mendiant. Je trouvais cette histoire intéressante, même si je jugeais saint Martin radin : il aurait pu filer le manteau entier à ce gars. Un centurion, s'il n'a pas Obélix comme voisin, a de quoi se payer une cape neuve !

Les vitraux latéraux ne représentaient pas grand-chose et je les trouvais laids : des carrés et des losanges colorés mais pâlichons posés au hasard, parce qu'il fallait bien mettre des vitraux pour éclairer l'église. « C'est pas des vitraux, avait dit Francis-Emmanuel, c'est les fringues d'Arlequin. »

Nous avions remarqué un autre détail amusant : les dossiers des chaises des dix premiers rangs (les plus vieilles de l'église) portaient tous une plaque métallique ovale avec au milieu, peints en noir sur fond blanc, des numéros à deux chiffres. Maman m'avait dit qu'autrefois les gens importants disposaient de places réservées, au meilleur emplacement. Ça me faisait plutôt penser aux numéros apposés sur les boxes des chevaux, au club hippique. En tout cas, puisque l'on faisait l'effort de venir chaque semaine, on avait notre coin à nous : le rang numéro deux à droite, soit les sièges numérotés de quatorze à vingt et un. Le premier rang, juste devant les marches menant à l'autel, était toujours vide. Le père Olivier, en bon berger, incitait les fidèles à se rapprocher de lui, mais les agneaux ne sont pas fous : pas un paroissien n'aurait pris place juste devant notre joyeuse meute.

On suivait la messe avec plus ou moins d'attention, mais une chose était sûre : on la suivait ensemble. Les chrétiens étaient une « grande famille », avait dit le père Olivier, et il n'était pas question de discuter les propos d'un représentant du Seigneur. À la messe, on avait donc l'esprit grégaire développé. On jetait de temps en temps un œil vers l'autel, mais le plus souvent des regards en coin pour guetter le voisin. Toutes les cinq minutes, un de nous transmettait aux autres une réflexion philosophique. Par exemple, un dimanche de mai, Francis-Emmanuel avait eu une illumination : il avait remarqué que le nom du prêtre, Olivier, était aussi celui des arbres qui poussaient en Palestine du temps de Jésus. On s'était pissé dessus en imaginant le père Olivier faisant l'arbre sur une colline de Galilée.

Le père Olivier avait des cheveux bouclés autour d'une calvitie précoce. Il avait à mon avis trente-cinq ou quarante ans. Il savait qu'on faisait les pitres, mais estimait sans doute plus intéressant d'avoir des clowns de huit, dix, onze ou douze ans au rang numéro deux à droite qu'une rangée de chaises vides. Alors il tolérait nos facéties... jusqu'à un certain point. Le premier froncement de sourcils était une semonce, le deuxième une menace, et le troisième une offensive. En ce cas-là (ça ne m'était jamais arrivé, mais à Karl et à Mélanie, oui), les parents étaient avertis au cours de la réunion suivante. Mon père n'aurait pas apprécié cette révélation, mais j'avais de manière préventive préparé une riposte qui commençait par : « Ce que vous faites au plus petit d'entre les miens, c'est à moi que vous le faites »...

Ce jour-là, j'étais placé entre Francis-Emmanuel, à ma gauche, et Maël, à ma droite. On chantait le Notre Père, et j'aimais bien ça. Le Notre Père est une prière grandiose... qui signifie aussi qu'on approche de la fin de la messe. On braillait tous, sauf Sébastien, qui faisait du play-back, et Maël, qui ne disait rien, sûrement occupé à prier puisqu'il avait les yeux fermés. Je trouvais émouvant d'entendre toutes ces voix unies, en harmonie, et je me disais que Dieu devait apprécier ce moment. Si Dieu passait vraiment nous rendre visite pendant la messe du dimanche matin (mais, multiplié par le nombre d'églises dans le monde, ça faisait beaucoup de boulot pour un jour de repos), alors c'était pendant le Notre Père.

À la fin du chant, dans notre paroisse, il y avait un instant de silence. Dans d'autres églises, on terminait en apothéose par un vibrant « Aaaaaameeeeen ». C'était tentant, il faut l'avouer, de finir ainsi, parce que la mélodie montait, accélérait, vous emportait et hop ! s'arrêtait d'un coup, style Wil le Coyote au bord d'une falaise. Une note de plus et vous n'aviez plus que le vide silencieux sous vos pieds. Souvent, à Duaraz, un paroissien se laissait aller, grisé par son enthousiasme, alors que le reste de l'assemblée freinait de justesse au bon moment. La brebis distraite terminait en un solo impressionnant, qui pouvait être magnifique ou évoquer un agneau égaré. La descente aux enfers était alors immédiate pour le soliste : une salve de rires moqueurs fusait du rang numéro deux à droite, et la personne n'avait plus qu'à plonger le nez vers la nuque de son voisin. De temps en temps, l'un de nous se dévouait pour jouer le paroissien distrait histoire de pimenter la cérémonie. Cette fois, Karl était de service. Il a poussé un tonitruant « Aaaaaaaamennnn » au milieu d'un silence abyssal, puis il a regardé le prêtre avec des yeux ronds, en bon comédien sincère et désolé. J'ai entendu les autres s'étrangler. J'ai baissé la tête – si j'avais pu toucher mes orteils, je l'aurais fait – et j'ai mis ma main devant ma bouche et mon nez pour me liquéfier en faisant le moins de bruit possible. En imaginant le regard courroucé du père Olivier, j'ai cru que j'allais mourir comme ça, étouffé derrière mes doigts et noyé dans mes larmes. Je me suis bouché le nez en le serrant comme s'il s'agissait d'un ballon de baudruche gonflé à bloc. Francis-Emmanuel m'a dit au retour qu'il avait entendu de l'air sortir de mes oreilles en sifflant et que j'avais l'air d'une cocotte-minute sur le feu.

Après le Notre Père venait la communion. C'était aussi l'heure où nous commencions à avoir faim. La messe était commencée depuis plus d'une demi-heure, et midi n'était pas loin.

— Putain, j'ai la dalle ! m'a chuchoté Francis-Emmanuel à l'oreille.

J'ai souri, mais je suis resté concentré parce que ce n'était pas la peine de provoquer une nouvelle fois le père Olivier. Il n'empêche : je ressentais moi aussi un creux au niveau de l'estomac. Pliant son long corps de guerrier massaï, Francis-Emmanuel s'est de nouveau penché vers moi et m'a glissé :

— J'ai un chewing-gum dans la poche. Si j'ai deux hosties, je fais un sandwich...

Cette fois, j'ai carrément pouffé. Pour retrouver un semblant de sérieux, j'ai regardé ce qui se passait du côté de l'autel.

Madame Leray, une vieille avec des lunettes à double foyer et des cheveux blancs qui ressemblaient à des toiles d'araignées mortes, s'apprêtait à distribuer les hosties. Du coup, nous avions tous décidé de choisir la file du père Olivier.

Le père Olivier a béni le pain ; il a dit le truc qui commençait par : « Prenez et mangez-en tous, ceci est mon corps. » À ce moment-là, on était censé baisser la tête, mais seuls Alric et Vincent, les deux plus jeunes, obtempéraient. Un an plus tôt, le père Olivier avait dit à Sébastien : « Regarde-moi quand je te parle. Un Breton ne baisse la tête devant personne. » On obéissait donc au père Olivier. Il avait dit *personne*.

Le père Olivier a mangé une hostie et le ventre de Francis-Emmanuel a gargouillé. Je me suis pincé le nez et lui aussi. J'ai entendu Karl s'étrangler plus loin, et les rires discrets de Vincent et d'Alric. J'ai tourné la tête vers la droite, pour constater que Maël souriait aussi. Je sentais le fou rire arriver comme une vague chaude. Il montait, et comme je voulais à tout prix le contenir – tout en sachant que la tentative se solderait par un échec –, je transpirais par anticipation. Je sentais mes abdominaux se crisper, mon front s'enfiévrer. Que celui qui n'a jamais connu ce supplice me lance la première pierre. Je savais que les effets du fou rire seraient dévastateurs, que le père Olivier ne laisserait pas passer ce nouvel affront, mais mes piètres efforts pour endiguer le raz-de-marée – penser à nos bonbons du dimanche tombant dans une bouche d'égout, observer une fourmi sur les dalles de granit – étaient aussi efficaces qu'un canon de la DCA face aux forces de Véga.

J'ai souvent été victime de fous rires, en classe ou ailleurs, et je n'ai jamais pensé, y compris à l'église, à demander l'aide de Dieu. Dieu a des océans de larmes à sécher ; lui parler de fous rires serait à mon avis aussi intelligent que de lui demander de renouveler un stock de Malabars. J'ai bien fait de ne pas abuser de sa bonne volonté, parce que, par la suite, je l'ai souvent supplié, en pleurs, de nous aider cet été-là.

Le père Olivier a béni le vin. Et Francis-Emmanuel a de nouveau fait chanter l'élevage de grenouilles installé dans son estomac. Cette fois, j'ai grincé comme un vieux sommier en étouffant mon rire entre mes doigts. Ma gorge devenait incontrôlable.

Le père Olivier a levé la coupe. Je n'avais même pas entendu le truc du « Prenez et buvez » ; je trouvais d'ailleurs cette formule exagérée puisqu'on ne m'avait jamais proposé de vin. Le prêtre m'a fusillé du regard (douche glacée ; j'étais repéré), puis il a porté la coupe à ses lèvres.

Et a grimacé.

Il a écarté la coupe de son visage, sans avoir bu.

J'ai oublié mon fou rire, mes crampes et ma main transformée en bâillon.

Le père Olivier avait maintenant le teint cireux d'un mannequin de grand magasin. Il a baissé la coupe et l'a tenue à bout de bras, comme s'il voulait l'éloigner au maximum de sa bouche. Je voyais un liseré rouge audessus de sa lèvre supérieure, preuve que le prêtre avait bien trempé ses lèvres dans le vase sacré.

Il n'y avait plus un bruit dans l'église. D'habitude, même dans les instants de recueillement, on entendait toujours un gosse enrhumé renifler, un bébé pleurer dans le fond, un vieux se racler la gorge, des bruits de feuilles froissées, de semelles user le granit, des chaises grinçant sous le poids des péchés ou le postérieur des grosses dames.

Il n'y avait plus que le silence. Dieu ne devait pas en revenir.

— Satan ! a balbutié notre curé.

Heureusement, seuls les premiers rangs l'ont entendu.

Les mains du père Olivier tremblaient. Il a reposé la coupe sur l'autel, et un peu de vin a coulé sur la nappe. Le prêtre a reculé, hagard, vers madame Leray, qui attendait, interloquée, derrière son micro et ses lunettes à double foyer.

Le curé a murmuré quelque chose à l'oreille de la bigote, mais, perturbé, il a oublié que les murs d'une église ont des oreilles. Le micro de madame Leray était branché... et des enceintes reliées à ce micro étaient disséminées dans toute l'église. Cette fois, l'assemblée entière a entendu ces mots :

— Du sang, je crois que c'est du sang !

Le reste était inaudible, mais ces quelques mots ont suffi. C'était comme si le père Olivier avait dégainé un pistolet pour donner le top départ. Des craquements, des frottements, des chuchotements ont couru sous la voûte comme la lave dans la cheminée d'un volcan, puis le vacarme a explosé. Les gens parlaient à haute voix, se dressaient pour tenter de mieux voir l'autel. Des vieux à qui les yeux ou les tympans jouaient de sales tours et qui n'étaient pas passés par Lourdes interpellaient leurs voisins. Jamais une telle cohue n'avait saisi l'assemblée de Duaraz. Dieu, comme l'avait suggéré le père Olivier, n'était peut-être plus là pour l'entendre, mais son ennemi devait bien ricaner.

Au rang numéro deux, on s'est tous regardés, incrédules. Pas un de nous n'avait raté l'observation du père Olivier, mais nous doutions. Oui, a confirmé Karl : il avait parlé de sang. C'était carrément dégueu, mais aussi très excitant. Un peu comme de trouver un lapin écrabouillé sur la route. Il se passait enfin quelque chose d'original, et même d'incroyable, pendant la messe.

Madame Leray s'est approchée à son tour de la coupe. Elle s'est penchée, a observé, a reniflé, et son visage s'est plissé sous l'effet d'une grimace de fée Carabosse.

Regardant le père Olivier, elle a hoché la tête pour dire qu'elle partageait son analyse. C'était bien du sang.

Elle a fait un signe de croix, puis a avancé deux doigts, l'index et le pouce droits, vers le vase sacré. Karl a dit plus tard dans la matinée que ç'avait été un geste très courageux pour une vieille dont les dents et les cheveux étaient déjà momifiés.

C'est à cet instant que j'ai compris – et mes amis aussi – qu'il y avait un autre problème. Il y avait quelque chose dans la coupe, au milieu du sang. Madame Leray a plongé ses doigts dans le liquide rouge (je n'avais plus faim du tout) et, quand elle les a relevés, tremblante, la foule a poussé un « Aaaaah ! » de dégoût et d'effroi.

J'ai vu les pattes et les antennes qui bougeaient au ralenti.

Madame Leray tenait entre ses doigts un insecte, une sorte de gros scarabée dégoulinant de sang.

Vivant.

CHAPITRE 5
Doberman

Juste après l'école, le lundi 23 juin, monsieur et madame Carré, les parents de Sébastien et de Vincent, sont venus nous chercher avec leur nouvelle voiture : une Renault 16. À cinq heures et demie commençait la dernière réunion de catéchisme de l'année scolaire à la Maison d'Avalon. Si monsieur et madame Carré avaient une mine réjouie, ce n'était pas par amour de Dieu, mais parce que le compteur de leur voiture affichait soixante-trois kilomètres, qu'elle avait des vitres électriques à l'avant, et parce qu'on ne risquait pas de les manquer désormais dans le quartier : ils avaient choisi une R16 de couleur orange.

Tout le monde trouvait ça génial, sauf mon père. Selon lui, cette voiture était aussi élégante que Casimir. Nous aussi, nous avions une R16, mais elle n'était pas équipée de vitres électriques et elle était grise. Alric et moi avions obtenu un privilège : nous serions les premiers étrangers à embarquer comme passagers dans la bagnole de Casimir.

De la rue, on ne voyait pas la Maison d'Avalon,

immense avec ses deux étages. C'était une grande baraque posée au pied de la colline de l'église, léguée par un vieux à la paroisse après la guerre (celle du *Jour le plus long*, pas celle d'*À l'ouest rien de nouveau*). Un grand mur et deux lourdes portes métalliques bouchaient la vue et empêchaient quiconque de pénétrer dans la propriété, mais comme la maison était ouverte à tous les chrétiens, les portes, la plupart du temps, bâillaient. Une partie de la cour était encore gravillonnée, mais les herbes folles étaient en passe de gagner la bataille. Seule une allée centrale résistait. À droite quand on passait les portes, une sorte de grange, fermée sur deux côtés, servait à abriter les vélos. À gauche siégeait un chêne, pas très haut mais solide comme un pied de diplodocus : la base du tronc mesurait bien un mètre de diamètre. Derrière l'arbre, les gravillons laissaient place aux ronces et aux orties. Le mur d'enceinte était à peine visible au fond du jardin en friche.

Face au portail, entre la grange et le chêne, la maison avait été construite tout en longueur. Pour les réunions, nous nous installions toujours dans l'aile droite. Au rez-de-chaussée, il y avait un hall avec des portemanteaux et une immense salle équipée de grandes tables, de bancs et d'un tableau noir. À l'étage, des salles de réunion.

Nous n'étions jamais entrés dans l'aile gauche, beaucoup plus vaste que celle de droite d'après nos informations. Nous savions que des groupes pouvaient y dormir : il y avait d'autres salles de réunion, mais aussi une cuisine, un réfectoire et des dortoirs. Ceux qui préparaient leur profession de foi ou leur confirmation logeaient dans ces locaux pendant les quelques jours de retraite. En 1981, année de notre profession de foi, nous devions en théorie

– mais la vie et la mort se moquent des théories – entrer dans ce temple mystérieux.

Les Carré nous ont déposés sans dire un mot devant la Maison d'Avalon. Vincent et Alric sont restés à bord de la R16 : la cérémonie des petits était organisée un peu plus haut, à l'église. On a retrouvé les copains dans la cour. Pas vraiment le temps de discuter : deux minutes après notre arrivée, le père Olivier demandait à tout le monde d'entrer dans la grande salle de l'aile droite, « sauf Francis-Emmanuel et Pierre ». On est restés dehors. Le père Olivier a croisé les bras.

— Ce qui s'est passé à l'église était très grave. Vous le savez.

— Je sais, ai-je concédé, penaud.

Même si Francis-Emmanuel et moi étions innocents, nous n'en menions pas large. À ses gestes saccadés, nous devinions que le père Olivier avait les nerfs à vif.

— Et quand en plus des petits malins passent leur temps à rigoler...

On a baissé la tête. Il n'y avait rien à répondre.

— Vous n'êtes au courant de rien, vous me le promettez ? a demandé le prêtre.

Cette fois, j'ai eu pitié de lui. La sinistre blague l'avait touché jusque dans ses entrailles. Il y avait des ombres dans ses regards furtifs, alors que d'ordinaire ses yeux marron respiraient la sérénité. Et puis, le père Olivier ne nous considérait pas comme des coupables.

— Si on avait été au courant pour cette blague, on vous l'aurait dit, ai-je assuré.

Le père Olivier a souri, mais son visage était toujours aussi pâle. Il a regardé droit devant lui, c'est-à-dire en direction du grand chêne. Il ne devait pas le voir, parce que ses yeux étaient vides.

— Je m'en doute. Mais, vous savez, ce n'était peut-être pas juste une blague. Le vase du Christ est sacré. C'était un blasphème grave, quelque chose de... peut-être... de... (il hésitait à poursuivre, puis s'est décidé dans un souffle) satanique.

Nous sommes restés silencieux, mal à l'aise. « Satanique » était un mot sinistre et inquiétant.

Le père Olivier aussi était silencieux, pâle et droit comme une statue de marbre.

Puis il est sorti de sa catalepsie.

— Et votre nouvel ami, Maël ?

J'ai pris un air outré :

— Il a pas rigolé. Il a juste souri. Et c'est de ma faute.

— Ah ! Il n'aurait pas pu faire cette chose, alors...

Francis-Emmanuel est intervenu :

— Non. Il ne vous connaît pas bien. Et de toute façon, il est OK.

— Ah... Il est OK... Eh bien, s'il est OK...

Le père Olivier nous a regardés tous les deux. Il a hoché la tête, puis a montré la porte et nous a poussés dans le dos :

— On y va alors, sans rire ni sourire !

On s'est dépêchés de passer la porte, sérieux comme le nouveau pape.

Cette ultime réunion, en raison des événements de la veille, ne s'est pas déroulée comme prévu. Nous devions débattre des famines en Afrique et en Asie. Nous avons laissé tomber le tiers-monde – le père Olivier a dit qu'il serait encore là après les vacances – pour parler du pardon. J'ai compris que le prêtre cherchait à savoir comment nous interprétions les événements de la veille. Des cernes dessinaient des croissants sous ses yeux marron.

Il y avait dans la salle une quarantaine de gosses, et tous écoutaient bouche bée. Francis-Emmanuel et moi étions moins attentifs car le problème, en ce qui nous concernait, avait été réglé. Le père Olivier a répété que c'était un geste grave, que le sang du Christ était un symbole sacré. Pendant la cérémonie, le prêtre répétait les gestes de Jésus avant sa mort : ce n'était pas de la rigolade.

Le père Olivier était debout derrière une table, au fond de la salle, devant le tableau noir sur lequel il avait écrit : « Je pardonne à ceux qui m'ont offensé. »

Nous étions assis sur les bancs, derrière les tables disposées en carré. Le père Olivier a dit :

— Je ne suis pas en colère, mais triste. Je ne suis pas en colère (il l'a répété pour s'en persuader) et je pardonne à ceux qui ont péché, comme le Christ l'aurait fait. Nous allons faire une prière pour leur pardonner. Nous allons dire un Notre Père.

Tout le monde s'est levé et on a fait le signe de croix. Comme Maël était juste à ma droite, j'ai vu qu'il ne bougeait pas. Le père Olivier aussi l'a remarqué, mais il n'a rien dit. Ce n'était que partie remise, j'en étais sûr : il coincerait Maël au moment du départ.

Sauf que Maël n'en est pas resté là. Il a gardé le silence alors que nous commencions à réciter. Le père Olivier l'a constaté, mais n'a pas fait d'observation. Piquer une gueulante au milieu du Notre Père n'est pas idéal pour la sérénité des fidèles.

Lorsque nous sommes arrivés à « Pardonne-nous nos péchés comme nous pardonnons aussi à ceux qui nous ont offensés », Maël a jeté son cahier à plat sur la table. Clac ! Plusieurs enfants, qui n'avaient rien remarqué, ont sursauté, et Sophie Marguelon, qui sommeillait dans le coin à gauche, a poussé un cri de hamster apeuré.

On a fini le Notre Père et il y a eu un silence. Le père Olivier a regardé Maël et a parlé avec douceur :

— Maël, tu sembles en colère. Peux-tu nous dire pourquoi ?

Maël a haussé les épaules, cantonné dans son silence.

— J'aimerais que tu nous expliques... a insisté le père Olivier.

Maël a relevé la tête. Ses yeux gris-bleu se sont braqués vers le prêtre. Deux blocs d'acier poli.

— Je ne suis pas d'accord. Il ne faut pas tout pardonner.

Mon ami fixait le père Olivier, peut-être pour ne pas flancher en croisant tous les regards braqués sur lui.

— Dieu nous a demandé de pardonner, a dit le prêtre. Il n'a pas mis de conditions ou de limites.

— Il n'a pas dit de pardonner tout le temps.

Le père Olivier a laissé échapper un profond soupir.

— C'est la seule solution. Un chrétien doit pardonner, même si ça n'est pas tout de suite. Jésus a dit que lorsqu'on te frappait la joue gauche, il fallait tendre la droite. Sinon, il n'y a pas d'espoir...

Maël a levé le menton. Je voyais sa mâchoire crispée.

— Se faire frapper deux fois, c'est pas non plus un espoir. Personne ne fait ça, en réalité.

Si je n'avais pas été à la Maison d'Avalon, avec les

dames caté derrière et le père Olivier devant, avec le scarabée plein de sang en mémoire et le récent sermon du prêtre dans la tête, je crois que j'aurais applaudi.

Le père Olivier a souri.

— On reparlera de cela plus tard, si tu veux bien. Jésus dit qu'il faut pardonner en toutes choses, et je pense humblement qu'il a raison. Tu dois y réfléchir aussi.

La réunion était terminée. Le père Olivier devait rejoindre les petits à l'église. Il a quitté la Maison d'Avalon à grands pas, l'air préoccupé. Nous, on devait attendre Vincent et Alric. Les autres sont partis. On a joué à chat autour du chêne et sous la grange à vélos, puis aux billes. Karl avait un superbe calot araignée et je voulais lui piquer, mais il a gagné et j'ai perdu mon calot loupe. Je n'étais pas très content et j'allais proposer à tout le monde de monter jusqu'à l'église quand Maël a déclaré qu'il avait des trucs à nous dire. On s'est rassemblés au pied du chêne.

Maël s'est appuyé dos à l'arbre. Mélanie s'est placée à sa droite. Elle avait un pansement en travers du front. À sa gauche, Karl, bien droit, pectoraux gonflés, ressemblait à un Action Joe prêt au combat. Il lui manquait juste le treillis, la mitraillette et le casque lourd. Francis-Emmanuel était à côté de lui et Sébastien à ma droite. Nous étions six gamins inquiets décidés à faire bloc sans trop savoir pourquoi. Maël a parlé d'une voix de conspirateur :

— Il s'est passé des trucs bizarres ces jours-ci, vous ne trouvez pas ?

Personne n'a répondu à sa question sur-le-champ ; on

n'entendait que le vent dans les branches du chêne. On devinait plus ou moins ce que voulait dire notre chef par « trucs bizarres », mais personne n'avait envie de l'exprimer de vive voix. C'était quelque chose de diffus, de flou, quelque chose qui poussait Karl à se tenir raide comme un GI, qui incitait Mélanie à garder le silence, mais que nous étions incapables d'identifier, de cerner. C'était un malaise, un danger, qui planait sans se montrer.

— Il y a eu le mort du wagon, a dit Mélanie.

— Et le sale corbeau qui t'a attaqué, ai-je ajouté.

— Et le sang dans la coupe du curé et le scarabée, a complété Francis-Emmanuel.

Maël avait esquissé un chemin, une piste. Nous n'avons pas su en profiter. Ces éléments étaient si anecdotiques, si disparates, que nous n'avons pas vu les signes, les points communs qui nous auraient permis de deviner la présence de la menace. J'ai pensé aux cloches noires de Pâques et je n'étais pas loin d'y voir clair quand Sébastien a demandé d'une voix tremblante :

— C'est quoi, ce chien ?

Il tendait le doigt vers les portes béantes, à l'entrée de la cour. Assis entre les battants se tenait un énorme chien noir. Ses yeux étaient rivés sur nous. Comme le pelage, ils étaient noirs. Pas noirs et brillants de vie, comme ceux d'une souris ou d'un cochon d'Inde, mais d'un noir total, terne. Deux boules de caoutchouc, sans le moindre reflet. J'ai reconnu un doberman, haut comme un shetland, tout en muscles, ses oreilles pointues tendues vers nous. Le chien s'est mis à gronder.

Nous étions tétanisés. Une quinzaine de mètres nous séparaient de l'animal.

Sébastien voulait partir en courant, je le voyais à ses mains qui tressautaient contre ses cuisses, à son teint calcaire, à l'humidité sur son front.

— Bouge pas, ai-je ordonné.

Sébastien m'a regardé dans les yeux. J'ai lu sa terreur, mais aussi sa soumission. Il obéirait.

On est restés comme ça, immobiles, pendant une bonne minute. Le chien continuait à gronder. Derrière lui, je voyais le trottoir, la chaussée, et plus loin les grands murs de pierre qui étayaient la butte et servaient de contreforts à l'église. Je me suis demandé ce qu'il adviendrait si quelqu'un avait la mauvaise idée de passer sur le trottoir à ce moment-là. Il y a eu un coup de vent (le ciel s'était couvert, il faisait plus sombre tout d'un coup). Le chêne a soupiré au-dessus de nous ; ses feuilles ont frémi comme s'il se réveillait.

— On fait quoi ? a soufflé Mélanie.

Je voyais qu'elle avait peur, mais c'était une peur contrôlée. Son pansement lui donnait un air sauvage, un air de rebelle prête au combat. Si le doberman chargeait, peut-être serait-elle assez en colère pour lui faire face... avant de finir en charpie.

J'ai regardé autour de nous. Il y avait des outils – des pelles ou des râteaux, je ne voyais pas bien – sous la grange à vélos... autant dire à l'autre bout du monde. Rien pour se défendre.

Le chien ne se contentait plus d'un grondement atone. Ses babines se retroussaient par saccades et des dents immenses apparaissaient sous des gencives rouge sang. De la bave coulait sur son menton. Ce chien était peut-être enragé.

— On peut courir jusqu'à la maison. Je pense pas qu'elle soit fermée, a suggéré Maël.

Il n'avait pas l'air paniqué non plus. Seul son regard, où dansaient des ombres inquiètes, trahissait sa préoccupation. Karl a approuvé :

— On va jusqu'à la maison mais on court pas. On marche peinards. Si on court, le chien va savoir qu'on a peur.

— Il aura pas tort, a lâché Mélanie, mais personne n'a souri.

— Sébastien et Mélanie, allez-y d'abord, a ordonné Karl. Après, on suit.

Mélanie l'a regardé d'un air furieux.

— Je vois pas pourquoi je devrais...

À ce moment-là, le chien s'est redressé. Il était prêt à s'élancer. Il lui faudrait moins de cinq secondes pour nous rejoindre.

— Discute pas ! a chuchoté Karl. Vas-y doucement...

Mélanie et Sébastien ont avancé comme si chacun de leurs pas pouvait ameuter toute la galaxie. Le chien n'a pas bougé.

— On y va... a murmuré Karl.

Il s'est déplacé. Maël, toujours appuyé dos contre l'arbre, un pied posé sur l'écorce, s'est décollé du tronc et a posé sa semelle par terre. J'ai senti que Francis-Emmanuel se tournait vers la maison. Je me suis baissé, à la vitesse d'un paresseux sur son arbre.

Karl s'est arrêté à côté de moi.

— Qu'est-ce que tu fous, merde ?

Il était furibond, mais continuait à chuchoter. J'ai répondu sur le même ton.

— Il faut des cailloux pour se protéger.

Karl a pigé et s'est baissé aussi. J'ai entendu quelqu'un faire la même chose dans mon dos. Sans doute Francis-Emmanuel. Je ne me suis pas retourné pour vérifier.

On a ramassé quelques pierres. Une fois les mains pleines, on s'est redressés et on a avancé en crabe vers la maison. Il y avait huit ou neuf mètres à parcourir. J'avais l'impression d'avoir devant moi le désert de l'Arizona.

Mélanie et Sébastien n'étaient plus qu'à trois mètres de la porte quand le chien a attaqué. Je m'attendais à des aboiements, mais le doberman s'est élancé sans bruit, à la vitesse d'un Golgoth plongeant sur une cité humaine. Sa course silencieuse était terrifiante : ce n'était plus un animal, mais une machine programmée pour tuer qui se jetait sur nous.

— Cours ! a crié Karl.

Je détalais déjà.

Ensuite, les images sont confuses dans ma tête : quelques mètres de sprint ; des halètements ; le météore noir arrivant sur nous. Mélanie pousse Sébastien à travers la porte. Maël s'engouffre à son tour. Le chien si proche ; la gueule ouverte ; les dents comme celles d'un requin. Et cette pensée qui tourne comme une broche brûlante dans mon cerveau : *il va me choper, il va me choper, il va me choper !* Une pierre qui vole et frappe le chien sur la truffe ; le bond de l'animal qui hurle ; la deuxième pierre qui file, heurte le chien à l'épaule, et cette pensée oubliée qui revient : *des pierres, il faut lancer des pierres, lancer des pierres !*

J'ai regardé ma main droite. Vide. La pierre qui venait de blesser le monstre à l'épaule était partie de là. Ma main avait agi sans attendre un improbable ordre conscient. D'autres pierres sont parties. J'ai vu Francis-Emmanuel à ma droite, Karl à ma gauche ; il avait tiré le premier caillou, droit dans la truffe, c'était une certitude.

La porte était dans notre dos. Il me restait trois ou quatre pierres dans la main gauche. J'ai tout lancé, je ne sais pas si j'ai touché le chien, et si oui combien de fois. Les cailloux passaient de ma main gauche à ma main droite comme les balles d'un flingue du chargeur au canon, puis volaient vers leur cible. J'étais une mitrailleuse vivante. L'animal hurlait, sautait en l'air, rugissait, yeux noirs écarquillés, babines tendues sur les gencives, mais n'avançait plus. Des gouttes de bave ont touché ma figure, puis le chien est retombé sur l'arrière-train en couinant, touché à un point sensible.

— On rentre ! a crié Karl.

On s'est engouffrés dans la maison. J'ai marché sur les jambes de Sébastien, affalé dans le hall. Quelqu'un a claqué la porte. Entendre le loquet cliqueter a été un grand réconfort. Mélanie a vérifié que la clenche était bien engagée. Oui. Elle est quand même restée arc-boutée contre le vantail, et Karl s'est placé à côté d'elle.

On s'est dévisagés. On attendait un choc contre la porte ; au moins des grattements enragés. Il n'y a rien eu. Pas même un reniflement.

— Enculé de chien de merde ! a explosé Karl.

« Enculé » était un mot interdit dont on ne connaissait pas l'exacte définition – on savait juste que c'était l'insulte suprême –, mais personne n'a eu l'air choqué, pas même Maël, le moins vulgaire d'entre nous.

Karl était rouge, haletant, toujours arc-bouté contre la porte.

À côté de lui, Mélanie a souri en coin, mimique qui l'a fait ressembler à une héroïne de film de John Ford. Elle a dit :

— Je connais la merde de chien et aussi des enculés, mais les enculés de chien de merde, c'est nouveau.

On a éclaté de rire. Au bout de vingt secondes, on riait tellement qu'on ne tenait plus debout. Karl et Mélanie avaient glissé le long de la porte, et Maël, Sébastien, Francis-Emmanuel et moi nous vautrions sur le sol poussiéreux du hall. Francis-Emmanuel nous a suppliés d'arrêter parce que sa mâchoire allait se dévisser, et on est repartis de plus belle.

Quand on a regardé par une des fenêtres du premier étage, plus tard, on a vu que la cour était déserte.

Au retour, Alric et Vincent se sont demandé ce qui nous arrivait. On a marché en silence et en se dévissant le cou comme les gazelles dans *Daktari,* histoire de vérifier qu'un prédateur n'était pas sur nos traces.

CHAPITRE 6

Hystérie

Il ne restait que deux jours de classe. Deux jours avant les grandes vacances. Plus de deux mois sans mettre les pieds à l'école : le paradis. On pourrait faire la grasse matinée, jouer toute la journée, se promener un peu partout avec les parents, peut-être aller au zoo, comme l'an dernier, et sûrement deux ou trois fois du côté de Saint-Malo. On irait applaudir le Tour de France s'il venait en Bretagne. On ramènerait des tas d'autocollants et de casquettes, et on gueulerait pour encourager Bernard Hinault. On partirait aussi une semaine dans le Finistère, voir grand-mère et regarder s'il restait sous les rochers des traces de l'*Amoco Cadiz*, ce con de pétrolier. Bref, des vacances fabuleuses ; je voulais y croire, malgré le corbeau et le doberman enragés.

Madame Tiny – je n'ai jamais su son prénom, on disait « madame Tiny » et rien d'autre – était une institutrice plutôt cool. On était par exemple autorisés à élever des animaux en classe. Dans la salle préfabriquée qui nous était dévolue, il y avait Lila, la chienne, un basset aussi laid que Diabolo dans *Les Fous du volant* mais qui nous adorait, Pinky, le cochon d'Inde, un cancre – il faisait exprès de courir dans sa roue au milieu des dictées –, et deux tourterelles, qui roucoulaient au fond de la classe comme les adolescents débiles perchés le soir sur le toit du vieux lavoir.

Nous étions avec madame Tiny depuis le CM1 et, après deux années passées ensemble, nous allions devoir nous séparer. Et perdre beaucoup d'amis parce que, d'ici un peu plus de deux mois, nous nous retrouverions en sixième, éparpillés en ville dans trois ou quatre collèges différents.

Comme deux mois était une durée qui frisait l'éternité, on n'y pensait pas trop, mais madame Tiny, comme les autres adultes, avait le pouvoir de se projeter loin dans le futur (c'est la raison pour laquelle, passé l'adolescence, pas mal de gens prennent des cachets pour dormir). On lisait de la mélancolie sur son visage : ses élèves allaient la quitter, donc l'oublier. Comme si cela ne suffisait pas, elle et Lila ne remettraient pas les pieds ici à la rentrée : madame Tiny avait demandé et obtenu sa mutation pour la région de Tours, une ville quelque part en direction du centre de la France. Si notre maîtresse avait su ce qui adviendrait ce jour-là, elle n'aurait pas attendu la fin de l'année scolaire pour faire ses bagages. Et je crois qu'elle serait allée beaucoup, beaucoup plus loin que Tours.

C'était un jour important, à cause de cette échéance et pour une autre raison : pour la dernière fois de l'année, et même de notre séjour de cinq ans à l'école élémentaire de La Haye-Blanche, nous allions travailler. L'après-midi et le lendemain, avait promis la maîtresse, ça serait jeux toute la journée.

Pendant une heure, je me suis appliqué, penché sur mes évaluations de français, de mathématiques et de culture générale. Il y avait des pièges : une division par zéro, des compléments d'objet direct sournois et des saloperies de verbes du troisième groupe.

Après la récré, je suis passé à la rédaction, mon exercice préféré.

Pour madame Tiny, l'imagination était aussi importante dans la tête d'un gosse que les tables de multiplication ou les règles du participe passé. Quand elle nous demandait une rédaction, c'était neuf fois sur dix sans exiger de sujet précis. Elle glissait des pistes (« Imaginez que vous êtes dans la jungle » ou « Si vous étiez perdu dans une grande ville »), mais on avait le droit de divaguer autant qu'on voulait. Divaguer, c'était mon trip. J'écrivais des tas d'histoires, qui se passaient dans la forêt amazonienne, dans le Grand Nord, dans le Sahara, dans l'espace, avec plein de rebondissements et de mystères comme dans les vieux films de Tarzan avec Johnny Weissmuller. Ma mère adorait lire ces récits, et certains de mes copains, comme Francis-Emmanuel et Sébastien, y jetaient un œil de temps en temps. Madame Tiny pensait que je deviendrais peut-être écrivain. Moi, je n'en savais rien : explorateur, ça me plaisait aussi.

Ce jour-là, j'ai écrit l'histoire d'un mec perdu dans une jungle noire et profonde (j'avais entendu parler d'un film carrément barjot appelé *Apocalypse Now,* et ça m'avait inspiré), puis j'ai filé dans le coin lecture, au fond de la classe. La maîtresse avait installé ce refuge pour les élèves qui terminaient les premiers, afin de les éloigner de ceux qui bossaient encore. Il n'y a rien de pire qu'un écolier qui s'ennuie à mourir en classe, et madame Tiny avait trop d'expérience pour ne pas s'en préoccuper. Le coin lecture, c'étaient trois matelas alignés le long du mur et une grande armoire bourrée à craquer de bouquins dressée comme un rempart devant les rangées de tables. Autant dire, pour moi, une île aux trésors. C'était de loin mon endroit préféré de la classe... avec la table de Mélanie.

Maël y était déjà. Il lisait *Le Lion* de Joseph Kessel. Je l'avais vu s'éclipser dix minutes plus tôt, et j'avais été impressionné par son extrême rapidité.

— J'adore l'histoire de cette fille ; elle n'est pas comme les autres gosses, m'a-t-il dit en me montrant la couverture, sur laquelle un fauve ouvrait une gueule à faire détaler Rahan. Elle est bizarre.

J'avais lu ce bouquin et j'étais d'accord. Mais plus que la fille, c'était le lion qui m'avait fasciné. Et aussi le guerrier massaï, qui me faisait penser à Francis-Emmanuel.

Je me suis installé près de mon ami et j'ai pris un « *Club des cinq* ». On a lu peinards pendant quelques minutes, puis quelqu'un est arrivé et s'est assis de l'autre côté de Maël. Comme j'étais captivé par les aventures de Claude et de son chien Dagobert, je n'ai pas levé la tête, du moins jusqu'à ce qu'une voix dise :

— Tu veux un Malabar ?

C'était la voix de Christelle Lerond. J'étais abasourdi : si je n'avais pas déjà posé mes fesses sur le matelas, j'en serais tombé sur le cul. D'ordinaire, il lui fallait deux heures pour griffonner une demi-page.

Christelle était le genre de fille solitaire et invisible que nos yeux préféraient éviter : habillée de fripes, les cheveux sales et en désordre, toujours à se curer le nez. Tout le monde était d'accord pour dire qu'elle puait. Ses notes oscillaient dans une fourchette allant de zéro à six. Bref, Christelle Lerond n'existait pas. Je n'étais pas assez sadique (ou téméraire ?) pour aller lui dire en face et en me pinçant le nez que le savon avait déjà été inventé du temps des Gaulois, mais certains, comme Karl, avaient osé. Je pense aujourd'hui que les enfants peuvent être d'une terrifiante cruauté avec leurs semblables : ils imitent les adultes, mais sans les remords pour les freiner.

Quand on voulait embêter un mec, on disait aux autres qu'il était amoureux de Lerond-la-Cochon. Nous ne nous sommes jamais demandé ce que pensait Christelle de ce doux surnom.

Lerond-la-Cochon souriait à Maël. On voyait ses dents chaussées de travers et ses yeux gris étinceler de malice. Elle portait son habituelle robe à fleurs passée de mode, une robe qui, toute fripée, remontait bien au-dessus de ses genoux. N'importe quelle autre fille se serait empressée de rajuster l'étoffe, mais pas elle.

— T'en as ? a interrogé Maël.

— Si je te dis.

— Alors je veux bien.

Elle a fait un truc carrément dégueu : elle a laissé apparaître entre ses lèvres un chewing-gum rose et baveux. On aurait dit un iguane s'apprêtant à gober une mouche.

— Prends-le, chi tu veux, le goût a pas encore dichparu, a-t-elle baragouiné, le Malabar entre les dents.

Si elle m'avait proposé un truc pareil, je crois que je lui aurais dégobillé à la figure. Maël s'est contenté d'un « Très drôle » et a feint de se replonger dans son roman.

— Fais pas le malin, Dulac, je sais qui tu es, a maugréé Lerond en recommençant à mâchouiller sa gomme.

Maël n'a pas bronché. Moi, j'avais de plus en plus envie de balancer l'un des coussins qui parsemaient le matelas sur la tête de cette souillon.

— Et je sais quel est le vrai métier de ta mère... a-t-elle susurré en faisant éclater une grosse bulle rose devant ses lèvres.

Maël s'est écarté d'elle comme s'il s'agissait d'une vipère aspic, et s'est collé à moi.

— T'as dit quoi ? a-t-il lâché d'une voix blanche.

Je sentais sa jambe vibrer de colère contre la mienne.

Lerond a haussé les épaules, continuant comme si de rien n'était à faire tourner son Malabar entre sa langue et son palais, en agrémentant ce numéro de bruits qui m'ont fait penser aux crachouillis d'un crabe au fond d'un seau. Elle a fini par interrompre cet écœurant manège.

— Mon connard de beau-père va voir ta mère de temps en temps, a-t-elle jeté.

J'ouvrais des yeux ahuris. Maël est passé par-dessus mes jambes, paralysées par la surprise, et est allé s'asseoir au fond du coin lecture.

— Dégage ! a-t-il sifflé.

Il avait le visage blafard, et des ombres dans les yeux.

— Ah ouais ? a ricané Lerond. Tu veux que j'aille où ?

Maël était piégé : nous n'avions pas le droit de quitter le coin lecture avant la fin des contrôles, et encore moins de sortir de la classe.

Mon ami a haussé les épaules.

— T'as qu'à dire que t'as mal au ventre. Dégage !

Lerond-la-Cochon a gloussé, puis s'est mise à quatre pattes et a rampé vers Maël. On aurait dit une araignée marchant vers sa proie. Ses jambes étaient très maigres et couvertes de bleus.

— Pourquoi pas... tu veux qu'on aille ensemble aux chiottes ? a-t-elle demandé. Peut-être que tu le regretteras pas ? T'es plus grand que les autres mioches de cette classe...

— Tu me dégoûtes, a dit Maël.

— Ouais, mais tu piges ce que je veux dire. Moi, mon connard de beau-père m'a montré quelques trucs. Et toi ? Ta mère t'a filé des recettes ?

J'entendais et enregistrais chacun de ces mots, mais je n'arrivais plus à suivre. Je ressentais juste un profond malaise. Il y avait plein de sous-entendus ténébreux dans cette joute verbale.

Maël, pâle et raide, s'est plaqué contre le mur du coin lecture. Quelques mots ont fusé malgré sa mâchoire serrée :

— La maîtresse va arriver... Tu vas le regretter !

Madame Tiny a surgi, comme par magie, à l'instant où Lerond se redressait, interloquée. Elle avait l'air furieuse et a jeté :

— Christelle, je n'apprécie guère ton attitude.

Madame Tiny venait de parler d'une voix plate, et c'était mauvais signe. Elle se dressait au-dessus de nous, immense.

Puis j'ai remarqué un détail et mon cœur a cessé de battre.

Ses yeux étaient noirs.

Je ne dis pas qu'elle fronçait les sourcils, qu'elle faisait les gros yeux ou même que des cernes mangeaient son visage, non. Je veux dire que le blanc de ses yeux était noir. Le *blanc* était *noir*. Noir comme le casque de Dark Vador, comme les chats de sorcière, comme la cave de ma grand-mère, comme le corbeau sous le pont. Noir comme les yeux du doberman à la Maison d'Avalon. Et j'ai compris que c'était anormal. Maléfique. Les poils de mes bras se sont hérissés, mes cheveux se sont dressés sur ma tête. J'étais en danger face à ce phénomène inexplicable, comme je l'avais été devant le doberman. Comme le chien l'avait été, la maîtresse semblait téléguidée par une quelconque force occulte. Je me suis recroquevillé contre le mur.

Madame Tiny nous regardait tous les trois avec ses yeux ténébreux. J'étais à deux doigts de pisser dans mon froc.

De l'autre côté de la grande armoire, les élèves avaient compris qu'il se passait quelque chose d'anormal. On n'entendait plus que le roucoulement des tourterelles.

Les billes d'ébène qui avaient remplacé les yeux de la maîtresse se sont focalisées sur Christelle Lerond.

Rou rou rou, faisaient les tourterelles derrière l'armoire. Le bruit me semblait parvenir d'un univers très lointain, hors de portée.

Christelle Lerond s'est ratatinée sur le matelas, mais sans baisser les yeux. Il fallait vraiment qu'elle fût cinglée – je l'avais toujours soupçonnée de l'être un peu – pour oser défier ainsi le regard de doberman braqué sur elle.

Madame Tiny s'est mise à parler fort, passant des graves aux aigus en flirtant avec les ultrasons. Il y avait de la rage et de la folie dans ces variations de ton.

— Ça t'amuse de raconter des histoires indécentes, Christelle ? J'espère que non, Christelle, parce que nous savons tous qu'on ne doit pas raconter ce genre de choses ! Je pense que mademoiselle veut faire l'intéressante, je pense que mademoiselle veut jouer les malignes. Tu crois que je ne pouvais pas entendre tes bêtises, Christelle ? J'espère que tu ne me prends pas pour une demeurée ! J'espère *sincèrement* que tu ne prends pas pour une demeurée !

Je m'attendais à ce que madame Tiny force Christelle à se relever, mais elle l'a contournée, oubliant qu'elle nous avait demandé à plusieurs reprises de ne pas piétiner les matelas, et s'est placée derrière elle. De nouveau, j'ai vu ses yeux noirs, ternes. La sueur a déferlé dans mon cou, sous mes bras, le long de ma colonne vertébrale.

— Pourquoi as-tu dit ces choses, Christelle ? Pourquoi as-tu dit cela ?

Le rou rou rou des tourterelles continuait, imperturbable.

Lerond-la-Cochon a caché son visage dans ses mains, et pour la première fois j'ai ressenti de la pitié pour elle. Peut-être était-elle habituée, chez elle, à attendre que les orages passent à d'autres cieux.

Elle a dit d'une toute petite voix :

— Maël me ressemble...

C'était le jour des surprises. Si je n'avais pas été à ce point terrifié par les yeux de madame Tiny, j'aurais éclaté de rire.

Pas un de mes muscles n'a frémi. Les tourterelles continuaient à chanter.

— Pourquoi ? a dit madame Tiny – on aurait dit une sorcière, une sorcière aux yeux noirs – en se penchant vers la chevelure sale de Christelle.

Lerond a gémi et s'est tassée un peu plus sans ouvrir la bouche. Cette fois, la maîtresse a hurlé :

— Pourquoi ?

Elle a saisi les cheveux de Christelle à pleines mains et a tiré vers le haut. Déformé par la terreur, baigné de larmes, le visage de la fillette est apparu plus laid que jamais.

— Parce que... Parce que... Maël est un menteur ! a-t-elle lâché avant de pousser un cri de rat acculé.

Mais la maîtresse n'écoutait plus. Ses doigts enserraient les mèches sales de Lerond-la-Cochon, tiraient à droite, à gauche, devant, derrière. La fillette hurlait de douleur et ses yeux roulaient dans ses orbites. Mon cerveau et mon corps ne fonctionnaient plus. Madame Tiny ne s'arrêtait pas, râlant désormais des « Pourquoi ? » étouffés, les cheveux en bataille, le visage tourné vers le plafond, et je voyais les veines gonflées de son cou ainsi que ses dents blanches entre ses lèvres retroussées.

Ce n'était plus ma maîtresse et pourtant c'était elle. C'était une furie, mais aussi madame Tiny.

Les tourterelles avaient cessé de chanter.

Lila, la chienne, s'est mise à hurler à la mort, comme les loups dans les romans de Jack London. Un hurlement aigu, long, morbide, qui glaçait les sangs. J'ai entendu la roue du cochon d'Inde se mettre à tourner, et les battements d'ailes affolés des tourterelles. Après l'école, Mélanie m'a raconté : Pinky courait dans sa cage comme s'il avait une meute de chiens aux fesses, et les tourterelles, dans un nuage de plumes, bondissaient d'un bout à l'autre de leur volière, se jetaient contre les barreaux, tombaient à terre et repartaient.

Ce tintamarre a duré trois bonnes minutes, puis tout s'est arrêté d'un coup. Madame Tiny a lâché les cheveux de Christelle et nous a regardés d'un air absent, Maël et moi, comme si elle sortait d'un long sommeil. Ses yeux avaient retrouvé leur couleur d'origine.

Nous n'entendions plus que les sanglots de Christelle, cassée en deux sur le matelas, le visage enfoui dans ses bras et les replis crasseux de sa robe démodée.

Madame Tiny a quitté le coin lecture, et elle a couru pour traverser la classe. La porte a claqué. La maîtresse est sortie dans la cour de récré et je l'ai vue haleter en longeant les fenêtres de notre salle préfabriquée ; je crois qu'elle pleurait. Elle a passé l'angle du bâtiment, sortant de notre champ de vision, et nous l'avons entendue vomir plusieurs fois.

Quand la sonnerie de midi a retenti, tout le monde a sursauté.

CHAPITRE 7

Terreur nocturne

La Haye-Blanche, c'était une zone humide où l'on avait construit quelques années plus tôt une école et un lotissement. Dans notre quartier, toutes les maisons étaient identiques à quelques détails près : pâtés blancs couverts d'ardoises bleues, grandes portes-fenêtres, garage accolé et jardin de cinq cents à sept cents mètres carrés. Tout cela formait un îlot rassurant, où nous vivions heureux, mais autour de ces maisons bien rangées, formatées, il y avait des espaces mystérieux et vides : verts le jour, noirs la nuit.

En 1980, le lait en briques longue conservation n'existait pas à la maison. Maman pensait qu'il était bon pour notre croissance de boire du lait puisé à la source, c'est-à-dire au pis d'une vache. Aujourd'hui, maman ne donnerait pas plus un verre de lait « pis de vache » à un enfant qu'une bouteille d'acide nitrique : le monde a changé, les vaches ne sont plus toutes herbivores, et l'herbe est-elle vraiment de l'herbe ?

Alric et moi allions chercher le lait à la ferme de La

Haye-Blanche (qui avait donné son nom au lotissement) deux ou trois fois par semaine, le soir – même à dix heures passées nous étions les bienvenus ; les paysans semblaient toujours sur le pont. Nos parents cependant n'étaient pas des Thénardier ; on ne traversait pas un bois sombre et glacial avec un seau lourd comme un bouquin de Victor Hugo à la main. Il y avait six cents mètres entre la maison et la ferme ; le chemin était bitumé et longeait la voie ferrée. Et puis, le XXe siècle était bien avancé : maman achetait aussi en dépannage, surtout l'hiver, des bouteilles de lait frais au supermarché ou à l'épicerie.

L'école, c'était du passé. Nous n'avions pas revu madame Tiny après son départ en catastrophe. Monsieur Gilbert, le directeur, nous avait expliqué qu'elle était malade et qu'elle avait dû rentrer chez elle sans tarder. Nous avions passé le dernier jour à nous amuser dans la cour. Les vacances étaient là, et nous avions du mal à réaliser.

Au moins Alric et moi avions-nous tout le temps d'aller chercher du lait. Ce n'était pas l'hiver, on pouvait se balader en T-shirt jusqu'à onze heures du soir ; aucune raison de partir à reculons avec la peur au ventre et les membres frigorifiés d'avance. Nous n'étions pourtant pas enthousiastes à l'idée de parcourir les mille deux cents mètres aller-retour jusqu'à la ferme. Beaucoup de choses s'étaient passées ces jours-ci, et, puisque le soleil venait de se coucher et que la lune prenait déjà le relais, je regardais en marchant les fils téléphoniques tendus entre le chemin et la voie ferrée d'un œil attentif : un corbeau pouvait s'y percher.

Maman nous avait donné quelques pièces pour payer

le lait et nous avions quitté la maison cinq minutes plus tôt. Nous avions longé l'école, puis les logements des instituteurs. Au carrefour suivant, on avait suivi le chemin qui menait à la ferme, une très longue ligne droite qui longeait la voie ferrée. Dans la pénombre grandissante, on ne distinguait que des silhouettes, des formes arborées qui s'écartaient à peine pour nous laisser passer.

On disait bien des choses sur les rails, par exemple que des enfants avaient été écrasés et qu'on pouvait trouver des os au milieu du ballast, ou que des gens se jetaient parfois devant la locomotive pour se suicider. D'après Mélanie, qui avait entendu sa mère raconter ça à une copine, le résultat était le même que pour un moustique croisant par mégarde le pare-brise d'une voiture. À cause de ces histoires, je n'aimais pas ce chemin bitumé et rectiligne qui s'enfonçait dans le crépuscule, entre deux talus couverts de sombres bosquets (il y avait surtout des châtaigniers qui tendaient leurs longs bras vers la lune, mais aussi quelques charmes penchés vers nous, et des trembles aux troncs bosselés et torturés). Je n'aimais pas les rails froids à côté, sur ma droite, des rails qui sifflaient comme des vipères quand un train approchait. Je n'aimais pas les prairies humides sur ma gauche, pleines de marécages et (peut-être) de choses rampantes et visqueuses. Je n'aimais pas la ferme, au bout, avec son chien méchant accroché à une chaîne, ses bâtiments noirs dont les silhouettes se découpaient sur la lune vorace. La lune n'avait pas été placée à cet endroit par hasard. Elle était là pour vous hypnotiser, pour vous empêcher de rester attentif, de regarder d'où pouvaient bien venir les chuintements dans les orties, à hauteur des genoux, ou les craquements au-dessus de vos épaules, dans les ténébreux feuillages.

Alric me collait aux basques, courant tous les dix pas pour suivre mes larges enjambées. Dans la jungle, ceux qui se laissent distancer ne voient jamais la fin du film.

— Pierre, attends-moi, a chuchoté mon frère.

Il avait parlé tout bas et je le comprenais. Le décor n'incitait pas à la rigolade. Si toute la bande avait été rassemblée, peut-être aurions-nous fini par chahuter, mais j'en doutais.

Comme je ne pouvais compter que sur moi-même et que je devais de surcroît veiller sur mon petit frère, je n'en menais pas large.

Nous sommes passés devant une trouée. J'ai vu sur ma droite les rails du chemin de fer, en surplomb au-dessus de la route, qui luisaient sous les premiers rayons de lune. L'agonie du soleil s'achevait à l'ouest, par-delà le ballast et les grands arbres plantés de l'autre côté de la voie ferrée. D'ultimes lueurs rouges flottaient derrière les troncs noueux.

J'ai ralenti pour attendre Alric. Ça ne m'enchantait pas, mais c'était mon petit frère. Maman m'avait dit que j'en étais responsable, que c'était mon devoir de veiller sur lui. Ce genre de sermons me donnait des boutons ; si je ralentissais, c'était parce que Alric avait huit ans et moi onze, et pas pour suivre les bons conseils de ma maman.

Alric m'a rattrapé, m'a jeté un regard en coin et m'a souri, pas longtemps pour que je ne l'envoie pas balader. Il avait intérêt à la fermer et surtout à pas me dire merci. J'ai vu dans ses yeux qu'il avait peur de la nuit tombante mais qu'il était en partie rassuré. J'ai ralenti encore un peu pour qu'il ne soit pas obligé de courir tous les cinq mètres. Il avait carrément intérêt à ne pas l'ouvrir ou je reprenais un rythme normal.

On a marché en silence sur une centaine de mètres et parcouru un tiers de la ligne droite. Il faisait sombre maintenant. Les masses noires des châtaigniers défilaient des deux côtés ; j'avais l'impression qu'ils étaient vivants, qu'ils se concertaient en chuchotant, en se touchant du bout de leurs longs doigts. J'essayais de faire le moins de bruit possible, mais j'entendais les godillots d'Alric cogner dans les nids-de-poule ou contre les touffes d'herbe.

— Pierre...

— Quoi ?

— Votre maîtresse, elle est devenue folle ?

— Je sais pas.

— Karl m'a dit qu'elle avait des yeux tout noirs quand elle a tiré les cheveux de Christelle Lerond. C'est toi qui lui as raconté, il paraît.

J'ai maudit Karl : il n'avait pas résisté à la tentation ! Je l'imaginais se penchant vers les petits pour leur parler d'une voix de sorcière, comme lorsqu'il nous murmurait une histoire d'épouvante. Je devinais leurs yeux effarés.

— C'est vrai. Mais t'inquiète, maintenant, c'est les vacances. On n'ira plus à l'école.

C'est venu d'un coup. J'avançais, je voyais la lune au loin, au-dessus des châtaigniers et de la ferme. L'instant d'après, je ne voyais plus rien. J'étais aveugle.

Sur le coup, j'ai cru que quelque chose s'était posé sur mes yeux. Un bandeau ou un truc comme ça, comme quand on joue à colin-maillard. J'ai trébuché, ne comprenant pas ce qui arrivait. J'étais passé de la nuit sombre à l'obscurité totale, et ce n'était pas du tout la même chose. Même lors d'une nuit sans lune, il y a au moins une étoile dans le ciel, des phares de voiture au loin, un lampadaire ou une fenêtre éclairée à l'horizon. Cette fois, il n'y avait rien. Comme si quelqu'un venait de m'enfermer dans les profondeurs d'une grotte, d'une cave d'un tombeau.

J'ai buté sur une touffe d'herbe. Par réflexe, j'ai passé une main devant mes yeux, effleurant mon nez, mon front, mes paupières. Il n'y avait rien, pas le moindre bandeau, pas la moindre écharpe, pas même la main d'un farceur. Rien. Mes yeux étaient ouverts.

J'ai entendu ma voix gémir :

— Alric, t'es où ?

Pas de réponse. Je me suis arrêté. Je ne savais plus où j'étais. J'allais basculer dans les orties, glisser dans la prairie mouvante. J'entendais mon souffle terrifié. De nouveau, je me suis passé la main sur le visage. Rien. Je n'étais jamais tombé dans les pommes : peut-être était-ce l'impression que l'on ressentait. J'ai crié :

— ALRIC !

— Quoi ?

— Je vois plus rien ! T'es où ?

Il m'a touché la main. Je n'étais pas dans les pommes.

— Ben je suis là, à côté. Pourquoi tu dis que tu vois plus rien ? Pourquoi tu t'arrêtes ?

— Je vois plus rien ! Il fait noir !

Le contact avec mon petit frère était comme une bougie dans les ténèbres. J'ai remonté ma main le long de son bras et j'ai serré son épaule.

— On est où ?

— Au milieu de la route. Qu'est-ce que tu...

Sa voix chevrotait maintenant. Mon attitude le déconcertait. Son grand frère pétait les plombs, là, en pleine nuit, et il était effrayé. J'étais moi-même au bord de l'hystérie.

— Putain, je vois rien, je vois rien. Je suis aveugle ! Merde, merde, merde...

— Tu me fais peur... a gémi Alric.

Il a commencé à pleurer.

Moi aussi, j'allais me mettre à chialer. Me laisser emporter par la vague d'épouvante haute comme un tyrannosaure qui arrivait droit sur moi. Il faisait toujours aussi noir, je n'avais plus de repères, plus rien. J'étais terrifié parce que je devais affronter deux obscurités à la fois : ce noir inconnu dans ma tête, mais aussi la nuit *extérieure*, celle du monde réel, pleine d'arbres tordus et de broussailles prêtes à déchirer, que je ne voyais plus. Mon père était loin, si loin, à des centaines de mètres derrière nous, au bout de cette immense ligne droite sur laquelle presque personne ne circulait, encore moins tard le soir.

La lune est revenue.

Je la voyais de nouveau. J'ai mis deux secondes à réaliser. J'ai tourné la tête en tous sens ; j'ai vu les ombres mouvantes des châtaigniers, les corps tordus des trembles, les lueurs mourantes à l'ouest. Je devinais la silhouette sombre d'Alric, collé à mon flanc droit. Alric gémissait. J'ai ravalé mes larmes. Je ne comprenais toujours pas ce qui s'était passé, mais je voyais, désormais. C'était l'essentiel.

— Pierre ? a sanglоté Alric. Qu'est-ce que t'as ?

— Rien... C'est bon... Je vois clair, maintenant.

Ma voix était rauque, comme si j'avais pleuré pendant une demi-heure.

— J'ai très peur... a insisté Alric.

Je n'avais plus du tout envie d'aller chercher du lait. Je voulais retrouver de la vraie lumière, une maison éclairée avec des ampoules électriques. J'avais un besoin fou de lumière. J'y pensais comme Robinson Crusoé avait dû rêver au navire qui le ramènerait chez lui.

J'ai essayé de parler d'une voix calme, virile, pour ne pas effrayer mon frère davantage.

— On rentre à la maison, ai-je dit.

Seul un murmure a filtré d'entre mes lèvres. Alric a attendu que je fasse demi-tour pour me suivre. Il ne me donnait plus la main, mais je sentais ses doigts palper mes reins toutes les deux secondes.

Nous avons marché ainsi sur une cinquantaine de mètres, puis j'ai entendu des crissements dans les graviers.

Au début, préoccupé par ma récente perte de vision, je n'y ai pas vraiment fait attention, mais le bruit est revenu. Insistant. Proche.

Crriiic crriiic criiic.

Si j'avais été dans un état normal, mon cerveau aurait vite déclenché une alerte générale. L'alarme s'est mise en route avec un peu de retard, mais elle était réglée au volume maximal.

Il y avait quelque chose... quelqu'un... sur la voie ferrée.

Quelqu'un qui avançait... qui marchait... à la même vitesse que nous, quelques mètres en retrait. Quelque chose qui écrasait les cailloux sur le ballast, entre les traverses. Quelqu'un de lourd, qui nous avait repérés.

Qui nous a pris en chasse.

La vague de panique est revenue dans ma tête, encore plus haute. J'ai pensé à ce type tout nu que Mélanie avait vu une fois sur le bord du canal et qui lui avait montré son zizi en forme de matraque. J'ai aussi pensé à un loup-garou, planqué entre les orties et les châtaigniers, et qui attendait que des enfants aient la mauvaise idée de passer par là en pleine nuit pour sortir de son trou. Surtout, j'ai pensé au mort du wagon. Peut-être que ce mort n'avait pas apprécié qu'on le dérange en cassant des bouteilles. Peut-être que ce mort sans lèvres et sans zizi attendait la bonne occasion pour se venger.

Je respirais de plus en plus fort. J'avais envie de courir, mais Alric ne semblait pas avoir remarqué les bruits suspects. Si je me mettais à galoper, j'avais peur que la chose ne m'imite. Cette chose serait plus rapide que nous, ça ne faisait aucun doute. Les chiens méchants, les fauves et les loups-garous sont toujours plus rapides que leurs proies. Peut-être pourrais-je parvenir à m'enfuir — je n'étais pas mauvais en athlétisme —, mais les jambes d'Alric étaient trop petites.

La chose approchait. Criiic criiic criiic.

Le rideau noir est revenu. D'un coup, comme la première fois. Quelqu'un avait tiré ce rideau, et il ne laissait rien passer. Plus rien. Plus d'ombres, plus de lueurs. L'obscurité totale.

Je ne pouvais pas m'arrêter. La chose n'attendait que cela.

— Pierre ! a crié Alric.

Cric cric cric cric.

— Pierre, je vois plus rien !

Il s'est mis à crier. Il a voulu saisir ma main droite, mais j'avais besoin de mes deux mains pour palper l'obscurité. Je ne pouvais pas avancer dans ce noir sans tendre mes mains, c'était impossible. Pourtant, je l'ai fait. J'ai serré son épaule, et je me suis mis à courir, ma main gauche pour seul pare-chocs. Mes pensées se sont embrouillées, ballottées par l'immense vague de terreur qui m'avait cette fois rattrapé, englouti. Un tsunami noir, plein de tourbillons, dans laquelle j'asphyxiais, me noyais.

Nous avons couru durant ce qui me semble encore aujourd'hui des heures. J'essayais de rester sur la route en suivant les touffes d'herbe qui poussaient en ligne au milieu de la chaussée. Alric criait, gémissait, pleurait, et moi aussi je pense. À travers nos plaintes terrifiées, j'entendais le cric cric cric des graviers, les frôlements dans les châtaigniers, le halètement sur la voie de chemin de fer qui nous surplombait. Je courais en aveugle, trébuchant, la main gauche tendue devant moi, m'attendant à chaque instant à basculer dans les orties, à sentir les griffes brûlantes d'une branche – ou d'autre chose – m'arracher la peau du visage.

Plusieurs fois, le noir est reparti, puis revenu. Ce n'est que lorsque nous nous sommes éloignés de la voie ferrée que l'horreur a cessé. Nous avons retrouvé la vue, mais nos yeux étaient pleins de larmes et la panique déboussolait nos sens.

Papa et maman nous ont entendus arriver avant qu'on ait touché la porte d'entrée parce qu'Alric, à peine le portail du jardin passé, a braillé comme un agneau égaré. Affolés, ils sont sortis en chaussons sur la terrasse et ont eu toutes les peines du monde à comprendre quelques mots dans le chaos de nos sanglots. Papa a patrouillé en voiture sur le chemin, ses pleins phares allumés, mais n'a rien remarqué.

Maman, persuadée qu'un sadique avait tenté de nous attraper, ne nous a plus jamais demandé d'aller chercher du lait à la ferme. Elle y est allée elle-même plusieurs fois, en plein jour, puis a fini par acheter toutes les bouteilles à l'épicerie ou au supermarché.

***

Malgré Patti Smith déchaînée sur *Because the Night* dans mon casque, je t'ai entendu tourner la clé dans le barillet et entrer sur la pointe des pieds. Il était tard, plus tard que je ne l'aurais souhaité, Tristan. Les enterrements, nous le savons, ne durent pas aussi longtemps.

J'aurais dû aller t'accueillir, sûrement. Mais qu'aurais-je fait ? T'aurais-je demandé maladroitement si tout s'était bien passé ? Si tu voulais en parler ? Pour tout dire, j'ai eu peur de lire des choses que je connaissais déjà dans tes yeux, d'y voir ces mêmes reflets qu'un quart de siècle plus tôt dans les miens et ceux de mes amis de Duaraz. Ou dans les tiens, le jour où Marie nous a dit qu'elle renonçait à lutter.

Le noir, toujours.

J'ai craint d'entendre tes mots ou, pire, tes silences. J'ai eu peur et je suis resté assis, espérant que tu ne remarquerais pas la lumière sous la porte.

Tu as traversé le couloir sur la pointe des pieds, puis grimpé les escaliers en essayant de ne pas les faire grincer. Un quart d'heure plus tard, je n'ai pu m'empêcher de t'emboîter le pas. Ta porte était entrouverte : j'ai jeté un œil. Tu n'avais pas fermé le store, et la lumière lunaire éclairait tes draps, ton corps. J'ai retrouvé l'enfant d'autrefois et un peu de moi, mais le garçon du passé n'était déjà plus qu'une ombre. Il y avait sur ton visage des angles, des creux, un pli qui annonçaient une autre époque, un être nouveau qui serait mon égal, en moins usé.

Je suis redescendu à la cuisine et j'ai pris un soda dans le réfrigérateur sans allumer le plafonnier. Je me suis assis un instant sur l'une des chaises rempaillées, épaule calée contre un mur, ma bouteille à portée de la main : si je voulais achever cette histoire dans la nuit, il me fallait quelques pauses et des calories.

Sournois, le sommeil m'a pris en traître. Vautré contre le mur, j'ai rêvé que je courais dans le noir et le vide. Quand j'ai rouvert les yeux quelques minutes plus tard, en sueur au milieu de la nuit, je me suis souvenu de cette terreur sans nom. Durant quelques secondes, j'ai été ce gamin qui galopait entre deux rangées d'arbres, sur une ligne droite qui n'en finissait pas, au milieu d'une noirceur infinie. J'ai marché, terrifié, jusqu'au salon. Là, j'ai allumé toutes les lumières. J'ai aussi réveillé la télé, volume à zéro, et je suis resté hébété devant les images silencieuses qui défilaient sur l'écran. Puis je me suis souvenu d'une panne d'électricité, l'hiver dernier, et je suis allé chercher une puissante lampe torche dans la cuisine. Au cas où.

Assis devant l'écran vide, sous l'halogène dont j'avais poussé le curseur à fond, les bras entourant mes genoux, serrant ma lampe contre ma poitrine, j'ai tremblé.

J'ai eu peur du noir et de Lui.

C'est en pensant à toi, Tristan, que je suis revenu à mon bureau.

Je dois continuer à écrire.

Chapitre 8
Fous furieux

La nuit suivant notre mésaventure le long de la ligne de chemin de fer, j'ai fait mes premiers cauchemars : j'avançais dans le noir, bras tendus devant ma poitrine, et les rares lueurs dispersées autour de moi comme des balises sur l'océan s'éteignaient peu à peu. Je me suis réveillé à plusieurs reprises au cœur de l'obscurité. J'avais envie de courir me réfugier dans le lit de mes parents, mais je ne voulais pas passer pour un poltron ou, pire, une fille. Au matin, j'ai appris qu'Alric avait choisi cette option, mais mon frère n'avait que huit ans, pas onze. Ce n'était d'ailleurs pas une excuse suffisante : mon père ne lui a pas dit un mot au petit déjeuner.

Pendant qu'Alric allait embêter son policier préféré, entre une et trois heures du matin, je récitais le Notre Père dans ma tête. J'avais l'impression d'être un peu moins seul, et ça m'occupait l'esprit. Cet été-là, j'ai souvent employé cette méthode pour réussir à m'endormir. Quand le loup rôde, penser à Dieu est plus rassurant que compter de stupides moutons.

J'avais du brouillard dans la tête quand j'ai émergé des plis trempés de sueur de mes draps, à neuf heures du matin. Je crois que ma mère m'a parlé de la soirée de la veille, mais je n'en suis pas sûr. J'ai pris mon petit déjeuner en silence, entre mon père qui faisait la gueule et Alric qui bâillait.

Cet après-midi-là, toute la bande serait à la maison. Nous avions décidé d'organiser un grand goûter pour les vacances. En plus, c'était l'anniversaire de Mélanie trois jours plus tard, et je savais que ni son footballeur de père ni sa surmenée de mère n'avaient l'intention de préparer une fête. Les Lagrange étaient des gens riches, mais très occupés. Mélanie aurait onze ans sans goûter d'anniversaire chez elle mais pas sans nous, c'est ce que Francis-Emmanuel, Maël et moi avions décidé. Mes deux meilleurs amis devaient arriver en milieu de matinée pour m'aider à tout préparer : les jeux, les ballons de baudruche, les bougies pour le gâteau, le cadeau (un cheval et une robe de princesse pour sa Barbie) et les sachets de bonbons qui seraient distribués aux invités.

Ce goûter et les jeux qui l'ont précédé ont été une réussite. Nous avions pourtant tous le cadavre du wagon, les événements de l'église, les yeux noirs de madame Tiny et un certain corbeau en mémoire (plus des bruits de pas sur le ballast pour Alric et moi), mais nous n'y avons pas pensé une seconde au cours de l'après-midi. Les enfants ont un privilège : la capacité de claquer des portes étanches dans leur cerveau et d'enfermer à double tour – en attendant qu'ils se libèrent – des angoisses ou des traumatismes qui rendraient n'importe quel adulte frappadingue. Je les envie.

Nos noirs souvenirs sont restés en prison le temps des jeux et du goûter. Jusqu'au gâteau d'anniversaire exactement. Le gâteau, un millefeuille géant, était sur la table du salon, et Mélanie avait soufflé les bougies. Maman, qui nous avait rejoints, a pris une photo de notre joyeuse bande avant de couper des parts rectangulaires grandes comme des parpaings pour tout le monde.

Quelqu'un a frappé à la porte d'entrée.

Nous avons sursauté parce que ce n'était pas le toc toc toc classique mais plutôt un boum boum boum qui n'annonçait rien de bon.

Il y a eu un grand silence, puis le boum boum boum a recommencé. Maman a traversé la salle à grands pas en fronçant les sourcils. Elle n'appréciait guère cette manière de cogner à la porte et papa était au travail. Peut-être s'agissait-il d'un garçon de notre classe voulant faire une mauvaise blague, mais peut-être aussi d'un représentant trop entreprenant pour être honnête.

Quand le boum boum boum a résonné pour la troisième fois, la porte, dans l'entrée, a tremblé.

Maman a tiré derrière elle la porte vitrée qui séparait le salon du vestibule mais en la laissant entrouverte, puis elle a tiré le verrou et ouvert le battant. J'ai entendu des vociférations. Au bout de quelques secondes, j'ai reconnu la voix des Gaspar, les voisins de droite.

Maman et papa ne s'entendaient pas avec eux. Monsieur Gaspar, brun de peau et de poil, était très poli quand on ne le dérangeait pas. Dans le cas contraire, il nous envoyait promener, Alric et moi, comme des chats de gouttière. Monsieur Gaspar était marié avec une grande blonde qui ressemblait à une poupée Barbie passée par erreur à la machine. Ils avaient deux garçons de treize et quatorze ans. Maman disait que si les psychologues n'avaient pas inventé l'âge bête, alors ces deux-là auraient pu déposer un brevet.

— C'est une honte ! a hurlé une voix féminine, et j'ai reconnu le timbre strident de madame Gaspar.

— Vous allez nous rembourser ! a crié monsieur Gaspar, qui haussait le ton en se doutant bien que papa n'était pas à la maison.

Je ne savais comment réagir. Monsieur et madame Gaspar avaient déjà critiqué notre comportement – nous entrions sans autorisation dans leur jardin ramasser le ballon passé par-dessus la haie ; on criait en jouant dehors à l'heure de la sieste ; nous et nos copains avions un air moqueur lorsque nous les croisions dans la rue –, mais jamais je n'avais entendu le couple hurler à ce point.

Maman m'a regardé à travers la porte entrouverte du salon. Elle semblait furieuse et inquiète. Elle essayait de savoir si j'étais au courant de quelque chose. Elle m'a fait signe d'approcher pendant que les braillements continuaient dehors. J'ai quitté la table, la peur au ventre et le cerveau tournant comme le tambour d'une machine à laver pour rafraîchir mes souvenirs. Avant le goûter, nous avions organisé une chasse aux trésors dans le jardin et la maison, mais sans importuner les voisins. Qu'avaient-ils à nous reprocher ?

Les Gaspar, déchaînés, gesticulaient sur le seuil. Lui, ses cheveux noirs dressés sur le crâne ; elle, sa tignasse blonde emmêlée comme si elle venait de sortir du lit.

— Le voilà, ce voyou ! a hurlé madame Gaspar, dont le teint d'ordinaire hâlé avait laissé place à une couleur de homard cuit.

Monsieur Gaspar a pointé un doigt accusateur sur moi.

— Explique à ta mère ce que vous avez fait ! C'est une honte !

J'ai regardé ma mère, éberlué.

— Qu'est-ce que monsieur et madame Gaspar veulent dire ? a demandé maman d'une voix atone.

— Le mur, NOTRE mur, vous l'avez vu ? a hurlé miss Homard.

— Eh bien non, et je ne vois... a commencé ma mère.

— Taisez-vous. Toi, dis ce que tu as fait !

J'ai essayé de murmurer quelque chose, mais ma gorge était nouée.

— J'ai r...

Miss Homard ouvrait et fermait ses mains comme s'il s'agissait de pinces. Elle a parlé d'une voix hystérique.

— Je vais vous dire ce qu'il a fait, je vais vous dire ! Il a jeté de la boue sur notre façade ! TOUTE notre façade, même les fenêtres. TOUTE notre façade, partout !

Ses cris sont devenus des gémissements, puis miss Homard a mis sa main devant sa bouche et a reculé, les yeux brillant de larmes.

Monsieur Gaspar a posé une main compatissante sur son épaule.

— Des dizaines de mottes de terre, de paquets de boue ! a-t-il grogné. Notre façade est foutue !

Ses yeux ne pleuraient pas, mais étaient injectés de sang. Son visage était devenu blanc, comme s'il venait de se cogner très fort.

Maman m'a regardé. Elle était gênée et en colère, je le savais. Inquiète aussi, parce que les Gaspar avaient l'air assez furieux pour devenir imprévisibles.

— Vous avez fait ça ? a-t-elle demandé.

Les Gaspar ont hurlé de concert que, ÉVIDEMMENT, nous l'avions fait, que nous étions des VAURIENS, des DÉLINQUANTS, qu'il fallait s'y attendre, vu la manière dont nous étions éduqués.

J'ai dit non et j'ai secoué la tête pour que maman comprenne, parce que ma voix était couverte par les cris des voisins.

Maman a voulu dire quelque chose, mais les Gaspar s'agitaient toujours en criant des imbécillités comme « Ils méritent une bonne correction ! » ou « Il va falloir rembourser ! » Maman a attendu vingt secondes, m'a regardé d'un air fataliste, puis a poussé un cri digne de Geronimo :

— LA FEEEEERME !

Silence.

Maman s'est raclé la gorge, puis a parlé avec calme :

— Ce n'est pas mon fils. Ni lui ni ses copains. Vous devriez vous renseigner avant d'importuner les gens et de vous donner en spectacle devant des enfants (elle a agité la main en direction du salon). Au revoir.

Elle a voulu fermer la porte, mais monsieur Gaspar s'est jeté dessus.

— Menteuse ! a-t-il crié. Menteur ! a-t-il ajouté à mon adresse.

— Petits salauds ! a renchéri sa femme avant de sauter à son tour sur le battant.

Maman a reculé, incapable de résister à cette double pression, et j'ai fait de même. J'ai entendu des exclamations dans le salon, des bruits de chaises qu'on repousse. Sans doute Karl, Maël et Francis-Emmanuel. Peut-être Alric. Les Gaspar ont passé le pas de la porte. Quand ces deux hystériques se sont dressés devant moi, j'ai vu leurs yeux.

Noirs.

Noir sans fond.

J'avais observé les mêmes gouffres dans les yeux de madame Tiny et dans ceux du doberman.

— Vous méritez une bonne leçon ! a grondé monsieur Gaspar.

Le temps qu'il prononce ces mots, le noir sans fond s'est envolé. Le voisin ne paraissait plus en colère, mais déterminé. Ses yeux étaient injectés de sang, mais le noir avait disparu.

Le visage de miss Homard a souri de sinistre manière : dents blanches sur fond rouge avec, autour, l'auréole des cheveux blonds emmêlés. J'ai pensé aux Gorgones de la mythologie grecque.

— Nous allons vous la donner nous-mêmes. Une bonne fessée déculottée !

— Pierre, appelle les gendarmes ! a ordonné maman. C'est une violation de propriété devant témoins ! Si vous insistez, je porte plainte pour menaces, coups et blessures. Mon mari connaît les gendarmes ; ils ne vous feront pas de cadeau.

Elle regardait les Gaspar droit dans les yeux, et j'ai admiré son cran. J'ai vu sa main crispée, blanche, arrimée au battant de la porte.

De nouveau, il y a eu un grand silence. Je n'osais bouger, même pour m'approcher du téléphone, posé sur le buffet dans la salle. Les Gaspar étaient debout à un mètre devant moi. J'étais terrorisé par le noir que je venais de voir dans leurs yeux.

Puis j'ai entendu le cling du téléphone qu'on décrochait.

— C'est quoi le numéro, madame ? a dit la voix posée de Mélanie.

— Fais le 17 et explique chez qui tu es et ce qui se passe, a répondu maman. Dis-leur de venir tout de suite.

Monsieur Gaspar a grimacé à la manière d'Hydargos contemplant un Golgoth pulvérisé par Goldorak. Il a lâché la porte et est sorti.

— Viens, Katia, ces gens sont pires que la Gestapo !

La Gorgone nous a lancé un regard furieux avant de partir à son tour.

— Je vous enverrai la facture ! a-t-elle sifflé, histoire de ne pas perdre tout à fait la face.

Maman a regardé dehors pour s'assurer qu'ils quittaient le jardin. J'ai entendu le portail qui donnait sur la rue couiner, puis le cling du téléphone que Mélanie venait de raccrocher sans avoir dit un mot. Maman a refermé la porte. Ses mains tremblaient. De nouveau, elle m'a observé. Je n'en menais pas large, j'avais presque envie de chialer.

— C'est pas toi, c'est juré ? a-t-elle redemandé.

— C'est pas nous. Juré.

Elle a haussé les épaules.

— Les Gaspar sont cinglés. Ton père ne va pas apprécier.

Au bout de dix minutes, on avait retrouvé notre bonne humeur. Du coup, maman, qui était un peu l'héroïne du jour, est restée rire avec nous (peut-être n'avait-elle pas tellement envie de se retrouver seule dans la cuisine). La deuxième héroïne, c'était Mélanie. On lui a offert de bon cœur la robe de Barbie et le cheval.

— Les cons, c'est comme les trous du cul, y'en a partout où y'a du monde, a dit Karl en oubliant que maman était juste derrière lui.

Il s'est pris une tape sur la tête, mais comme maman a rigolé en rouspétant, ça ne l'a pas traumatisé.

J'ai ri, mais jaune. J'avais plusieurs paires d'yeux noirs dans la tête : ceux des Gaspar, de la maîtresse, du doberman. Alric, que Mélanie avait forcé à rester dans la salle à manger, n'avait heureusement rien vu. Mais pour moi, ça commençait à ressembler à une inquiétante collection.

Une heure plus tard, nous n'étions plus que trois dans la maison : Maël, Francis-Emmanuel et moi. Les autres invités étaient partis, même Mélanie, qui devait aller acheter des vêtements avec sa mère à Rennes. Papa n'était pas encore rentré du travail, et maman avait filé au supermarché avec Alric.

Comme il n'était que dix-huit heures, nous avons décidé de jouer dans le jardin avec nos Big Jim et nos Action Joe. J'ai pris la Jeep camouflée avec sa remorque et un bazooka pour mon Action Joe, et Maël a opté pour le buggy tout-terrain, le fusil-mitrailleur et le Big Jim d'Alric. Francis-Emmanuel était chargé de nos ennemis.

Vingt minutes après le départ du convoi et deux combats victorieux contre un rhino en plastique et une mygale en caoutchouc, nous nous sommes retrouvés à l'angle nord-ouest du jardin, derrière la maison. On s'est planqués entre le tronc de l'unique peuplier et la haute haie de thuyas plantée le long du grillage. Au pied de l'arbre, nous avons installé un camp de base pour nos aventuriers : une tente au centre, une table et des bancs bricolés avec des chutes de contreplaqué à côté, de grosses pierres et des bouts de bois pour les barricades, et un fossé tout autour pour dissuader animaux, monstres et psychopathes de pénétrer dans l'enceinte.

D'où nous étions, nous pouvions apercevoir par un trou dans la haie la maison des Gaspar. Après l'incident de l'après-midi, maman, Mélanie et moi avions jeté un œil sur la façade de leur pavillon. Le spectacle était saisissant : le mur blanc s'était transformé en peau de vache, avec des taches noires sur toute sa surface, portes-fenêtres et volets compris (plus tard, nous avons appris que les sales gosses de miss Homard étaient responsables de ce méfait ; les deux adolescents avaient balancé nos noms pour éviter des représailles).

Nous étions assis à même la terre au pied du peuplier, devant le camp de base où nos héros reprenaient leur souffle. L'endroit était sec, ombragé, confortable. Les véhicules étaient garés près de l'entrée du camp, et les baroudeurs, endormis sous la tente. On pouvait en profiter pour parler un peu.

Maël a hésité, puis a dit :

— J'ai vu les yeux des Gaspar, quand ils sont devenus noirs. C'est arrivé aussi à mon père.

Je suis resté interdit. Maël regardait une brindille ou je ne sais quoi sur le sol – la coccinelle qui courait sur une feuille de pissenlit ? Des mèches tombaient sur son front. Je ne voyais pas le bas de son visage.

— Il n'est plus là, et c'est à cause de ce truc.

Les yeux verts de Francis-Emmanuel s'arrondissaient. Si mon Action Joe s'était mis à siffloter *Le Pont de la rivière Kwaï* avant d'allumer une clope, ça l'aurait moins étonné.

— À cause de quoi ? a-t-il dit en articulant comme si Maël était sourdingue.

— À cause du noir.

Notre chef est resté silencieux quelques secondes, puis a ajouté :

— Le noir l'a enlevé et tué. Le noir, c'est le Mal.

Je ne distinguais pas le visage de mon nouvel ami, caché à la fois par l'ombre du peuplier et par ses mèches rebelles, mais je voyais très bien la mine ébahie de Francis-Emmanuel, qui venait de redresser son long corps de guerrier africain. Je pouvais lire les pensées qui fusaient derrière la tignasse crépue : *Il est cinglé ou il se fout de nous ?*

— Ton père a été enlevé ? ai-je demandé.

Puis j'ai vu la goutte tomber sur la terre sèche et j'ai compris que Maël pleurait. J'aurais préféré être au milieu d'un interminable repas de famille, sur la table du dentiste avec une fraise hurlant au-dessus de ma figure, n'importe où plutôt qu'ici avec mon meilleur ami pleurant pour une raison que je ne comprenais pas.

Maël restait silencieux. Maman en revanche était rentrée.

— Pierre ! a-t-elle crié, tu peux venir m'aider ?

Maman nous avait laissés foutre le bazar toute la journée, et sa maison était sens dessus dessous : il valait mieux lui obéir à la vitesse d'un commando US. J'ai bondi sur mes pieds, et Francis-Emmanuel, qui connaissait ma mère depuis des années, a fait de même.

— On revient, ai-je dit à Maël.

J'étais presque soulagé d'avoir à obéir à ma mère.

— T'inquiète pas, ai-je ajouté, t'es pas tout seul !

Maël a relevé la tête un instant et j'ai vu entre ses

mèches blondes ses yeux tristes et sombres, secrets comme les arcanes d'un labyrinthe.

— Je vous raconterai... a-t-il murmuré avant de plonger de nouveau le nez vers le sol.

J'ai couru vers la maison, Francis-Emmanuel sur mes talons. Maël nous a rejoints quelques minutes plus tard, mais ne nous a rien raconté de plus ce jour-là. Nous avons travaillé une bonne heure avec ma mère. Ensuite, mon père est rentré du travail. Mes deux amis se sont éclipsés chacun de leur côté, Francis-Emmanuel vers les hauteurs du lotissement et Maël à l'opposé, en direction de l'écluse.

La nuit, j'ai rêvé qu'un tigre en plastique géant avec de grands yeux noirs m'attaquait et que mon bazooka ne fonctionnait pas. Au lieu de m'aider, mon Action Joe se mettait à pleurer.

CHAPITRE 9

Dans les bois

Au début du jeu de piste, tout s'est passé comme sur des roulettes, c'est-à-dire dans la bonne humeur. Une fois de plus, nous avons enfoui nos soucis dans le tréfonds de notre cervelle pour nous plonger corps et âme dans l'aventure du jour.

On avait rendez-vous à onze heures à la Maison d'Avalon, avec nos vélos. Comme les Action Joe, j'étais paré pour une longue expédition : dans mon sac à dos, il y avait des sandwichs, une pomme, une portion de Vache-qui-rit, un paquet de Chocos BN, une gourde pleine de citronnade, une pompe, un cahier, un K-Way. Même si le ciel était bleu comme un Schtroumpf, il fallait être prévoyant : nous habitions en Bretagne, pas à Tamanrasset. Sur ma tête : une casquette jaune estampillée Renault. Sous ma selle : une trousse de réparation avec colle et rustines en cas de crevaison. Notre cible : l'étang des Maffrais, au milieu de la forêt, à cinq kilomètres du bourg de Duaraz. C'est là que nous devions pique-niquer et participer à un jeu de piste organisé par de jeunes scouts amis du père Olivier.

Le père Olivier ne pédalerait pas avec nous ; il se rendrait sur place en voiture, avec sa 2 CV bringuebalante verte. Trois mères de famille, que nous ne connaissions pas bien, avaient accepté de nous accompagner à vélo. Elles avaient toutes quelques kilos en trop. Par charité chrétienne, les quelque vingt gosses déchaînés qui participaient à cette escapade comptaient les aider à en éliminer un peu.

Ce jour-là, j'avais décidé d'être coureur du Tour de France. En prenant mon petit déjeuner, j'étais Joop Zoetemelk, dont j'aimais la persévérance, mais finalement j'avais changé pour Bernard Hinault, le plus grand cycliste de tous les temps, en tous les cas chez les Bretons (en réalité, Joop a gagné deux semaines plus tard, après l'abandon d'Hinault, mais j'avais alors autre chose à faire qu'à suivre le Tour).

J'entendais le roulement régulier du pneu avant sur le bitume, je sentais mes cheveux flotter dans le vent. Mon T-shirt battait comme une voile sur ma poitrine gonflée à bloc. C'était un instant grisant ; j'étais un gamin heureux sur son vélo.

Après un trajet sans histoire, on a pique-niqué à l'étang des Maffrais. C'était un endroit sympa ; un petit lac bleu entouré de bois et de fougères, une passerelle de bois pour l'enjamber, et des tas de recoins pour se planquer. Le jeu de piste en pleine forêt était génial, et je me suis demandé si je ne m'inscrirais pas chez les scouts d'ici un ou deux ans (Karl, lui, adorait les chemises beiges et les foulards rouge et jaune).

On avait formé des groupes de trois. J'étais avec Maël et Henri Grenèche, un rouquin de l'école privée plein de taches de rousseur dont personne ne voulait parce qu'il avait la sale manie de bouffer ses crottes de nez. Plus maladroit que Z-6PO, Henri était tombé cinq fois dans des fossés pleins de boue dès la première heure de jeu.

À quinze heures, on avait bien avancé, et je commençais à me dire qu'on avait de bonnes chances de l'emporter. Karl et Mélanie étaient sur nos talons, mais on les avait vus s'engager sur une fausse piste. Les énigmes des scouts nous semblaient, à Maël et à moi, vraiment trop faciles. Henri Grenèche, qui devait s'inscrire chez les louveteaux à la rentrée, pigeait que dalle. Son avenir, quand il aurait un foulard autour du cou, serait tout tracé : spécialiste des gamelles à récurer.

On planchait sur un message codé, à quelques pas d'une des passerelles qui surplombaient le lac, quand une voix a jailli des fourrés :

— Alors les gars, on se prend pour des soldats d'élite ?

Il paraît que les Gaulois n'avaient peur que d'une chose : que le ciel leur tombe sur la tête. On était Gaulois, mais notre trouille absolue, c'était que Lerond-la-Cochon se pointe à un moment imprévu ; le ciel, à côté, ne pesait pas bien lourd.

J'ai grogné :

— Oh merde, pas elle !

Elle n'a pas été plus polie :

— Ferme ta gueule, le mioche. Maël me semble moins excité que toi.

C'était une affirmation présomptueuse, dans le sens où le visage de Maël évoquait celui d'Actarus découvrant qu'un Golgoth venait de raser une ville entière.

Christelle Lerond tenait par le guidon une bicyclette

démodée, rouillée, peut-être construite pendant la Seconde Guerre mondiale, voire à la fin de la Première. Deux rayons de la roue avant avaient disparu.

Comme on n'était guère plus bavards que Bernardo, le serviteur muet de Zorro, elle a enchaîné :

— Il a l'air cool, votre jeu, les mecs ! Vous cherchez le grand méchant loup ?

— Qu'est-ce que tu fous là ? ai-je réussi à articuler.

Elle a ricané :

— J'me balade en vélo, j'ai pas le droit ? J'ai appris par la copine d'une copine d'une copine que vous seriez ici. Je me suis dit que j'allais aussi y faire un tour.

— Et pourquoi ? ai-je soufflé, interloqué.

— Pour vous demander un service, les gars !

Si les surprises continuaient à ce train, j'allais finir par croire que le premier avril avait changé de date. J'ai murmuré :

— Tu veux quoi ?

— Entrer dans votre bande, a affirmé la fillette sans sourciller.

— On est complet, ai-je rétorqué, comme s'il s'agissait d'un camping ou d'un hôtel. Et d'abord...

— Ta gueule le mioche, m'a coupé Lerond. T'es pas le chef. C'est à Maël que je demande.

J'ai ouvert la bouche, puis l'ai refermée, incapable de trouver le mot à la mesure de ma fureur.

— C'est quoi ton délire ? a interrogé mon meilleur ami.

— C'est pas un délire, Maël. Tu vas m'accepter dans ta bande.

Il a ricané.

— Et pourquoi je ferais ça ?

— Peut-être bien que je me sens un peu seule dans la vie. Mais t'occupe pas des raisons. Tu vas le faire, c'est tout.

— Ça m'étonnerait !

— Pas moi. T'as envie que je devienne bavarde ?

Il y a eu un instant de flottement. J'avais oublié le message codé qui pendait entre mes doigts. J'avais même oublié tout ce qui fait le charme des forêts l'été : les papillons volant en rase-mottes au-dessus des fougères, les libellules planant sur l'étang, le cricri des sauterelles, la brise chaude qui caresse la peau. J'avais oublié qu'on était sur le point de gagner. J'avais même oublié la présence de ce benêt d'Henri Grenèche.

— Qu'est-ce que tu veux dire ? a murmuré Maël.

— Je t'ai déjà parlé de mon salaud de beau-père, je crois...

— Et alors ?

— Il s'est un peu rancardé sur ta mère, vu qu'ils se rencontrent régulièrement. Et du coup, aussi sur ton père. Il a appris des tas de trucs étonnants. Vraiment étonnants...

Un profond silence s'est installé. Je n'entendais plus que les vibrations incessantes des insectes, et Lerond mastiquant sans relâche.

Paf ! a fait son chewing-gum quand elle a achevé de le gonfler. Des morceaux roses ont maculé ses joues pleines de sueur. Elle les a récupérés entre ses doigts sales et les a fourrés dans sa bouche, puis elle a recommencé à mâcher.

Maël, de glace malgré le soleil de ce milieu d'après-midi, regardait Lerond sans broncher. Il avait une tête de plus qu'elle. Il était silencieux, immobile, ses yeux plantés dans ceux de la fillette.

Elle a paru décontenancée et a commencé à jouer avec les freins déglingués de son vélo.

— C'est... c'est pas compliqué de me faire rentrer, a-t-elle dit, hésitante. Et si tu te décides pas vite, eh bien... oublie pas que les filles tiennent rarement leur langue !

Maël est resté de bois.

— Toi, tu n'es pas comme les autres, a-t-il lâché entre ses dents. Je parie que tu sauras la fermer.

Lerond a haussé les épaules et a poussé son vélo pour s'éloigner. Je la devinais préoccupée par le calme apparent de Maël.

— Je te laisse un peu de temps pour m'inviter, mais tarde pas trop, a-t-elle dit d'une voix moins assurée qu'à son arrivée. Faut que je rentre. Salut, les mecs.

Elle a disparu au détour d'un sentier.

J'ai failli sursauter quand Henri Grenèche a pris la parole.

— Elle est tarée, cette gonzesse ! a gloussé le rouquin. Mais qu'est-ce qu'elle voulait dire à propos de ton père, Maël ?

Maël a marché droit sur lui et s'est arrêté à quelques centimètres de son visage plein de taches de rousseur.

— Si j'étais toi, je ne poserais plus cette question, a-t-il dit d'une voix glaciale. Plus jamais. Et je ne parlerais de ça à personne. Tu piges ?

Henri a pâli. Ses taches de rousseur ont pris une teinte pivoine.

— Pas... pas de souci !

Maël s'est éloigné à grandes enjambées.

— Ce jeu me gave, a-t-il décrété. Finissez sans moi !

J'ai fourgué le message codé au rouquin sidéré, et j'ai

couru derrière mon ami. On s'est rendus en silence au point de rendez-vous. Maël a expliqué à un scout de quatorze ans aux cheveux coupés ras et au visage plein d'acné qu'on préférait attendre là. Le mec a maugréé un truc à propos des « ploucs » et de leurs « chiants de gosses », puis nous a fait signe d'aller nous asseoir dans le coin. Maël s'est allongé dans l'herbe et j'ai essayé de choper des libellules en attendant les autres.

Le jeu s'est éternisé, mais tout le monde est finalement rentré à bon port, à une exception près. L'après-midi a commencé à se gâter quand le père Olivier a constaté qu'Henri avait disparu. Personne n'avait remarqué son absence, pas même les trois mères de famille censées veiller sur nous, qui avaient causé toute la journée près de l'étang. Et pas les scouts, très occupés à bouffer les biscuits du goûter à notre place. On a expliqué qu'il avait voulu finir le jeu sans nous, qu'il était sans doute occupé à grignoter ce qu'il avait sous la main ou à patauger au fond d'un fossé.

On nous a rassemblés sur une berge de l'étang, près d'un bras mort. Des moustiques dansaient au-dessus de l'eau croupie. Le père Olivier, qui n'était pas du genre à paniquer, a dit :

— Ne bougez pas, ne vous inquiétez pas, je vais chercher ce pauvre garçon !

On n'était pas inquiets pour le rouquin : en bouffant ses crottes de nez, il pourrait survivre plusieurs jours.

Puisqu'on avait du temps à tuer, on a cherché des grenouilles sur les bords de l'étang. Il y en avait autant que de soldats ricains sur les plages du débarquement, mais nous étions nuls pour les attraper. Sébastien a glissé et a mouillé une de ses chaussures. La berge était glissante ; il avait du mal à remonter. Il a réussi sans problème quand Karl lui a dit qu'un serpent nageait droit sur son cul.

On commençait à se dire qu'on allait passer la nuit ici quand on a entendu rugir et grincer la 2 CV du père Olivier.

Henri était comme les joueurs du Stade Rennais : rouge et noir. Rouge de peur, de honte et de larmes versées, noir à cause de ce qui traînait au fond des fossés, et qui décorait maintenant ses vêtements. Karl a dit qu'Henri ne pourrait pas devenir athlète mais qu'il ferait un putain de soldat dans les tranchées. Henri n'a pas rigolé : il a juré qu'il avait été poursuivi par un chien énorme. Le père Olivier l'a regardé en lui faisant comprendre que le mensonge n'était pas le passe-temps préféré de la Sainte Trinité.

Nous sommes revenus comme nous étions venus, en file indienne, moi devant puisque, sous ma casquette Renault, j'étais Bernard Hinault.

À la Maison d'Avalon, avant de rentrer chez moi, je suis allé voir Henri.

— Hé, Henri, le chien qui t'a poursuivi, il était de quelle couleur ?

Henri m'a regardé avec des yeux de cocker battu, cherchant la matraque planquée dans mon innocente question.

— Pourquoi ? Qu'est-ce que ça peut te faire ?

— Ça m'intéresse. De quelle couleur il était ?

— Noir.

— Il ressemblait à un doberman ?

Henri n'avait plus l'air soupçonneux, mais inquiet.

— C'était un doberman, je crois.

— Où est-ce que tu l'as vu pour la première fois, ce chien ?

— Heu... À côté du pont. J'étais revenu jusque-là pour trouver le père Olivier, mais y'avait personne alors...

— T'as vu ses yeux ? De quelle couleur ils étaient ?

Maintenant, Henri me regardait comme si j'avais perdu la raison.

— Je sais pas ! Quand je l'ai vu courir vers moi, j'ai couru aussi. Après, j'ai escaladé un arbre, mais quand j'ai regardé en bas le chien n'était plus là. Pourquoi tu me demandes ça ?

— T'occupe. T'as eu de la chance qu'il te chope pas les fesses.

— Pourquoi ?

— Parce qu'on n'aurait même pas retrouvé tes os.

J'ai laissé Henri, pâle comme Casper le fantôme, devant la Maison d'Avalon et j'ai enfourché ma bécane pour rentrer à la maison.

Chapitre 10

Les proies de l'ombre

À cette époque, il existait encore à Duaraz des commerces mixtes. Chez Bigot, la librairie-papeterie, faisait aussi salon de coiffure.

Le commerce était implanté au lieu-dit La Levée. Ce hameau formait une sorte de centre-ville annexe, situé à peu près au centre du village, entre l'église et notre quartier de La Haye-Blanche. On y trouvait, pétrifiés entre la route nationale et la voie de chemin de fer, une boulangerie et sa réserve de Malabar, une boucherie, une pharmacie, un bar, un fleuriste et, un peu plus loin, la gare et le double magasin des Bigot. On avait le droit d'y aller seuls malgré la redoutable nationale, mais en respectant les trois règles sacrées : « Attention aux poids lourds » ; « Respectez les passages cloutés » ; « Ne passez jamais au rouge ».

Une fois devant la boutique, on avait le choix entre deux portes grinçantes munies de longues poignées verticales en cuivre : à gauche, la porte verte pour la librairie-papeterie ; à droite, la porte marron pour le salon de coiffure.

En optant pour la porte verte, on se retrouvait nez à nez avec madame Bigot, son mauvais caractère et son chignon gris. Madame Bigot vous observait dès votre entrée dans le magasin avec un air à mi-chemin entre la chouette et le faucon : elle était comme étonnée de vous voir là et irritée par votre présence, prête dans tous les cas à vous fondre dessus en cas de geste déplacé. Par exemple, lire plus de deux pages d'un magazine avant de l'acheter était considéré comme un *casus belli*.

Il était inutile de chercher vous-même le pot de peinture pour maquettes kaki ou les feuilles de papier carbone : seule la patronne était capable de trouver votre aiguille dans sa botte de foin. En contrepartie, dans cette jungle

où les étagères montaient jusqu'au plafond et s'écroulaient parfois comme des arbres morts, on trouvait de tout. Madame Bigot renâclait, jurait, mais finissait par dénicher l'article demandé. Quand nous entrions chez la vieille au chignon, nous savions qu'il faudrait essuyer quelques piques, mais que la patronne se dépenserait sans limite pour nous jeter dans la main l'article à moins de trois francs qui nous tenait à cœur : une gomme au parfum de fraise, un pot de colle Cléopâtre, une pochette d'images Panini, le *Castor Juniors* du mois dernier...

Si madame Bigot était un gentil rapace, son mari était la souris qui tâche de ne pas trop se faire remarquer. Il n'était pas le maître à bord, nous l'avions tous deviné. Les deux époux avaient un seul point commun : ils portaient la même blouse grise et passée, sortie tout droit, comme leur boutique, des *Sucettes à la menthe,* de Robert Sabatier.

Quand nous avons passé la porte marron du salon de coiffure, Maël et moi, il était quatorze heures pile. Il y a eu l'horrible ddddrrrriiing annonçant notre arrivée, capable, à mon avis, de décoller les plombages calés dans nos caries.

— Par ici ! a dit monsieur Bigot en me montrant le fauteuil du doigt.

J'ai mis la blouse froissée qu'il me tendait et j'ai pris place sur le siège. Le coiffeur ne m'a pas demandé quelle coupe je désirais : ici, c'était « bol » pour tout le monde ; ceux qui n'étaient pas d'accord pouvaient toujours « aller se faire plumer chez les péteux des beaux quartiers », comme l'avait dit madame Bigot à un client capricieux six mois plus tôt.

Je n'aimais pas vraiment aller chez le coiffeur parce que, après, vous étiez bon pour une longue séance de torture : ça vous piquait le cou toute la journée, et même se frictionner la nuque avec une serviette pendant une demi-heure n'y changeait pas grand-chose. Aujourd'hui, je me fous pas mal des cheveux qui picotent dans le cou, mais pendant la séance j'observe toujours avec attention, dans le miroir, le visage du coiffeur et la danse de son rasoir...

Comme je n'avais aucune raison d'être méfiant ce jour-là, j'ai examiné les lotions, les paires de ciseaux et les peignes exposés sur les étagères de part et d'autre de la grande glace qui me faisait face. Il y avait des spots couverts de crottes de mouche pour éclairer le tout. Monsieur Bigot s'est mis au travail. Le temps a passé comme il a pu, en silence, avec un gros parfum d'ennui, puis monsieur Bigot s'est mis à ruminer, à maugréer. Il parlait seul, tout bas, chose qu'il n'avait jamais faite jusqu'à maintenant. J'étais intrigué, mais pas encore inquiet. Sur sa chaise, contre le mur, Maël lisait les aventures de Popeye et d'Olive en attendant son tour, et ne voyait rien de ce qui se passait autour de lui. Les ciseaux continuaient leur va-et-vient sur mon crâne, et des mèches châtaines tombaient au creux de la blouse, entre mes genoux.

J'ai entendu quelques mots :

— Ils font chier ces gosses, putain ils font chier...

J'avais dû mal comprendre. J'ai tendu l'oreille. En même temps, j'ai trouvé qu'il faisait chaud sous cette blouse, chaud comme dans une bagnole au soleil. Je commençais à transpirer sous les bras et dans le cou, là où monsieur Bigot avait enroulé une bande de papier rêche pour empêcher ces sacrés foutus bouts de cheveux de passer.

— Ils sont malins, trop malins, trop trop trop malins. Ils se doutent, oh oui ! ils se doutent... Trop malins... a psalmodié mon coiffeur.

Une goutte de sueur a coulé sur mon front puis le long de mon nez. Je n'étais pas censé m'essuyer. La goutte est descendue millimètre par millimètre sur ma peau et c'était un horrible supplice, pire que les cheveux dans le cou.

— Qu'est-ce que vous dites ? ai-je demandé d'une petite voix.

Monsieur Bigot n'a pas répondu. Il s'est tu. C'était encore pire : je trouvais le silence pesant, angoissant. D'autant que le silence n'était pas vide : il y avait le tchic tchic régulier des ciseaux.

Monsieur Bigot a recommencé à marmonner.

— Sales gosses, sales gosses, sales fouineurs de gosses, sales fouineurs de malins de sales gosses...

Soudain, je n'ai plus rien senti. Une seconde plus tôt, il y avait la main du coiffeur dans mes cheveux et mes mèches qui tombaient, et là, plus rien.

Mais j'entendais toujours le tchic tchic.

Quelque chose de glacé s'est insinué dans le bas de mon ventre malgré l'étuve sous la blouse. La sueur coulait dans mon cou, sur ma poitrine, mais du côté de mes intestins flottaient des vapeurs de chambre froide. Le cœur battant, j'ai levé les yeux et regardé dans le miroir.

Derrière moi, juste au-dessus de mon crâne, monsieur Bigot avait la bouche déformée par un rictus à la Dracula. Ses yeux étaient noirs, ternes (cela me terrifiait, mais me surprenait à peine). Sa main droite, poilue comme celle d'un singe, tenait les ciseaux et s'agitait de manière convulsive. Tchic tchic, tchic tchic, tchic tchic. Le coiffeur taillait, coupait, mais dans le vide, à cinq centimètres de mon oreille droite et de ma tempe.

J'étais tétanisé sur mon fauteuil. Dans le miroir, je voyais mon visage blanc, mes traits défaits, et juste au-dessus le regard noir qui me contemplait. Dans ce regard, il n'y avait rien, rien qu'un vide froid et infini. Ce n'était pas juste une surface noire, non, c'était un espace énorme, sombre et désertique à perte de vue. C'était le néant. On pouvait y tomber et s'y perdre à jamais.

J'ai failli basculer dans ce vide et ne pas remonter. J'étais hypnotisé par les yeux, par la main qui taillait dans le vide.

Madame Bigot a crié :

— RRRRRRoooooger ! ! ! !

Alors j'ai vu l'autre bras, le gauche, qui s'élevait au-dessus de mon épaule, à quelques centimètres de ma jugulaire.

Au bout, une main pleine de gros poils noirs qui tenait un long rasoir effilé, avec sa lame chromée brillant sous les spots et son manche en nacre lisse comme le marbre d'un caveau.

Madame Bigot n'était pas dans la pièce. Madame Bigot n'imaginait pas que son mari puisse brandir un rasoir pour trancher la gorge d'un enfant. Madame Bigot ne pensait pas que dans l'autre main – le tchic tchic avait cessé –, son mari tenait une paire de ciseaux prête à pénétrer pointe en avant dans l'oreille du même gosse. Madame Bigot se foutait pas mal de ce qui pouvait arriver dans le salon de coiffure : elle gueulait parce que son livre de comptes avait disparu ; elle voulait savoir sur-le-champ où son mari (RRRRRRoooooger ! ! ! !) l'avait foutu.

Madame Bigot et son mauvais caractère m'ont sauvé la vie sans le vouloir ce jour-là : je garderai toujours pour cette mégère une tendresse particulière.

J'ai bondi de mon siège. Roger semblait paralysé, comme si le cri de son épouse avait court-circuité les piles dans son cerveau. Maël levait les yeux de sa BD, ahuri. Il n'avait rien vu. J'ai maudit Olive et Popeye et l'ai tiré par la manche. Nous sommes partis comme ça, en courant, alors que madame Bigot appelait de nouveau son RRRRRoooooger ! ! ! ! J'ai galopé avec ma blouse jusqu'au passage à niveaux, Maël sur mes talons. La ligne de chemin de fer passée, de retour dans mon quartier, j'ai arraché la blouse et la bande de papier qui me serrait la gorge. J'ai jeté le tout par-dessus le grillage, sur le ballast.

— Qu'est-ce qui s'est passé ? a dit Maël.

Je me suis assis sur le trottoir, les pieds dans le caniveau, et mes larmes ont coulé.

Le chemin des Chèvres est situé au sud de Duaraz, en plein bocage (j'emploie le présent car le chemin existe toujours, je l'ai vérifié lors de notre séjour l'été dernier, et nous pourrons la prochaine fois y aller ensemble si tu le souhaites, Tristan). Pour s'y rendre, il faut remonter jusqu'en haut du lotissement, en passant devant le pavillon où vivait Francis-Emmanuel, puis emprunter la voie communale 21, qui file vers le club hippique. Au bout de deux cents mètres environ, on arrive à un hameau de trois habitations : deux maisons et une ferme.

Nous, on s'arrêtait forcément deux minutes pour jeter un œil à l'élevage de dindons. On se marrait bien parce que l'un d'entre nous essayait à chaque fois d'imiter leur glouglou. On passait ensuite derrière les bâtiments de la ferme ; on faisait un crochet pour éviter le chien qui grondait au bout de sa chaîne. Devant nous, un grand champ en pente, bombé, descendait sur au moins trois cents mètres, jusqu'à une banale haie d'aubépines.

En apparence, rien de bien intéressant, hier comme maintenant.

Le long du champ cependant, sur la gauche, deux rangées de chênes, de châtaigniers et d'ormes, alignés sur deux talus parallèles, jouent, aujourd'hui encore, les soldats au garde-à-vous. Au milieu de cette haie d'honneur, préservé des regards indiscrets, le chemin des Chèvres, notre base secrète, était bien caché.

Nous y avions installé des bancs de bois et une table de fortune, c'est-à-dire une chute de contreplaqué posée sur deux cageots de pêche, puis on avait ajouté un pneu suspendu à un arbre, des étagères pour ranger quelques babioles, une « écurie » pour Héroïko et ses compagnons, un coffre secret. Enterré, le coffre servait à planquer nos trésors de guerre. Karl avait déniché derrière l'école notre plus beau trophée : une tête d'oiseau tellement mort qu'il n'en restait que le bec et la boîte crânienne. On conservait aussi un caillou violet (peut-être une météorite), un morceau d'assiette (Mélanie pensait qu'il pouvait s'agir d'un fragment de poterie romaine) et deux longues plumes de faisan.

Depuis le début de l'hiver, nous n'étions pas souvent venus là, y compris aux beaux jours, et nous n'avions pas d'explication à cette désaffection. À présent, je me demande si nous n'avions pas déjà commencé, en nous éloignant du chemin des Chèvres, à quitter l'enfance en douce.

Une heure avait passé depuis mon passage mouvementé chez les Bigot. Avec les copains, on était convenus de nous retrouver à la base en milieu d'après-midi, et je n'étais pas mécontent de changer d'air. Après l'étuve de la blouse et la peur intense qui m'avait vrillé les entrailles, j'appréciais les bouffées d'oxygène qu'exhalaient les ramures.

Quand Maël et moi avons passé le talus, on a vu que l'endroit était dans un sale état. D'autres gosses avaient dû visiter le coin. Il y avait des canettes, des capsules, des mégots de cigarette par terre : à la réflexion, il ne s'agissait pas de gosses – ce qui aurait été supportable –, mais de grands, d'adolescents. Nous n'aimions pas cette sous-espèce. Les « ados » nous semblaient bêtes, violents, vulgaires. Il valait mieux s'en méfier comme de la lune rousse.

J'ai dit « Putain ! » et j'ai couru vers la cachette du coffre secret. Il y avait des traces de pas partout. La terre avait été remuée, et le coffre gisait sur l'humus. Nouveau juron. Notre coffre n'avait rien à voir avec ces trucs blindés que tentent de pulvériser les frères Dalton dans les albums de Lucky Luke. Notre coffre, c'était une boîte métallique avec une Bretonne et sa coiffe dessinées sur le couvercle, qui avait jadis contenu des biscuits. La Bigoudène était cabossée. À l'intérieur, le crâne d'oiseau avait disparu. La météorite, la poterie romaine et les plumes de faisan aussi.

Nous étions assis en rond, en tailleur comme des Indiens sous le wigwam du conseil. Ne manquait que le calumet de la paix. Le chef, qui était aussi le plus âgé d'entre nous, c'était Maël. C'était à lui de parler. Pendant que chacun s'installait, on a discuté du Tour de France, des vacances au mois d'août, de nos Action Joe. On était tous d'accord pour dire que la télé, l'été, c'était plus emmerdant qu'une salle d'attente chez le docteur (voilà une chose qui n'a pas changé !).

On était désolés que les trésors aient disparu, même si personne n'était venu les voir depuis des semaines. On aurait dû se méfier : la planque du coffre était secrète, mais la terre remuée avait dû sauter aux yeux des visiteurs. La prochaine fois, on ferait comme les Indiens : on effacerait les traces.

Karl a juré que s'il surprenait quelqu'un dans la base secrète, même un grand de quatorze, quinze ou seize ans, il le transformerait en assiette de gloubiboulga. Il a aussi eu l'idée de pisser dans l'une des canettes de bière avant de remettre la capsule en place. Karl espérait que l'un des ados se laisserait berner. « Il rotera moins qu'avec la Kro, mais il risque de dégueuler un bon coup », a-t-il expliqué.

Mélanie a sorti une plume de sa poche. Elle était bleue. Notre princesse a dit :

— C'est une plume de mésange. J'aime beaucoup les mésanges. Elles sont belles et intelligentes. Je mets cette plume dans le coffre. C'est un nouveau trésor. Notre coffre ne doit jamais être vide.

Elle l'a posée dans la boîte. Karl a creusé, loin de l'emplacement précédent, a couvert la Bigoudène de terre, a effacé les traces et a dit :

— La prochaine fois, je planquerai dans cette boîte un piège à rat avec une Gitane accrochée dessus, au cas où un connard aurait l'idée de l'ouvrir.

On a bien rigolé en imaginant le mec se jetant sur la clope et se relevant en hurlant.

J'ai ensuite raconté l'épisode du salon de coiffure, ce qui a refroidi l'atmosphère.

Maël regardait entre ses pieds, chaussés de godillots en cuir râpé qui devaient dater des années soixante. J'avais fini de parler. Il a attendu comme ça, prostré, pendant deux ou trois minutes. Personne ne disait mot, parce qu'on avait décrété qu'il s'agissait d'un conseil de guerre et qu'il fallait respecter la parole de l'autre. C'était une idée de Francis-Emmanuel, qui venait de lire *Sa Majesté des mouches*. Dans ce livre, les enfants qui désiraient parler devaient tenir à la main une sorte de grand coquillage appelé « conque ». Sans conque, pas de parole. Ça évitait qu'une discussion se transforme en concert des Rolling Stones. Karl a dit qu'il ne connaissait pas ce bouquin, que c'était à tous les coups un truc d'intello et qu'il n'y avait pas beaucoup de coquillages dans le périmètre. Francis-Emmanuel a relevé le menton comme un guerrier massaï qu'on insulte. Je n'ai jamais vu Francis-Emmanuel s'énerver, il n'a jamais frappé personne, mais ses bras et ses jambes étaient beaucoup plus longs que les nôtres, et agiles comme les pattes d'un guépard. Mélanie a dit qu'elle avait lu le livre et qu'il était génial. Elle a fouillé dans la poche de son jean et sorti une bague en plastique avec une coccinelle dessus. Un truc qu'elle avait dû obtenir dans un distributeur de supermarché – on glisse une pièce, on tourne la poignée et on soulève une trappe métallique pour récupérer la surprise.

— Celui qui voudra parler devra tenir la coccinelle, a-t-elle déclaré.

— Pourquoi une coccinelle ? a demandé Karl. C'est un truc de fille, ça !

Mélanie l'a regardé comme la princesse Leïa toisant Yan Solo dans *La Guerre des étoiles.*

— Nigaud. Une coccinelle, c'est un porte-bonheur. Maintenant, tais-toi, car tu l'as pas.

Karl a froncé les sourcils et s'est tu. Mélanie a donné la bague à Maël, qui venait de relever la tête. Je n'avais pas remarqué les cernes sous ses yeux. Ils étaient larges et bruns ; on aurait dit deux coulées de lave. Je me suis demandé si notre chef n'était pas malade. Le soir, j'ai vu dans le miroir de la salle de bains que j'étais à peu près dans le même état.

— Il y a quelque chose de méchant par ici, a dit Maël.

Il parlait d'une voix posée, comme un sachem.

Il a laissé passer un silence. Il s'est mis à gratter le sol entre ses jambes avec un petit bâton. On aurait dit un devin romain lisant l'avenir dans les cendres.

— Je pense que cette chose méchante était là quand il

y a eu ce truc à la messe, et c'était elle quand le corbeau a attaqué Mélanie. L'attaque du doberman à la Maison d'Avalon, c'était elle aussi. Et elle encore quand madame Tiny s'est énervée avec Christelle, quand les Gaspar sont venus au goûter chez Pierre, et tout à l'heure chez le coiffeur. Cette chose, je ne sais pas ce que c'est, mais je sais qu'elle ne nous aime pas. Elle nous attaque alors qu'elle ne fait rien aux adultes. Elle peut entrer dans les animaux ou les humains et les commander. À ce moment-là, ils ont des yeux noirs.

Maël n'avait jamais prononcé un aussi long discours. Il faisait chaud cet après-midi-là, mais pas ici, au creux du chemin, à l'ombre des grands arbres. J'ai frissonné.

Mélanie a levé la main pour avoir la coccinelle, et Maël lui a donné l'objet.

— Je suis d'accord avec toi, Maël. Je sais pourquoi elle nous aime pas : à mon avis, c'est parce que nous pouvons la voir. On voit les yeux noirs. Je pense que beaucoup de gens ne voient rien. On voit ces trucs, et la chose n'aime pas ça.

Karl a demandé la bague. Il l'a prise avec une moue qui en disait long sur ce qu'il pensait de l'objet.

— D'abord, on sait pas si d'autres gosses ont vu des trucs ou ont été attaqués, et puis tout le monde peut voir ce qui se passe. Tout le monde a vu le truc du sang et la bestiole à la messe.

— Je... a commencé Sébastien.

— Coccinelle ! l'a coupé Mélanie.

Les joues de Sébastien se sont transformées en feux de détresse. Mélanie a pris la bague dans la main de Karl, l'a posée dans celle de Sébastien et lui a fait signe du menton.

— Je crois... Je crois que tout le monde peut voir les yeux noirs, a balbutié notre timide compagnon, mais que la chose veut nous attaquer *nous*. C'est pour ça que nous la voyons plus souvent que d'autres.

Maël lui a fait un signe de la main qui aurait pu signifier « Passe-moi la monnaie », et Sébastien s'est plié en deux pour lui donner la coccinelle.

— C'est sûrement ça, a confirmé Maël. On est sa cible. Je crois qu'elle est furieuse contre nous parce qu'on a trouvé le cadavre derrière le wagon. C'est peut-être ce monstre qui a tué ce mec.

C'était la première fois que ce mot était prononcé : « monstre ». Deux syllabes qui ont transformé mes cheveux en brosse à chien et mon ventre en trou noir. Karl s'est jeté sur la main de Maël pour prendre la bague. Il avait l'air furieux.

— C'est des conneries ! Les monstres, c'est dans *Hulk* ou *Scoubidou*, ça n'existe pas en vrai ! Et le cadavre, c'était un suicide, le père de Pierre l'a dit !

— Ça, c'est ce que pensent les adultes... a glissé Sébastien en subtilisant la bague. Moi, si je me suicidais, je me couperais pas les doigts, les lèvres et autre chose avant.

Tout le monde se regardait. On ne savait plus quoi dire.

J'ai pris la bague.

— Je crois que les monstres existent. Peut-être pas des trucs comme les fantômes et les vampires, mais celui-là, oui. Je crois que c'est un monstre qui nous a poursuivis, Alric et moi, près du chemin de fer. Il voulait nous attraper, c'est pour cela qu'il nous a rendus aveugles. Il nous a mis du noir dans la tête. C'était froid et ça faisait très peur.

J'avais la gorge serrée. Il y a eu un silence épais. Tous les membres de la bande connaissaient cet épisode. Tous savaient qu'on avait perdu l'usage de la vue, que quelque chose avait marché derrière nous sur le ballast. Et tous étaient horrifiés.

— J'ai vu les yeux de monsieur Bigot aujourd'hui, ai-je poursuivi. C'était la même chose que dans ma tête près du chemin de fer. C'était noir, et ça me faisait très peur. C'était... du néant !

J'ai laissé passer deux secondes, parce que je ne savais pas trop comment décrire ce que j'avais ressenti.

— C'était vraiment un monstre, me suis-je contenté d'affirmer.

Mélanie m'a désigné la coccinelle et je lui ai passé son bijou en plastique.

— Je crois ce que dit Pierre. Il sait ce qu'il a vu. Je le crois à cent pour cent.

Tout le monde a hoché la tête, même Karl après cinq secondes d'hésitation. J'avais presque envie de pleurer. J'étais soulagé qu'ils soient tous de mon côté. J'ai regardé un à un les visages de mes amis, pâles et décomposés. J'étais content d'être avec eux.

Francis-Emmanuel a déplié son bras et a pris la bague.

— Maël, t'as parlé de ton père, hier. Il y avait que Pierre et moi, a-t-il précisé en regardant les autres. T'as dit que tu nous expliquerais des choses. T'as dit que ton père avait été enlevé par ce... monstre.

Souple comme un félin, Francis-Emmanuel s'est penché vers notre chef pour lui donner la coccinelle. Maël a pris l'objet et a regardé notre guerrier massaï bien en face. Il avait l'air triste et sur ses gardes, comme un combattant qui consent à rendre les armes en sachant que cela devait arriver un jour. Il a baissé la tête :

— Oui... C'est vrai, je l'ai dit...

Il a passé sa langue sur ses lèvres. Ses doigts tambourinaient sur sa cuisse. Il a relevé la tête et a braqué les yeux sur moi. Des yeux sombres, perdus dans des cernes noirs.

— Vous me promettez de ne jamais rien dire ?

J'ai chuchoté :

— Juré.

Je ne voulais pas parler fort parce que je n'avais pas la coccinelle dans la main, mais il me semblait important de prononcer ce mot, de ne pas me contenter d'un hochement de tête. Les autres m'ont imité.

Maël a repris son bâton pour dessiner des vagues et des gribouillis sur la terre.

— Je pense que mon père a combattu cette chose et qu'elle s'est débarrassée de lui. Ce n'était pas ici, c'était dans le Sud, sur la Côte d'Azur, là où on habitait avant de venir ici. Mais cette chose m'a suivi.

Cinq visages blancs se sont observés. Ils ont échangé des regards terrifiés.

Francis-Emmanuel a repris la parole. Il n'avait pas la coccinelle, mais personne ne lui en a fait le reproche.

— Tu veux dire que ce truc a tué ton père, là-bas, sur la Côte d'Azur ?

— Oui.

— Comment tu le sais ?

— Mon père m'avait déjà parlé des yeux noirs. Il m'a dit qu'il y avait un monstre qui le suivait.

— Ton père avait peur de ce monstre ?

— Très peur. Maintenant qu'il est mort, le monstre me suit. Il nous suit.

Karl a bondi :

— Nous ? Pourquoi nous ?

— Parce que vous êtes mes meilleurs amis. Mes seuls amis.

C'était une réponse émouvante et terrifiante à la fois.

— C'est quoi ce truc, ce monstre ? a demandé Sébastien.

— Je ne sais pas... Mon père l'appelait la « Menace Noire ».

Tout le monde a voulu parler en même temps.

Mélanie :

— Pourquoi il voulait tuer ton père ?

— Je ne sais pas...

Karl :

— Tu l'as déjà vu, ce tueur ?

— Non.

Mélanie :

— Pourquoi tu nous as rien dit avant ?

— Je croyais que c'était fini... je ne savais pas si...

Sébastien :

— Est-ce qu'il va nous tuer ?

— Je ne sais pas... Je...

Moi :

— On fait quoi maintenant ?

Nouveau silence.

Mélanie a senti que la panique menaçait. Elle a gémi :

— S'il vous plaît, on n'oublie pas la coccinelle...

Nous étions tous à deux doigts de la crise d'hystérie, les uns accroupis, d'autres à genoux. Karl était debout. Mélanie, au bord des larmes, était terrifiée à l'idée qu'on perde les pédales.

Maël a tendu la main droite. Entre son pouce et son index, il y avait la coccinelle. De nouveau il s'est exprimé comme un sachem.

— Stop ! C'est la coccinelle qui doit parler. Sinon, on aide la Menace Noire !

On s'est assis à nos places. On tentait de reprendre le contrôle de nos poumons, de notre cœur, de nos nerfs, de nos pensées. Francis-Emmanuel et Maël étaient les plus calmes.

— J'ai juste entendu ce que mon père m'a dit, a repris notre sachem. Il m'a parlé d'un truc qui le poursuivait ; il m'a dit qu'il avait aussi vu des choses avec des yeux noirs. C'était la Menace Noire. Il m'a dit de ne pas m'inquiéter. C'est tout. Après, il a disparu, et tout le monde pense qu'il nous a quittés, qu'il est parti vivre ailleurs. Même maman dit cela. Moi, je sais que la chose l'a tué. C'était en décembre dernier. Je ne sais pas où et comment, mais je sais qu'elle l'a tué. Après, à Pâques, on a déménagé et on est arrivés ici.

J'ai posé ma main sur la sienne et je lui ai pris la bague.

— Donc la chose t'a suivi, et maintenant elle nous attaque aussi ? ai-je demandé.

Il a hoché la tête pour confirmer. J'ai dit :

— Faut qu'on trouve ce que c'est. Faut qu'on trouve et qu'on se défende.

Tout le monde a grogné pour signifier son accord.

Mélanie a levé la main. Je lui ai passé le talisman.

— Comment on peut faire ?

Elle avait des yeux de biche terrifiée. Elle m'a rendu l'objet. Je l'ai serré fort. J'ai répondu en la regardant :

— Le monstre nous aime pas. Et on l'aime pas non plus. Mais il y a *un* monstre, et nous sommes six.

Chapitre 11
Mortes eaux

Lentement, l'étrave de notre canoë fendait l'eau. La rivière était silencieuse, ou presque. Nous n'entendions que la mélodie apaisante de l'onde à l'avant du bateau. C'était un tintement éthéré, aérien : j'imaginais la fée Clochette butinant en éclaireur au ras de la surface. De temps en temps, lorsque l'une des pagaies s'enfonçait dans les profondeurs, résonnait la note longue et grave d'une corde de harpe. Y avait-il des sirènes ou des sylphes au fond de ce canal ?

J'avais soif de sérénité. Cette musique cristalline, la surface plane et réconfortante sur laquelle filaient les minuscules tourbillons engendrés par nos pagaies, les reflets des grands arbres qui miroitaient le long des berges luxuriantes me berçaient comme un bébé. J'avais onze ans et demi et l'impression d'avoir vécu trop de choses éprouvantes. J'étais fatigué, épuisé par des déferlantes d'émotions comme un baigneur ayant joué trop longtemps dans les vagues. Parfois, sans raison apparente, me prenait l'envie de me laisser couler et de m'endormir à jamais. Même la peur avait sombré dans une monotonie ouatée. J'étais las.

Nous étions tous dans le même pitoyable état. Maël était le plus marqué. Les cernes sur son visage avaient grandi.

Je dormais beaucoup ; je ne faisais plus de cauchemars. Le soir, je tombais dans un gouffre, dont je n'émergeais qu'à grand-peine passé onze heures du matin. Plusieurs jours ont traîné ainsi. Combien ? J'ai perdu la notion du temps. Un matin, maman m'a dit que Karl était venu, avant mon réveil. Il voulait organiser une sortie en canoë avec les copains habituels. L'un des amis de ses parents, un jeune homme de vingt ans, étudiant en chimie, moniteur au club de kayak de Duaraz, voulait bien nous accompagner. J'étais un zombie : j'ai fait ce qu'on me demandait.

Les deux canoës avançaient dans le silence. On s'était contentés d'échanges banals, comme « Ça va ? », « On va où ? », « Qui vient avec moi ? »... Nous étions sonnés par les événements. J'avais l'impression que nous sortions d'une longue convalescence après une grippe carabinée. En temps normal, nous nous serions éclaboussés avec les pagaies, nous raillant les uns les autres au moment d'embarquer, tentant de pousser quelqu'un – Sébastien aurait fait une bonne cible – à la flotte. Au lieu de cela, nous avions soulevé les bateaux sans tapage, puis transpiré sous les gilets de sauvetage orange. Muets, nous avions porté les canoës de la masure qui faisait office de local, en contrebas du stade municipal, à l'embarcadère, posé sur un bras annexe du canal.

L'étudiant en chimie s'était présenté en nous serrant

une main molle et en nous disant que son prénom était Emmanuel. Il a dit qu'on pouvait l'appeler Manu, ce que nous n'avons jamais fait. Efflanqué, avec sa barbichette au bout du menton, il ressemblait à ce trouillard de Stanley dans *Scoubidou*, et c'est comme cela que nous avons décidé de le surnommer. Stanley étant de nature peu loquace, les conversations avaient autant de consistance que la mousse jaunasse ballottée dans les contre-courants. Nous flottions dans un espace-temps qui tournait au ralenti, sans doute pour nous préserver de la sinistre réalité et de la Menace Noire qui nageait entre deux eaux.

Au début de notre croisière, je me souviens d'avoir prié. J'ai supplié Dieu de chasser la tempête qui venait de ravager le début de nos vacances. Trompé par la sérénité de l'eau, j'ai cru que l'ouragan pouvait foutre le camp comme il était venu, sans comprendre que nous étions dans l'œil du cyclone.

— Y'a vraiment pas de vent, c'est marrant toute cette eau lisse ! a dit Karl.

J'ai sursauté dans le fond du bateau, sortant de ma torpeur comme une marmotte de son trou.

— C'est malin, les voiles vont pas servir à grand-chose ! a répondu Stanley.

Personne n'a ricané avec lui.

Karl avait rompu le silence et ce fut comme un signal. Le temps de l'hibernation était terminé. Nous avions tous quelque chose à dire.

— Au fait, on va jusqu'où ? a demandé Mélanie, en regardant tout le monde sauf le chimiste.

— Le plus raisonnable... a commencé Stanley avant d'être coupé par Francis-Emmanuel.

— Jusqu'à Rennes, on va jusqu'à Rennes, droit devant !

Nous étions déjà loin de Duaraz. Après quelques coups de pagaie, nous avions débouché sur le canal principal et étions passés sous le pont de la République (le pont sur lequel nous avions organisé le concours de crachats). Nerveuse, Mélanie avait fouillé du regard les anfractuosités de la voûte à la recherche de plumes sombres. Aucun volatile ne nous avait importunés. Après avoir pagayé un bon kilomètre sur un bief rectiligne, entre deux rangs parallèles de peupliers, nous avions passé l'écluse de Beaupré. Il avait fallu descendre et porter les canoës. Un quart d'heure plus tard, le paysage avait commencé à changer, et la rivière à sinuer entre des versants abrupts. Des bois touffus, mal entretenus, venaient mourir de part et d'autre de nos esquifs en basculant dans l'eau saumâtre.

Je n'ai pas aperçu la maison tout de suite. J'étais dans le canoë de queue, avec Maël, Mélanie et Sébastien. Maël était à l'arrière et gouvernait l'embarcation. J'étais le galérien, à l'avant. Ce n'est pas la meilleure place : le rameur de proue a beaucoup moins de prise sur le bateau ; il a tendance à pagayer plus fort pour garder le cap. Mélanie et Sébastien étaient de simples passagers.

Dix mètres en aval, le grand Stanley dirigeait la première embarcation. Karl était à l'avant, Francis-Emmanuel au milieu.

— Hé, c'est quoi ce truc ? s'est exclamé Karl alors que notre canoë avançait en crabe pour négocier tant bien que mal la fin d'un méandre.

Karl pointait le doigt vers la rive gauche, mais je ne distinguais qu'un entrelacs de feuillages, de branches mortes et de troncs obliques.

Au bout de quelques secondes, derrière ce fouillis vert et gris, j'ai vu, à une vingtaine de mètres de la rive, une façade blanche. Le canoë a dérivé encore un peu. Il s'agissait d'une vieille maison bourgeoise, haute et massive, plantée à flanc de coteau, au milieu d'une futaie mal entretenue. Des bosquets de houx avaient poussé comme du chiendent entre des perches obliques abattues par les tempêtes. La hiératique demeure, mangée par le lierre, semblait nous espionner à travers les branches. Je distinguais dans la pénombre du bois de grandes fenêtres au premier étage, des mansardes et deux hautes cheminées sur le toit. Elle n'avait pas l'air habitée.

— Une maison hantée ! a dit Karl.

Les canoës s'approchaient des taillis qui mangeaient la rive. Ils ont pénétré dans la partie ombragée de la rivière.

L'atmosphère a fraîchi d'un coup.

— C'est pas une maison hantée, c'est une maison pour handicapés mentaux, a expliqué l'ingénieux Stanley.

Ce qui pour nous était tout aussi inquiétant.

— Une maison de fous ! a commenté Karl, et on a tous ouvert de grands yeux, à la fois intéressés et mal à l'aise.

Sur la berge, devant la maison, il y avait un ponton humide dont les planches étaient couvertes d'une mousse vorace. Une barque à demi immergée était amarrée par une chaîne rouillée à l'un des pieux. De part et d'autre du ponton s'amoncelaient des branches et des troncs en voie de décomposition. Une odeur rance et froide de poisson mort rampait dans nos narines. Sur un panonceau rouge entouré d'un liseré blanc, accroché à un arbre par un fil de fer barbelé, on pouvait lire « Propriété privée, défense d'accoster ».

— On s'arrête ? a suggéré Karl en montrant un deuxième ponton, de l'autre côté de la rivière.

Je venais de repérer moi aussi ce débarcadère, à fleur d'eau. L'obscurité semblait moins épaisse là-bas que dans le cloaque où nous naviguions. La végétation, sur la berge en surplomb, était verte, luxuriante, dominée par quelques saules et des peupliers. Un étroit sentier courait entre arbres et eau. Le ponton était en bon état. Un piquet en forme de « Y » fiché dans la berge, à deux pas de la construction, indiquait qu'il s'agissait d'un site prisé par les pêcheurs. On avait pas mal braconné l'été dernier du côté de La Morinais, et je savais que le support en Y était conçu pour soutenir une gaule. Si les pêcheurs avaient choisi l'endroit, c'est qu'il n'y avait ni mousse, ni branches noyées, ni barbelés sur cette rive-là.

— Écoutez, je pense... a commencé notre chimiste préféré.

— OK ! a clamé Maël, et j'ai senti l'embarcation virer, pointer droit sur le ponton.

Dix mètres en aval, Karl a pagayé fort pour forcer son canoë à tourner, et ce pauvre Stanley, qui ne faisait pas le poids malgré son âge et sa place de barreur, a suivi le mouvement.

Nous nous sommes rangés à droite du ponton, et les autres à gauche. Afin de retenir l'embarcation pour que mon équipage puisse fouler les planches sans encombre – j'imaginais tout à fait Sébastien jouer les grenouilles –, j'ai attrapé une poignée d'herbes à pleine main. Je me suis piqué avec une saloperie d'ortie, et j'ai craint durant deux secondes qu'une vipère planquée dans son trou n'ait réussi son coup. J'ai dit que cet endroit était « carrément nul », puis j'ai débarqué, en dernier, pendant que Maël maintenait le canoë collé au ponton avec la poignée de sa pagaie. Karl a fait semblant de pousser Mélanie à l'eau, et elle lui a donné un coup de coude dans l'estomac. Quand je suis arrivé sur le chemin, après avoir escaladé la berge, Karl était plié en deux et les autres rigolaient. Mélanie souriait en coin. Son visage avait pris des couleurs ; la peau bronzée de son cou s'accordait à son chemisier magenta. Elle était plus belle que Catherine Deneuve.

Stanley était sur le ponton, un mètre en contrebas, occupé à amarrer les canoës à l'aide des pagaies et des cordages fixés à l'avant des bateaux. Je l'ai observé pour voir si son installation était efficace : je n'avais pas envie de me lancer dans une brasse coulée à cause d'un nœud bâclé. Il y avait de gros poissons dans ce canal – sans parler des rats musqués et peut-être d'autres choses –, tout au fond dans l'eau froide, effleurant la vase de leur ventre blanc.

— Yaoooooouuuuuh ! a crié quelqu'un sur l'autre rive.

J'ai regardé dans cette direction. Juste un fouillis de branches et de houx.

— Yiiiihiiiiiii ! a repris la voix mystérieuse.

Je me suis demandé si la maison n'était pas hantée pour de bon.

Les autres se posaient la même question. On était figés sur la berge, tremblants comme les feuilles des peupliers au-dessus de nos têtes. Stanley se tenait bras ballants sur le ponton, et pour un peu il allait laisser filer la rame qu'il tenait à la main. Il s'est repris à temps. J'avais l'impression d'être un explorateur blanc dans Tarzan, au moment où l'expédition entend des cris et des tam-tam dans la jungle.

En général, dans le quart d'heure qui suit, certains explorateurs finissent bouffés par des lions, d'autres empalés sur des lances, et les plus chanceux basculent dans des rivières pleines de crocodiles.

Il y a eu un immense éclat de rire.

Un taillis s'est mis à bouger sur l'autre rive ; un type a bondi par-dessus les branches comme un gorille dans une forêt du Congo. Il était grand, joufflu, barbu ; il avait des yeux énormes et il souriait de toutes ses dents : un ogre.

Il poussait des cris de cerf en rut en faisant de grands gestes des deux mains : l'ogre était content, très content de nous voir. D'autres silhouettes sont apparues dans les bois. Elles venaient de la maison. Elles descendaient le coteau à travers la futaie, coupant les buissons de houx comme s'il s'agissait de tentures de soie. Elles accouraient, alertées par ce géant sorti d'un conte d'Andersen.

Tous gloussaient, criaient, riaient.

Les fous sont arrivés de partout. Ils étaient une vingtaine à présent sur la rive à gesticuler et à nous faire de grands gestes. Ils poussaient des « Hééééhooooo ! », des « Yaaaaahouuuuu ! », des « Aïïïïï ! Aïïïïï ! », et nous étions prisonniers du chant étrange de ces sirènes aux gestes cyclopéens.

Mélanie a levé le coude et a balancé son avant-bras en cadence, comme un soldat agitant un drapeau au sommet d'une colline. Des papillons de lumière se sont mis à danser sur sa peau, sur son chemisier rose. Le soleil s'amusait, au-dessus de nos têtes, à chatouiller les feuilles des peupliers. Des insectes lumineux ont tournoyé sur la partie du canal restée jusque-là dans l'ombre. À présent, les fous étaient couverts de ces taches de soleil et riaient de ce ballet improvisé. Ils ont poussé des « Hourraaa ! » pour Mélanie et ont agité leurs mains ensemble pour répondre à son délicat salut.

Mélanie souriait ; elle était belle comme une fée. Les fous saluaient sans relâche ; leurs bras se balançaient comme des branches dans le vent. Nous étions chacun sur notre rive, mais Mélanie venait de bâtir un pont.

Karl a lancé :

— Hé, les gars ! J'suis le roi du ricochet !

Les fous se sont déchaînés, redoublant de hourras et levant les bras au ciel.

Karl a ramassé deux projectiles plats et a reculé de deux pas.

Trois minutes plus tard, nous étions tous armés et les cailloux volaient en escadrilles à la surface de l'eau. Les fous, de leur côté, jetaient des pierres dans le canal. La surface était mitraillée par des soucoupes volantes et des missiles de toutes sortes. Les ondes circulaires couraient, se cognaient, repartaient. Une brise s'était levée et agitait derrière nous les feuilles argentées des peupliers : les papillons de lumière dansaient une gigue folle. Les fous hurlaient, riaient. Nous pleurions des larmes de rire et nous beuglions aussi, surexcités par le bombardement intensif et l'agitation contagieuse. Sur le ponton, Stanley répétait : « Héé héé héé, arrêtez, héé ! » Sébastien, dont les joues rouges étaient traversées par deux torrents de larmes tant il riait, s'est mis à imiter l'étudiant sans que celui-ci remarque quoi que ce soit.

Trente secondes plus tard, nous répétions tous cette formule comme une incantation magique : « Héé héé héé, arrêtez, héé ! »

Puis nous avons remarqué que les fous lançaient des cailloux de plus en plus gros, alors nous avons fait la même chose. « Des Golgoths, putain des Golgoths que j'vais balancer ! » a hurlé Karl, et je riais tant que mon nez coulait comme au plus glacé des jours d'hiver.

L'ogre barbu et joufflu a rugi comme seul King Kong était capable de le faire.

Il serrait une pierre énorme entre ses mains. Pas un caillou : un roc gros comme un ballon de foot. Il ne le tenait pas entre les genoux, il le portait à bout de bras, campé sur ses jambes comme ce bon vieux gros singe au sommet de l'Empire State Bulding. On s'est arrêtés, stupéfiés. Les autres fous se sont tus aussi et se sont immobilisés. Les milliers de papillons lumineux ont continué à danser dans le silence.

L'ogre a fait deux pas, levé les bras au ciel en rugissant à nouveau, puis il a lancé son missile. Plus tard, Francis-Emmanuel m'a dit qu'en entendant ce cri il s'était attendu à ce que les peupliers s'effondrent comme des dominos dans son dos.

La pierre s'est élevée au-dessus des eaux, puis sa trajectoire s'est incurvée. La collision a été spectaculaire. Une putain d'explosion nucléaire, avec un champignon d'écume et des murs d'eau circulaires tout autour filant comme des raz-de-marée vers les berges.

Mélanie s'est mise à applaudir et tout le monde a suivi. Nous étions tous fous, des deux côtés de la rive, et c'est pour cela que nous applaudissions. L'ogre a fait des mimiques, s'est penché pour saluer comme un acteur à la fin de la représentation et les applaudissements ont redoublé. Karl s'est mis à siffler.

Toujours debout sur le ponton, Stanley nous regardait, le visage inexpressif.

— Vous êtes cinglés ! a-t-il murmuré.

J'ai trouvé qu'il avait l'air idiot, peut-être un peu inquiet. Jeter une pierre dans la flotte était pour lui une pure absurdité. Je n'avais pas quitté l'enfance, mais j'ai compris qu'il avait vieilli trop vite.

De cet instant, je garde un souvenir attendri. Une dernière seconde de bonheur avant le déchaînement de l'horreur. Ensuite, les images terrifiantes, les cris, les envies de vomir, de pleurer, de pisser dans mon froc se télescopent, se superposent, se mêlent comme des fils de toile d'araignée et m'enserrent, gluants ; m'étouffent encore souvent.

D'abord, il y a eu le ventre blanc.

J'ai su quand je l'ai vu qu'il s'agissait d'un ventre. J'avais vu le ventre d'une femme enceinte dans un magazine deux jours plus tôt, sa peau ronde et tendue, et ce que je voyais émerger, à l'endroit exact où le rocher de l'ogre avait touché l'eau, c'était un ventre comme celui-là, bombé et gonflé. Il y avait une différence : le ventre de la femme enceinte était rose, gorgé de vie ; cette bosse était aussi blanche qu'une colline en hiver. Au sommet du dôme, le nombril était noir, empli de quelque chose que je ne parvenais pas à identifier. Quelque chose de luisant, qui semblait grouiller.

— Hé, c'est quoi ce truc ? a dit Francis-Emmanuel.

— C'est un putain de mouton mort ! a gloussé Karl, mais son rire sonnait comme un piano désaccordé.

De l'autre côté de la rive, les fous semblaient discuter entre eux. Le phénomène les intriguait autant que nous.

Comment l'ogre avait-il pu réussir un tel prodige ? Comment cette chose avait-elle pu sortir de l'eau ? Ils chuchotaient, grognaient, mais ne criaient plus comme des gamins dans une cour de récré.

— J'vais lui balancer une caillasse ! a ajouté notre GI de service en se baissant pour ramasser un projectile.

La brise avait forci. Les papillons de lumière accéléraient leur danse, virevoltant à des cadences toujours plus élevées.

Karl a lancé son caillou, une sorte de galet plat et profilé. Le projectile a filé avant de retomber en courbe sur la cible. Il y a eu un gros pok ! et le caillou s'est enfoncé dans la matière blanche.

Nous avons tous eu la certitude à cet instant qu'il s'agissait bien de chair morte. Sans doute une panse de mouton crevé, coincée depuis des jours au fond de la rivière et libérée par le missile de l'ogre. Un goût de bile est remonté vers mes mâchoires. C'était immonde et intéressant à la fois. J'avais vu des cadavres de renard, de chat, d'oiseau, de souris, mais jamais d'un aussi gros animal, de surcroît flottant entre deux eaux. Le ventre (ou la panse) a alors commencé à se dégonfler, sans se presser, comme une montgolfière revenue à terre.

— Berk, c'est dégueulasse, arrête ça ! a râlé Mélanie.

Une bouffée d'air nauséabond a assailli nos narines. C'était une odeur atroce. Celle, multipliée par cent, d'une souris morte oubliée au fond d'un placard.

Tout le monde a fait la grimace et s'est pincé le nez. On aurait bien bouché tous nos orifices si on avait pu. J'ai remonté mon T-shirt jusque sous les yeux, le plaquant sur mes narines comme un filtre.

— Ah la vache, j'vais gerber, la vache ! a gémi Sébastien.

Mélanie battait des mains devant elle pour chasser l'air vicié. Stanley avait mis ses mains en paravent devant son nez et sa bouche. Il avait les sourcils froncés, le visage rouge de colère mais avec des plaques blanches sur les joues. Même un étudiant en chimie ne peut résister à ce genre de pestilence.

La baudruche éclatée se rapprochait de nous, dérivant dans l'indolent courant. Les fous se sont mis à jeter des cailloux, suivant en cela le très mauvais exemple de Karl. Le vent venait vers nous. Nous allions vomir tripes et boyaux si personne ne nous distribuait de masques à gaz.

Sur le ponton, en contrebas, notre accompagnateur a laissé retomber ses bras le long de son corps. Comme ça, d'un coup, sans prévenir. Ses mains se sont mises à pendre contre ses hanches comme deux branches mortes vaincues par la vermine, oscillant au gré du vent avant de s'abattre au sol. Stanley a froncé les sourcils, puis s'est mis à balbutier. Je n'entendais pas ce qu'il disait mais je voyais bien qu'il fixait le mouton mort. La dépouille n'était plus qu'à une dizaine de mètres de ses pieds, et elle se rapprochait. Je devinais des pattes à présent, flottant entre deux eaux. Le visage de Stanley a semblé fondre comme de la cire près d'une bougie, puis, d'un coup, l'étudiant s'est retourné et s'est plié en deux. Il nous a regardés, les yeux écarquillés.

Il a dit :

— Arrrrrrrh !

Tout est parti d'un coup ; une grande gerbe jaune et gris. Les chaussures de Francis-Emmanuel et de Mélanie, sur la berge, étaient à hauteur de son visage. Le vomi les a recouvertes.

Stanley est tombé à quatre pattes sur le ponton, une main dans les orties et l'autre dans son vomi. Il n'arrêtait plus de se vider, insensible à la brûlure des orties. C'était dégueulasse. Et puis, il y avait toujours les relents infects de pourriture qui émanaient du mouton mort. Sébastien n'a pas résisté et s'est retourné vers les peupliers pour dégueuler à son tour. Mélanie et Francis-Emmanuel observaient leurs chaussures souillées. Ils ont reculé, verts de dégoût. Ils n'ont pas vomi, mais je les ai vus déglutir, l'estomac en apesanteur.

Maël se tenait debout au pied d'un peuplier. Lui aussi avait remonté son T-shirt sur sa bouche et sur son nez comme un desperado du Far West. Je ne voyais que ses yeux plissés entre ses boucles blondes. Dans son regard dansaient des ombres et des lumières. Soudain, ses yeux se sont presque fermés (comme Clint Eastwood fixant son rival dans le soleil sous son chapeau élimé) : il regardait le canal et semblait très intrigué.

J'ai tourné la tête. Karl aussi observait le canal. J'ai su pourquoi lorsque j'ai vu le visage dans l'eau.

Oh ! le visage.

Deux trous noirs au milieu d'un masque de gélatine blanche. Deux puits menant droit aux portes de l'enfer, du vide et du néant. Menant, sous l'eau et sous terre, au royaume des morts et de la pourriture. Autour de ce masque à demi immergé, de longs cheveux bruns flottant comme des algues. Et partout le ballet halluciné des spectres de lumière dansant comme des feux follets sur l'eau, sur la peau.

Après, j'ai compris que les pattes du mouton étaient des bras et des jambes. J'ai vu les seins, gringalets à côté du pochon crevé qui avait constitué le ventre. J'ai regardé les choses pleines de pattes et luisantes qui rampaient sur la peau blême, veinée d'auréoles mauves. J'ai contemplé la tête qui oscillait, de gauche à droite, de droite à gauche, et la bouche, distendue par un cri qui ne voulait pas cesser.

Ce cri !

Peut-être quelqu'un a-t-il vraiment crié ce jour-là. Peut-être avons-nous tous crié. Ou peut-être la noyée est-elle la seule à avoir hurlé en revoyant la lumière du jour.

Sa bouche grande ouverte sous l'eau sale.

La puanteur de la charogne.

Au milieu du ventre déchiré, il y avait la pierre de Karl, posée de guingois comme une épave sur la vase. Et des choses couraient dessus, rampaient dessous. Des mille-pattes, des vers, beaucoup d'autres monstruosités.

Et dansaient les feux follets, autour, sur les vagues et dans la chevelure, et sur la peau blanche et boursouflée.

Les fous criaient sur l'autre rive. Pas de dégoût. Ils riaient. Ils riaient comme des fous. Ils lançaient des pierres et les pierres tombaient. Elles tombaient dans l'eau, mais pas toujours. L'une d'entre elles est arrivée sur le ventre, à côté du galet. Pok ! Puanteur, et le ventre qui s'affaisse un peu plus.

Dansaient les feux follets, les fous, les mille-pattes fous.

La femme avait des seins, des seins flasques qui flottaient aussi et se balançaient, de gauche à droite, de droite à gauche. La femme avait des seins, un sexe noir visible sous les vagues, mais plus d'yeux. Plus d'oreilles non plus. Rien que des tempes lisses sans oreilles au milieu de ses algues-cheveux.

Les fous s'esclaffaient sur l'autre rive.

Je les ai regardés. Une drôle de farandole. Comme ces silhouettes humaines en papier attachées par les mains et les pieds qu'on découpe en longs chapelets pour décorer la classe quand arrive Noël. Une drôle de bande de clowns alignés sur la rive et qui jetaient des pierres, et qui riaient. Et derrière eux, la grande maison dans les bois, la maison hantée, avec ses fenêtres au premier étage qui me fixaient comme des yeux ahuris.

Des yeux fous.

Et tout autour de moi les feux follets dansaient.

Chapitre 12

Un village en enfer

On avait pris position sur le toit du lavoir dès treize heures. Nous étions tous les six assis sur le ciment, jambes pendantes et cuisses nues bronzant sous le soleil. Ce dimanche 13 juillet serait une grande journée. C'était la fête des Fleurs. Au programme : un défilé, des chars, des majorettes, des musiciens, une kermesse et, spécialité du pays rennais, des galettes-saucisses. Il y avait déjà beaucoup de monde dans les rues et sur les trottoirs : des mioches excités, des ados clope au bec, des hardes d'adultes, des processions d'anciens.

Du lavoir, nous pouvions apercevoir les deux ponts qui faisaient le dos rond sous l'avenue, le parking de la mairie où stationneraient les chars après le défilé, la montée abrupte au pied de la colline et l'église plantée comme la croix du Golgotha au-dessus de nos têtes. L'avenue, le parking, le bourg étaient emplis d'une foule compacte et colorée. Mélanie, vêtue d'un flamboyant T-shirt orange et protégée du soleil par une casquette à la visière bleu translucide, chantonnait *La Maladie d'amour*. Elle en était à « dans le cœur des enfants » quand elle m'a interrogé.

— Ton père, il sait quelque chose ?

Elle regardait les sandales de cuir neuves attachées à ses pieds, qui pendaient dans le vide. Elle avait cessé de chanter, mais continuait à battre la mesure contre le mur du lavoir.

— Ouais. Il sait plein de trucs, mais il a rien dit.

Francis-Emmanuel, assis à côté de moi, m'a regardé comme si j'étais le plus grand comique de la planète après Coluche et de Funès.

— Pierre, te fous pas de nous. Ton père a dû tout raconter à ta mère, et je parie que toi et Alric vous n'étiez pas loin...

Francis-Emmanuel perçait mes pensées comme Rintintin celles de Rusty. J'ai répondu qu'Alric était couché mais que je m'étais glissé derrière la porte du salon. J'avais entendu des trucs intéressants :

— La femme qui est morte avait à peu près quarante ans. Elle avait plus d'oreilles, plus d'yeux et plus de langue.

Les sandales qui battaient le béton ont interrompu leur mouvement de balancier. Sébastien a failli tomber du toit, droit dans le canal. Il a eu du mal à articuler.

— Plus... Plus de langue ?

— Ouais. Tout a été coupé. Comme les lèvres, les doigts et les couilles du premier mort.

Karl m'a corrigé :

— C'était pas les couilles, juste la bite.

— Et c'est encore un suicide ? a demandé Maël.

— Ouais. La nana s'est fait ça toute seule. On a

retrouvé un cutter pas loin de la maison des fous, dans un buisson de houx.

J'ai laissé passer deux secondes pour que tout le monde ait le temps de digérer (moi, ça m'avait pris deux nuits et une journée entière), puis j'ai ajouté :

— Elle s'est coupé la langue, après elle s'est coupé les oreilles, après elle s'est arraché les yeux, ensuite elle a jeté le cutter dans l'herbe et elle a sauté dans l'eau. Mon père a dit que ça devait être vachement douloureux, surtout pour les yeux. Il ne comprend même pas comment elle a fait pour pas tomber dans les pommes. Il y a plein de flics qui viennent de Paris pour aider. Il dit que des journalistes vont venir aussi, et que ça c'est beaucoup plus chiant.

Karl a tendu le doigt vers la mairie. Au milieu de la foule, un type portait une caméra sur une épaule, un autre une longue perche pour le micro.

— Il y a déjà des journalistes. Ils interrogent des gens. Ils ont demandé à ma mère si elle avait peur. Elle leur a dit que oui, elle avait peur, mais surtout des emmerdeurs comme eux.

Sébastien avait ramené ses jambes sur le toit. Il les tenait serrées, les genoux contre la poitrine.

— Tout le monde a peur, a-t-il murmuré.

Il avait raison. C'était la fête des Fleurs ; il y avait foule dans les rues, mais les gens semblaient moins enclins à rire, à se défouler que lors des précédentes éditions. Les Duaraziens marchaient comme des pigeons sur le trottoir, jetant des regards circonspects à droite, à gauche, ne perdant jamais leurs petits des yeux. Des claques pleuvaient, de vieilles dames caquetaient en cercle, des badauds faisaient le pied de grue le long des chaussées en grognant que ces fichus musiciens n'étaient jamais à l'heure. La peur pesait comme un couvercle de cocotte-minute sur la ville. On pouvait presque sentir la pression monter.

Sur le toit du lavoir, il faisait si chaud que mon bermuda me collait aux cuisses. Des mouches remontaient de la rivière et venaient nous chatouiller la nuque et les avant-bras. Au pied du mur, sous nos semelles, des lézards avançaient par saccades.

Karl portait une chemise en jean neuve. Il en a remonté les manches jusqu'à ce que ses biceps apparaissent, et m'a interrogé :

— C'était qui, la morte ?

— Une folle du centre.

Karl n'a pas semblé surpris. Il a hoché la tête à la manière de Columbo.

— Le centre, c'est la maison hantée ?

— Ouais, c'est un centre de rééducation pour handicapés mentaux.

— Un asile, quoi !

— On dit pas un asile. Les asiles, c'est pour les vrais barjots, ceux qui ont des camisoles. Le centre qu'on a vu, c'est pour les fous, mais quand ils sont pas trop timbrés.

Karl a suggéré que Sébastien y passe ses prochaines vacances, mais personne n'a rigolé. Sébastien a serré un peu plus fort ses jambes contre son ventre.

— C'est ton père qui t'a expliqué pour le centre, ou t'as encore joué à 007 ? m'a demandé Mélanie.

— Il m'a expliqué. Il a dit qu'il faudra qu'il vous rencontre, vous aussi, avec vos parents.

Karl a tapé du plat de la main sur le toit en ciment.

— On est pour rien là-dedans !

— Ouais, mais quand même, il veut vous voir. Juste pour que vous racontiez comment ça s'est passé. Il a dit qu'on a carrément pas eu de chance : on est tombés sur deux cadavres différents, à deux coins opposés de la commune, et chaque fois on est arrivés les premiers. Il a dit que c'était une coïncidence dingue.

— Ouais, dingue, a répété Francis-Emmanuel en écho.

Nos regards se sont croisés. Il y avait une lueur ironique dans ses yeux. Francis-Emmanuel me cachait quelque chose.

Mélanie a continué à se renseigner.

— Ton père en pense quoi ?

— Il sait pas, et ça l'empêche de dormir. Il dit que se suicider comme ça, c'est pas possible, même pour une folle. Au début, il a pensé que quelqu'un avait obligé la dame à se mutiler, à se découper les oreilles et tout ça, mais même là, c'est bizarre. Il dit qu'avec un 357 Magnum devant le nez il le ferait pas.

Mélanie avait le regard du Petit Chaperon rouge quand il voit le loup sortir du lit.

— C'est vraiment dégueulasse, cette histoire, ça fout les jetons !

J'ai poursuivi :

— C'est bizarre, mais c'est un suicide. Si quelqu'un l'avait forcée, la femme se serait débattue, elle aurait résisté. Mais personne ne l'a frappée ni attachée, alors c'est forcément un suicide. Elle était cinglée, une vraie barjot.

Francis-Emmanuel a étiré ses longs bras. Il a glissé ses doigts dans ses cheveux crépus et a déclaré :

— Ça m'étonnerait. Elle et le type du wagon, ils se sont

pas suicidés, c'est sûr. On se coupe pas le nez ou les doigts ou le sexe avant de se tuer.

Sébastien, Mélanie et Karl ont acquiescé. Sébastien a ajouté :

— Au début de l'année, je me suis taillé le bout du doigt au cutter sans faire exprès. Ça pissait le sang et ça faisait vachement mal.

J'ai répété que les gendarmes de Duaraz étaient certains pour le suicide, les collègues de mon père à Rennes et à Paris aussi. Ils avaient fait des tests. Personne n'avait touché les victimes avant leur mort. Il n'y avait pas de traces de pas dans les environs à part les nôtres, rien de suspect nulle part.

Francis-Emmanuel a haussé les épaules.

— Dingue, a-t-il dit d'une voix à peine audible.

Maël a relevé la tête. Son regard gris-bleu brillait derrière sa frange blonde. Ses yeux me faisaient toujours une drôle d'impression. C'était comme regarder la mer sous un ciel chargé. Plein de choses s'y mélangeaient. Des zones claires et des trous sombres.

Jusque-là, il était resté silencieux, le regard noyé quelque part au milieu de l'avenue de la République. Il allait dire quelque chose, mais la rumeur de la foule est montée d'un coup, comme une vague sur un rocher. J'ai oublié notre conversation : la morte, le centre de rééducation, le suicide improbable ont basculé dans un abysse. On s'est mis debout par réflexe. Il y avait une gerbe de fleurs, là-bas, en haut du bourg. C'était le sommet du premier char ! C'était le défilé !

Nous avons entendu la musique. Les tambours et les cuivres. Le long des trottoirs, les gens se sont dressés sur la pointe des pieds. Les enfants ont crié de joie ; les pères ont pris les petits sur leurs épaules ; les vieilles ont donné des coups de coude aux vieux. Le signal est passé de bouche à oreille, d'oreille à bouche à la vitesse d'un rhume dans une salle de classe : « Ils arrivent ! »

— Regardez, a dit Mélanie, regardez comme c'est beau !

On a ovationné les milliers de fleurs en papier collées sur les chars par les équipes de bénévoles. On a vibré en écoutant les roulements de la grosse caisse. Ma mâchoire touchait le toit du lavoir lorsque volaient dans l'azur les bâtons des blondes majorettes... et quand ils chutaient à leurs pieds. Alors les filles se penchaient et les minijupes, coquines, se soulevaient comme des voiles de mariées. J'avais mal aux mains à force d'applaudir, je faisais de grands coucous aux gens que je reconnaissais sur les chars – la mère de Mélanie par exemple, déguisée en fée Carabosse. Il y avait des couleurs partout, des choses à contempler tout au long de l'immense fresque vivante. Le thème de l'édition 1980, c'était « les légendes ». Le type qui avait eu cette idée devait s'appeler Albert Einstein : le thème avait placé mon imagination sur orbite et stimulé celle des créateurs. Sur les six chars tirés par des tracteurs, on pouvait admirer, hormis la mère de Mélanie, des sorcières, des fées, des princes, des nains et un dragon cracheur de feu.

J'ai reconnu le maire, habillé en roi Arthur, et Henri le Rouquin, penaud en lapin blanc. Alric et Vincent, de même que beaucoup des petits de primaire, pédalaient dans le cortège des vélos fleuris, en queue de défilé. Nous avions pour notre part décliné l'invitation au dernier moment. On avait tous, à l'exception de Maël, participé au moins trois fois à ce défilé, et nous n'avions pas le cœur de remettre ça cette année.

Aujourd'hui, nous étions de simples spectateurs, perchés comme des Bandarlogs sur le toit de notre lavoir.

Le défilé est passé, s'en allant vers La Haye-Blanche. Chacun s'est fendu d'un commentaire. Karl a jugé le thème un peu cucul et déclaré qu'il serait moins ringard d'organiser l'année prochaine un défilé sur les armées du monde. Mélanie a dit que l'idée de Karl était stupide, qu'elle adorait les fées et les princes, qu'il n'y avait pas plus ringards que les militaires. Moi aussi, j'avais aimé le défilé, et j'ai suggéré une édition sur le thème de *La Guerre des étoiles* : il y aurait une princesse, des soldats, des extraterrestres et même des robots. Tout le monde a trouvé ça délirant, et Karl a dit :

— Sébastien pourra faire D2-R2 !

On a rigolé, même Sébastien, surtout quand Mélanie a pensé à Karl pour faire Chewbacca.

— T'auras pas besoin de déguisement ! s'est-elle esclaffée.

Le défilé allait revenir, mais les tracteurs ne tenteraient pas l'ascension du bourg. Les chars ne repasseraient donc pas devant le lavoir. Ils seraient exposés sur la place de la mairie, où tout le monde pourrait les voir de près. Les musiciens donneraient l'aubade sur le podium, et les majorettes feraient des démonstrations au milieu de la foule.

En attendant le retour du cortège, il y avait bien d'autres choses à faire. À la mairie, on pouvait découvrir des panneaux sur Duaraz à la Belle Époque réalisés par la société historique locale. À la salle polyvalente, derrière la mairie, plusieurs associations avaient installé des stands : le Club des anciens vendait des paniers en rotin, le Comité de jumelage franco-allemand présentait une exposition de photos sur le dernier voyage outre-Rhin, les parents d'élèves de la FCPE bradaient des livres d'occasion pour financer les futurs voyages scolaires, les dames de la paroisse avaient réalisé des napperons au profit des orphelins de Varsovie.

La mairie et la salle polyvalente avaient un point commun : nous n'avions pas l'intention d'y mettre les pieds. Ce qui nous intéressait, c'était la kermesse, et la kermesse était dehors, sur le parking et les pelouses alentour.

On a croisé plusieurs fois des parents – les miens, main dans la main, ceux de Sébastien, perdus sans leur R16 orange neuve, ceux de Francis-Emmanuel, à l'aise dans la chaleur tropicale et leurs vêtements hawaïens – et on a fait comme si on ne les voyait pas. Quand Christelle Lerond est passée non loin dans sa robe fleurie démodée, on s'est planqués. Maël ne voulait pas d'elle dans la bande et ne supportait plus d'entendre prononcer son prénom. Fébriles, on s'est dirigés vers la machine à tiroirs. La machine à tiroirs était selon nous une invention aussi bénéfique pour l'humanité que l'aéroplane ou la pénicilline. On mettait un franc dans une fente, on débloquait un tiroir métallique et on gagnait une petite boîte en carton. Bleue pour les garçons, rose pour les filles. À l'intérieur, il y avait toutes sortes de trésors passionnants ; rien à voir avec les attrape-nigauds de la pêche à la ligne, qu'on laissait à des gnomes comme Alric ou Vincent.

Nous, on entrerait au collège à la rentrée ; on n'allait pas se contenter d'une trompette ou d'un accordéon en plastique.

Il faisait de plus en plus chaud. J'avais oublié ma casquette Renault chez moi : c'était une grosse erreur. On avait les cheveux collés aux tempes. De grosses gouttes coulaient sur nos fronts cramoisis. On a entendu la foule bruire, les musiciens arriver, mais on avait déjà vu le défilé une fois et on était trop occupés par la machine à tiroirs.

Karl a failli tomber à la renverse en découvrant dans sa boîte un pistolet à amorces. Il s'est pris pour James West dans *Les Mystères de l'Ouest*, et sa pétarade a commencé à nous chauffer les oreilles. Mélanie a passé un nouveau collier autour de son cou, de fausses mais jolies aigues-marines qui se sont bien accordées à la visière translucide de sa casquette. Les pierres ont glissé sur son T-shirt orange, allant se nicher entre deux légers renflements que j'ai préféré éviter du regard. Francis-Emmanuel a ouvert une boîte bleue et brandi un crocodile en caoutchouc. « Moi méchant Noir tuer crocodile et manger vous ensuite », a-t-il dit en montrant des dents moins pointues à mon sens que celles d'un cannibale. J'ai eu un pistolet à amorces identique à celui de Karl. Sébastien était sur le point d'ouvrir son tiroir quand il y a eu un mouvement de foule. On a été bousculés par des adolescents. Les chars arrivaient sur le parking, et les familles refluaient vers nous.

— C'est vraiment un sacré foutoir ! a dit Karl en regardant un mec de quinze ou seize ans dont la tête pleine de boutons, encadrée par deux grandes oreilles, ressemblait à un chou-fleur avarié.

— Ta gueule le mioche, arrête avec ton pistolet à la con ! a dit Chou-Fleur en montrant des dents chaussées de travers.

J'ai eu peur que ça ne dégénère, mais comme l'adolescent mesurait trente centimètres de plus que lui, Karl a eu la bonne idée de la fermer. On s'est déplacés de trois mètres et on a continué à ausculter la machine à tiroirs. Sébastien a chopé un troisième pistolet à amorces. Il a regardé Karl d'un air inquiet, imaginant les duels auxquels il ne pourrait échapper. Il aurait préféré un jeu de sept familles, mais c'est Mélanie, en jouant une deuxième fois, qui l'a obtenu.

On s'est extasiés sur le jeu, sur nos pistolets, moi sur le collier posé sur le T-shirt orange. Puis je me suis souvenu de Maël.

Il se tenait debout en retrait, à deux mètres de notre groupe, jambes écartées, plantées dans un bermuda qui avait dû ressembler à un jean, autrefois, avant de subir une double amputation des jambes. Maël croisait les bras avec énergie sur un T-shirt blanc au col élimé. Jusque-là, je n'avais même pas remarqué que ses vêtements étaient aussi usés. Propres, repassés, mais épuisés. Je ne voyais pas bien ses yeux, cachés derrière ses mèches, mais je pressentais un regard plus sombre que le dessous d'un char.

J'avais oublié Maël. Je n'y avais pas pensé une seconde au cours de la dernière demi-heure. Et Maël, c'était une certitude, n'avait pas un sou en poche. Il n'avait rien dit, mais son corps parlait pour lui.

Je me suis approché pendant que les autres continuaient à discuter. Je tenais une pièce d'un franc dans mon poing serré. J'ai ouvert la main.

Il a dit :

— Non merci.

— Prends-la, Maël.

Il m'a regardé. Il y avait de la douleur dans ses yeux. Et toujours ces cernes sous ses paupières.

Il a pris la pièce. On s'est éloignés des autres. Il a choisi un tiroir et a ouvert la boîte bleue. À l'intérieur, il y avait un porte-clés : une boucle, une petite chaîne, et au bout de la chaîne un minuscule couteau. La lame pouvait s'ouvrir et se plier, comme un cran d'arrêt. Le manche du couteau, en bois, ne mesurait que trois centimètres, tout au plus. J'aurais bien aimé tomber sur ce lot. Maël a ouvert le couteau, l'a refermé.

— Merci.

J'allais lui dire de garder son merci, mais la bulle d'intimité que nous venions de créer a explosé. Nous nous sommes retrouvés au milieu de ce qui, après coup, m'a fait songer à un jeu de quilles géant.

D'abord, un enfant s'est mis à hurler à côté de nous. Il venait de se coincer le doigt en refermant un tiroir. Le gamin, un mioche de quatre ou cinq ans plein de taches de rousseur, s'est vite dégagé mais sans cesser de crier. Le père, un moustachu avec un ventre de camion-citerne et des mains de la taille d'un enjoliveur qui attendait un peu plus loin, lui a dit de la fermer. Le gamin se tenait la main en criant d'une voix stridente. Le moustachu s'est jeté sur lui. Son épaule gauche a percuté l'adolescent à la tête de chou-fleur, et celle de droite a bousculé Maël. Maël a été projeté contre la machine à tiroirs, juste à côté de moi. Le couteau est tombé sur le bitume du parking et j'ai vu, dans un éclair métallique, la lame se désolidariser du manche. J'étais incapable d'esquisser le moindre geste de peur de me retrouver sur une mauvaise trajectoire. Chou-Fleur a engueulé le moustachu, qui lui a dit d'aller se faire foutre. Le moustachu a montré son poing droit tout en giflant son gosse de la main gauche. Un autre enfant, une fillette de cinq ou six ans, s'est mis à crier, une mère de famille aussi. Au même instant, il y a eu un mouvement de foule en provenance des tracteurs qui tentaient de manœuvrer au milieu de la cohue pour ranger les chars bien en ligne, cul à la mairie. Un gendarme s'est mis à siffler, un type a gueulé aux gens de reculer.

Il y avait de l'électricité dans l'air.

Maël a ramassé le manche de son couteau. J'avais l'impression qu'il bougeait au ralenti, parce que les gens autour de nous s'agitaient comme des fourmis volantes avant l'orage. La lame avait disparu sous la machine à tiroirs. Je me suis accroupi pour voir s'il était possible de l'attraper, avec fébrilité parce que tout peut arriver au milieu d'une foule bourdonnant comme un essaim. Maël avait posé un genou à terre. La machine à tiroirs nous dominait de toute sa hauteur. Autour, la ruche humaine frétillait.

NOIR !

Je n'ai plus rien vu. Le noir total.

Noir.

J'ai pensé à la route de la ferme, près de la voie ferrée.

Pitié, pitié, non !

La ruche ne bourdonnait plus.

C'était noir et silencieux. Vide. Je n'entendais plus la foule, mais j'entendais les moteurs des tracteurs. On n'avait pas coupé le son : les gens s'étaient tus. Ils avaient cessé de parler, de ronchonner, de râler.

Puis des exclamations étouffées. Des chocs.

Noir.

Des cris.

Un appel déchirant de fillette : « Maaaamaaaaannnnn ! »

Noir.

D'autres cris :

— J'vois plus rien, merde !

— Au secours !

— Hé ho ! qu'est-ce qui se passe ?

Beaucoup de cris. Les hurlements des enfants. Un bruit de tôles froissées. Un coup de klaxon. Un moteur qui s'emballe.

LUMIÈRE ! ! !

Maël, un genou à terre, devant moi. Les yeux écarquillés.

Le bitume. Les pieds des gens, immobiles. Maël qui me regarde, ahuri.

Je me suis levé. Un klaxon bloqué s'égosillait au loin.

Les gens regardaient dans tous les sens. Devant et derrière, mais aussi vers le ciel, vers le sol. J'ai fait la même chose. Il n'y avait rien d'anormal. Je n'étais pas mort, je ne m'étais pas évanoui, il n'y avait pas eu d'explosion nucléaire, pas d'éclipse de soleil. Puis j'ai vu les visages terrifiés autour de moi : le grand moustachu, dont les yeux tournaient dans leurs orbites comme ceux d'une vache traumatisée ; Chou-Fleur, qui bavait entre ses dents de traviole ; la gamine, celle de cinq ou six ans, qui hurlait encore. Il y avait d'autres cris. Des appels ; beaucoup de cris de terreur *(de douleur ?)*.

Quelqu'un a dit :

— Bordel, c'était quoi, ce truc ?

J'avais l'impression que l'atmosphère était devenue liquide, que chacun de nos gestes avait la lenteur de ceux d'un plongeur ; nous sentions la folie monter en nous comme la marée devant un rempart de sable. Nous avions perdu la vue durant quelques secondes (après coup, on a estimé le laps de temps à sept ou huit secondes) et, horreur absolue, nous l'avions *tous* perdue au même moment. Des centaines de gens victimes du même phénomène inexplicable.

Le klaxon continuait à brailler. Les cris, les pleurs allaient crescendo. Les gens réalisaient ce qui venait de leur arriver. Ils réalisaient, mais ne comprenaient pas.

Huit secondes : le temps de se perdre, le temps de tomber, de se blesser.

Maël venait de se relever.

Il avait le visage défait, pâle, les yeux toujours écarquillés. Il a dit :

— Il est là.

Sa voix n'était qu'un souffle. Peut-être n'avais-je pas saisi.

— Qui ?

Ma voix ne valait pas mieux. Une brise.

— Il est là ! a répété mon ami.

— Au secours ! a crié quelqu'un.

L'appel venait des tracteurs. C'était une voix de femme. Le SOS s'est répété, deux fois.

Ces « au secours » furent le coup de bâton de trop dans la ruche.

L'essaim est entré en ébullition.

Le vacarme est devenu indescriptible. Les gens se sont mis à courir, partout. Une panique violente, soudaine. Un big-bang.

Maël m'a attrapé l'épaule gauche.

— Viens !

— Où ça ?

— Il est là, viens !

— Qui est là ?

— Le Bonhomme Nuit !

Ses doigts broyaient ma clavicule. Il a bousculé des gens pour s'écarter de la machine à tiroirs et s'est mis à courir. Je l'ai suivi pour ne pas risquer de fracture. Les copains n'étaient pas loin, derrière le type à moustaches, agglutinés comme des poussins au cœur d'un poulailler en folie.

Maël a crié :

— Venez ! Suivez-moi ! Il n'est pas loin !

Il était le sachem : on a obéi. Son ordre était la seule chose cohérente au cœur de la pagaille.

Maël a fendu la foule en direction du lavoir. Sur le parking régnait le chaos. Un flic sifflait sans interruption. Des enfants criaient, pleuraient ; d'autres se tenaient immobiles au milieu de la cohue, blancs et droits comme des condamnés. Des adultes les bousculaient sans ménagement pour retrouver d'autres enfants.

Je garde encore en mémoire, Tristan, les masques de cire de ces gamins de quatre ou cinq ans, ballottés comme des quilles, fauchés par des aînés censés les protéger. D'autres images me hantent : la robe jaune et hurlante coincée sous un char (celui du dragon cracheur de feu) ; le visage gris du chauffeur, aveuglé pendant sa marche arrière ; une vieille dame qui bascule, se relève et qui s'abat de nouveau ; un faux lapin blanc sautant de droite à gauche, une grosse bosse sur le front ; une femme gémissante allongée sur le landau qu'elle protège ; le landau secoué comme un chariot de cow-boy au milieu des bisons et le bébé qui hurle dedans ; un musicien qui tangue sur le podium et s'effondre dans la houle humaine, emporté par le poids de sa grosse caisse ; une gamine, mains sur les oreilles, yeux clos, braillant dans sa robe en lambeaux...

Plus loin, avenue de la République, une foule moins dense mais des centaines de gens qui courent en tous sens. Un camion de pompiers, sur le pont principal, met sa sirène en marche par à-coups et, gyrophare allumé, tente de se frayer un chemin dans la masse grouillante. Il fait moins chaud ; les peupliers font de l'ombre. Devant moi, une voiture s'est encastrée dans le tronc d'un arbre. Le moteur fume. Le klaxon est bloqué, la plainte assourdissante. À côté, appuyé contre la tôle froissée, un type tient son visage dans ses mains. Une femme est assise dans l'herbe, la jambe en sang. Elle lève des yeux fermés vers le ciel ; sa mâchoire grimace une douleur silencieuse. On la contourne. Il y a des papillons lumineux partout : les feuilles des peupliers qui narguent le soleil. Les papillons s'agitent, excités peut-être par le gyrophare du camion arrêté sur le pont.

Mélanie a disparu. C'est Karl qui nous le dit. On s'arrête. Mélanie n'est pas loin. Six mètres en arrière. Elle n'a plus sa casquette. Elle regarde les arbres. On revient sur nos pas. De la main gauche, Maël me tient toujours le bras en étau. De la main droite, il attrape les doigts de Mélanie.

— Viens ! Viens vite !

Des cernes mangent le visage – le joli visage – de Mélanie. Le visage s'affaisse. Mélanie dit « Oh non ! » sans quitter des yeux les branches des peupliers. Les branches se balancent, paisibles, au-dessus de nos têtes. Loin de la pagaille qui règne sur terre. On regarde aussi. Les aiguilles de soleil se plantent dans mes pupilles.

Je place ma main droite en visière et je les vois.

Des choses noires, grouillantes, qui avancent en file indienne sur les branches, sur les troncs. Des insectes, des insectes gros et ronds.

— Des scarabées, ce sont des scarabées ! dit Sébastien.

Il y en a sur chaque peuplier. Dans les branches hautes, jamais à portée de main.

Les gens courent sur l'avenue, sur le parking. Personne n'a remarqué les bestioles.

L'air se met à trembler. Il vibre dans les basses. Les scarabées s'ouvrent ; on dirait des fleurs maléfiques. Des milliers de petites tulipes noires. Ce sont leurs ailes qui vibrent. Comme des hélicoptères gros-porteurs, les insectes décollent. Par vagues. Des escadrilles de points noirs se détachent de l'écorce, s'élèvent au-dessus des branches.

Le soleil malicieux continue sa partie de cache-cache : les papillons de lumière s'effacent, attendent, puis reviennent nous brûler les yeux.

Les scarabées s'abattent sur la foule.

C'est une attaque aérienne massive. Les insectes tombent sur l'avenue, sur le parking. Ils percutent les visages, s'accrochent aux vêtements, dans les cheveux. Cliquetis des carapaces ; pluie de pattes et d'antennes qui s'agitent, malaxent, triturent. Il pleut des scarabées. Une averse noire de robes luisantes aux reflets bleutés. Tout le monde crie, saute à pieds joints. Des insectes vrombissent près de mes oreilles. Plusieurs s'agrippent à mes cheveux, cognent mes jambes nues. L'un d'eux claque mon front, bascule et glisse dans mon T-shirt. Je hurle avec les autres. Je tape sur ma tête, mon ventre, mes cuisses, mais les scarabées ne sont pas des moustiques. Ce sont des forteresses volantes, solides comme des B52. Ces bêtes-là ne piquent ni ne mordent, mais elles griffent. Elles n'ont pas de dard, pas de crocs, mais des grappins au bout des pattes. Elles crachent un drôle de liquide bleuâtre quand on les touche. Je me demande si c'est du venin.

Les vagues d'assaut s'enchaînent. La panique est totale sur le parking et sur l'avenue, où s'abat une pluie noire de scarabées.

— Putain de saloperie ! enrage Karl, qui tournoie comme une toupie.

Maël me saisit de nouveau le bras.

— Venez !

Une dizaine de scarabées grouillent dans ses mèches blondes. Maël me lâche un instant pour envoyer promener celui qui se tortille devant ses yeux. Il montre l'église du doigt. Je vois le monument derrière la nuée noire. La colline rocheuse monte à l'assaut d'un ciel de fin du monde, noirci par des hordes d'envahisseurs. Un scarabée craque sur ma joue. Je colle mes lèvres à l'oreille de mon compagnon pour couvrir le bruit des insectes, les cris des humains, le hululement du klaxon et la sirène des pompiers.

— On va où ?

— Là-haut !

Il montre l'église.

— Il y aura moins d'insectes ! Occupe-toi des autres !

Il attrape la main de Mélanie, court sur l'avenue.

J'appelle Sébastien et Karl, je leur fais signe. Francis-Emmanuel voit mon manège. Nous nous élançons. Nous louvoyons entre les gens, entre les objets abandonnés qui parsèment chaussée et trottoirs : instruments de musique, lots de pêche à la ligne, chapeaux, casquettes, sacs à dos, sacs en plastique, cartons et sachets d'emballage. Nous franchissons le petit pont, entrons dans le bourg ancien et commençons l'ascension de la butte. La rue est étroite ici, engoncée entre deux rangées de maisons. Plus nous montons, plus nous nous éloignons des peupliers, du parking, des rivières, des gens, et moins les scarabées sont nombreux. Quand nous passons devant le cabinet du dentiste, il n'y a plus personne dans la rue. Nous sommes les seuls à courir. Le vacarme s'éloigne. Les derniers scarabées nous lâchent, s'envolent ou chutent.

Nous arrivons au pied de l'escalier de granit qui mène sans détour au sommet. Large de six mètres, monumental, sans une marche plus haute que l'autre, il semble avoir été jeté d'un seul tenant sur la pente. De part et d'autre de l'escalier, la roche brute a été couverte jadis d'une gangue de maçonnerie pour éviter tout éboulement.

Maël monte les marches deux à deux en s'aidant de la main courante métallique plantée au milieu des escaliers. Il nous distance. Parvenu à mi-pente, quinze mètres au-dessus de la rue, il s'arrête, se retourne. Nous le rejoignons. À cet endroit, il y a une brisure dans les marches, un palier. Nous sommes à bout de souffle. Maël s'effondre sur une dalle. Trempés de sueur, le cœur en débandade, nous suivons son exemple.

Je regarde la grande horloge sur le fronton de l'église qui nous surplombe : il est seize heures.

— Maintenant, c'est clair, a dit Francis-Emmanuel.

Karl a relevé la tête. Il avait les yeux exorbités, les joues rouges.

— Ah ouais ? Qu'est-ce qui est clair ?

— À peu près tout. Il suffit d'ouvrir les yeux.

— Super ! Moi, je vois rien de clair. Juste un putain de bordel géant !

— Ce qui est clair (Francis-Emmanuel a regardé Maël, pas Karl), c'est justement que quelque chose a décidé de foutre le bordel à Duaraz.

Karl a ricané.

— Ça, ouais, c'est clair. Mais c'est qui ? C'est le monstre de Pierre ? Le croquemitaine qui va tous nous bouffer ? C'est qui, ce mec ? (Karl nous regardait tous, sautant d'un visage à un autre, ses mains s'agitant comme celles d'un vendeur de foire.) Il fait des élevages de scarabées ? Il a des pouvoirs ? Des pouvoirs comme Superman pour rendre tout le monde aveugle ? Ouah, c'est super, vraiment super ! Sauf qu'il existe pas, Superman ! Il existe pas, et les élevages de scarabées non plus ! Et les putains de monstres et de croquemitaines non plus !

Francis-Emmanuel a décollé un cadavre d'insecte écrasé sur le T-shirt de Mélanie et l'a jeté par-dessus son épaule. Il était calme, imperturbable, solide sur ses longues jambes. Un vrai Massaï.

— Je pense que les scarabées existent. Pour ce qui est du...

— C'est le Bonhomme Nuit... a dit Maël, qui observait l'église comme s'il attendait que les cloches se mettent à sonner. C'est le Bonhomme Nuit... et il n'est pas loin.

Karl s'est étranglé.

— Qu... Mais qu'est-ce que tu... (Maël continuait à fixer le clocher, et du coup Karl s'est tourné vers moi.) Putain, qu'est-ce qu'il raconte ? C'est quoi ce Bonhomme Nuit ?

J'ai haussé les épaules. J'étais vidé. Hors-jeu.

Maël s'est levé d'un mouvement délié, tel un chat intrigué par un battement d'ailes suspect. Ses doigts ont tambouriné sur sa cuisse. Je me suis dressé aussi, mais avec les gestes saccadés d'un robot bon pour la casse – j'avais les cuisses en feu après notre ascension de la colline au pas de commando. Je sentais de la tension dans le corps de Maël. J'ai chuchoté :

— Qu'est-ce qu'il y a ?

Notre chef a tendu le doigt vers l'église. Nous étions tous debout à ses côtés à présent, immobiles et silencieux ; même Karl retenait son souffle.

— Là...

J'ai plissé les yeux. Le clocher, le coq tout en haut, les pignons, les toits, les voûtes, l'horloge sur le fronton. Bon. Et alors ?

Mélanie a saisi ma main. Ses doigts étaient brûlants. Elle a gémi :

— Oh non, pas lui...

Alors j'ai vu la forme noire perchée sur un pignon. La bête nous regardait. Et ça devait bien l'amuser de nous voir ainsi, tous les six, minuscules à ses pieds. J'ai grogné :

— Saleté de corbeau !

Karl a juré, grimpé deux marches et s'est placé face à nous, bras écartés comme un agent de la circulation.

— Et alors, c'est quoi ? Un monstre ? C'est rien qu'un corbac ! Qu'est-ce que ça peut foutre ? Y'a plein de corbacs sur les églises ! Vous êtes dingues ou quoi ?

— Y'a pas de corbeaux par ici, a commenté Francis-Emmanuel. Y'a juste des pigeons. Les corbeaux, ils sont en bas, dans les grands arbres.

Karl a esquissé un sourire froid.

— Ils ont pas le droit de se balader, les corbacs ? Il avait envie de venir par ici, et il est venu. En bas, ça grouille de scarabées, tu parles que c'est génial pour voler ! Moi, j'aurais fait comme lui. J'aurais profité là-haut du spectacle, peinard !

Il y a eu un pok ! sur le sol, à nos pieds. Un scarabée venait de se poser à côté de la chaussure de Karl. Il est mort écrabouillé sous sa semelle.

— Pourriture ! a dit notre compagnon en guise d'éloge funèbre.

J'ai regardé l'église. Le corbeau s'était envolé et tournait devant le clocher. J'avais l'impression qu'il faisait plus sombre, comme si la nuit était en train de tomber. J'ai frissonné : la température avait fraîchi, ce n'était pas une illusion.

— Il est encore là, a dit Maël en commençant à gravir les marches.

Sébastien l'a rattrapé et l'a forcé à se retourner. Il a serré dans ses mains les pans du T-shirt élimé de notre chef. Il a approché son visage du sien. Leurs lèvres se touchaient presque.

— De qui tu parles ? (Sébastien avait la chair de poule, sur la nuque et sur les bras.) Qui est encore là ? C'est quoi ton bonhomme machin ?

— Le Bonhomme Nuit. C'est lui qui me cherche. Il est là-haut. Il faut y aller.

— T'es cinglé ! a dit Karl.

Mélanie a serré ses bras contre sa poitrine. Elle tremblait dans son T-shirt orange.

— Il fait froid...

— Ouais, froid et sombre, ai-je confirmé.

On avait l'impression qu'il allait faire nuit. Il n'y avait pas un nuage dans le ciel. Le soleil n'avait pas changé de place, mais son éclat avait diminué, comme filtré à travers des verres fumés.

— Il faut y aller, a répété Maël avant de se remettre en route.

Nous l'avons suivi. Karl ruminait à l'arrière. La chaleur et les événements de l'après-midi avaient plus ou moins anesthésié nos cerveaux. Notre chef avançait ; il était plus reposant de le suivre que de chercher à penser. Rester sur place aurait signifié des mises au point, des questions. Nous ne voulions pas réfléchir. Nous voulions aller de l'avant, fuir les phénomènes qui, en bas, nous avaient glacé le sang, menaçaient notre santé mentale, et peu importait ce qui nous attendait au sommet. Nous étions ces soldats qui préfèrent l'assaut à la boue des tranchées.

Plus nous montions vers l'église, plus la luminosité diminuait. La température aussi. Le corbeau tournait en croassant, comme s'il désirait prévenir quelqu'un de notre arrivée.

Des scarabées ont recommencé à tournoyer et à tomber, mais de manière éparse, comme les premiers flocons d'une averse de neige... ou de cendres.

Nous avons débouché sur le parvis de l'église. Un vent froid a soulevé mon T-shirt.

Face à nous, la rue du 11-Novembre, bombée, filait en direction de la façade rouge du Café de l'Église. À gauche de la chaussée se tenaient de vieilles maisons à pans de bois. Sur la droite, le monument aux morts, un monolithe gris ceinturé par un inquiétant cortège d'obus cuivrés datant de la Première Guerre mondiale, montait la garde. On a vu le doberman aux yeux noirs.

Assis sur son arrière-train, il n'avait pas l'attitude menaçante de la dernière fois, à la Maison d'Avalon. Il ne grondait pas, ne montrait pas les crocs.

Il patientait sur un étroit passage gravillonné, bordé d'un muret haut d'un mètre environ, qui ceinturait l'église, et surnommé le « Chemin de Ronde » par les habitants. Loin en contrebas, on distinguait la rue et les premières maisons du bourg.

Il nous attend, ai-je pensé.

Maël s'est dirigé vers lui.

— Venez ! nous a-t-il ordonné sans se retourner.

J'ai observé mes compagnons. Francis-Emmanuel, mains enfoncées dans les poches de son jean, fronçait les sourcils. Sébastien, mâchoire pendante, avait le teint d'un œuf de poule. Mélanie aussi, mais elle serrait les dents. Elle s'est approchée de moi, jusqu'à ce que nos épaules se touchent. Karl tremblait, mais je ne savais pas si c'était de rage ou de froid. Il a soufflé, comme s'il s'apprêtait à sauter en parachute, puis ses lèvres blanches ont laissé échapper quelques mots :

— Putain, on plante une tente ou quoi ?

Je me suis mis en marche, essayant de rattraper Maël. Un scarabée s'est posé sur mon épaule. Je l'ai démantibulé à même mon T-shirt.

Nous avons longé la nef. Les graviers crissaient sous nos semelles. Criac, criac, criacriac. Ils crissaient comme des os broyés par les crocs d'un molosse.

Le chien s'est levé, nous a tourné le dos et s'est éloigné au petit trot. Il a disparu derrière un contrefort.

Dieu qu'il faisait froid !

Sur ma droite, derrière le muret, la roche grise plongeait jusqu'à l'avenue de la République. Quelques herbes jaunes et des arbustes rabougris tentaient de survivre entre les blocs. Je voyais, en bas, les toits des maisons, dont celle du dentiste, qui bordaient la chaussée. Le soleil froid n'illuminait pas la rue. Jusqu'à l'horizon, le monde avait basculé dans l'ombre.

Maël s'est arrêté. Son corps m'empêchait de voir plus loin. Sans se retourner, il a fait un signe de la main pour nous demander de stopper aussi. J'ai trouvé que ça faisait très film de guerre américain et j'ai décidé de ne pas tenir compte de ce geste : en trois enjambées, j'ai rattrapé mon chef et ami. Criacriacriac. Les autres ont fait de même derrière moi.

Nous avons laissé sur notre gauche le transept et un porche dont la porte vermoulue semblait fermée à double tour.

J'ai vu les tombes, alignées entre deux collatéraux. Je les avais déjà aperçues par le passé, mais sans y prêter vraiment attention, sans prendre le temps de les observer. Il y en avait quatre, quatre dalles de granit rongées par la pluie et le gel. Les dalles, couvertes de lichen, semblaient abandonnées, et il n'y avait pas de croix au-dessus des stèles. L'orientation des lettres gravées sur la première d'entre elles indiquait que les défunts avaient la tête tournée vers l'église, et les pieds vers le vide. Camouflées par la mousse et la pénombre, les épitaphes étaient invisibles.

Nous avons continué à marcher. Maël avait dû rester

en arrière ; il n'était plus près de moi. J'ai continué sans me retourner. J'étais comme attiré, capté.

Un peu plus loin, le muret tournait à angle droit pour filer sur la gauche et disparaître derrière l'abside. Nous étions arrivés au « point de vue », à l'extrémité orientale de la butte. Après le muret et le promontoire, il n'y avait plus rien ; rien que le vide.

Le molosse attendait, assis sur les gravillons. Il ne nous prêtait pas la moindre attention. Il avait la gueule et les oreilles pointées sur la silhouette qui se tenait debout à côté de lui, à l'angle du muret, au bout du promontoire. Sa langue rose pendait, servile et dégoulinante.

J'ai distingué un long manteau noir effleurant le Chemin de Ronde. Au-dessus, un chapeau haut de forme, le genre de couvre-chef que portaient les hommes bien mis au temps des *Misérables*.

— *Aaaaaaah... Je suis fatigué...*

C'était un chuchotement rauque. Je me suis souvenu d'un oncle de mon père rongé par un cancer de la gorge : l'oncle parlait de cette manière avant son enterrement. Mes jambes ont été prises de tremblements : l'homme au manteau était debout à une dizaine de mètres de moi et j'avais l'impression qu'il venait de me parler à l'oreille.

— *Aaaaaaaah... Vous me fatiguez...* a-t-il répété. *Allez-vous-en...*

J'ai voulu obéir, mais mes jambes n'ont pas répondu.

— Oh nom de Dieu, nom de Dieu de merde, a gémi Karl.

— *AALLLEEEZZZZ-VOUS-ENNNNNNN !*

Il n'y avait que des pierres autour de moi. Les pierres mortes des tombes. J'étais une pierre morte. Incapable du moindre mouvement.

— Il... Il faut s'en aller, a balbutié Mélanie, et c'était une parole très sage, mais j'étais incapable d'obtempérer... ni même d'ouvrir la bouche pour exprimer mon plein accord.

— *VOOOUUUUS ME FATIGUEEEEEEEEEEZ ! ! !*

Ma mâchoire était dure comme du béton. Je me suis concentré et j'ai articulé :

— On part.

— *Trop tard...* a dit l'homme en noir.

Et soudain, le choc, le chaos.

L'univers explose. Ou implose. Une conflagration brutale. Une bulle noire qui enfle, enfle, et se déchire. Un nouveau big-bang.

Le vent ! Un mur de vent né du néant, un souffle titanesque qui crache, pousse, expulse. Un vent dur, puissant. Un poids lourd en pleine figure.

Des gravillons me mitraillent le visage, les bras, les jambes.

La tornade de ténèbres tourbillonne, me bouscule. M'écrase contre le muret. Des cailloux volent. Frappent. J'essaie de me protéger. Où sont les autres ? Que se passe-t-il ?

Le vent. Immense. La poussière. Les cailloux. Je distingue à peine les tombes. L'homme noir et le chien, là-bas, dans un nuage de poussière.

Où sont les autres ?

Je me blottis au pied du muret. Protège mon visage.

Quelque chose heurte mon épaule. Je lève la tête. C'est Sébastien, emporté par la bourrasque. On dirait qu'il vole. J'aperçois son visage rond, ravagé par la peur, bouche ouverte sur un cri que je n'entends pas. Je suis tétanisé. Il passe devant moi, disparaît. Par-dessus le muret.

Il n'y a rien après le muret.

J'entends crier, derrière. Je me retourne. Il y a d'autres silhouettes en l'air, prisonnières des tourbillons de vent ! Je repère le T-shirt orange de Mélanie, les perles bleues autour de son cou. Je hurle. Elle tourne dans le vide, cogne un mur, puis est jetée contre le sol. Des cailloux labourent sa peau. Elle crie tout en essayant de ramper dans la poussière. Elle crie mon nom, peut-être. Le vent est si violent qu'il me colle au muret, par-dessus lequel j'ai si peur de basculer !

De longs bras bruns jaillissent d'un recoin, tentent d'agripper le T-shirt orange de Mélanie. C'est Francis-Emmanuel, caché derrière un contrefort. Une bourrasque pleine de gravillons vient le gifler, strie son visage de griffures de sang. Il serre les dents, crache et avance, courbé dans le vent, en direction de Mélanie. Plus que jamais, il a l'air résolu d'un guerrier massaï face au lion. Il ne veut pas céder. Il va la sauver !

Mais le vent est féroce et puissant. Au moment où Francis-Emmanuel parvient enfin à saisir le vêtement de Mélanie, un coup de boutoir les fauche, les soulève comme des feuilles mortes. Francis-Emmanuel pousse un cri de rage et, sans lâcher sa prise, s'envole.

Je comprends qu'il ne renoncera pas. Il n'a jamais plié devant quiconque. Il enserre Mélanie entre ses longs bras mordorés.

Les deux corps sont agrippés l'un à l'autre, soudés face au danger. Aucun ne touche plus terre. Ils tournoient dans les airs, mes deux amis, bringuebalés par les courants ! Je vois les yeux fermés de Mélanie, ses cheveux en folie, le visage farouche de Francis-Emmanuel. Mon ami regarde, regarde partout, à la recherche d'un point d'ancrage. Il me voit. Ses yeux de guerrier s'écarquillent. Il comprend. Il n'y pas de salut, pas de point d'ancrage.

Leurs deux corps liés passent le muret, disparaissent en direction du précipice.

Je hurle.

Le vent m'écrase contre le muret. Je regarde autour de moi, effaré, clignant des yeux pour chasser la poussière, crachant les débris qui entrent dans ma bouche.

Le Bonhomme Nuit n'est plus au bout du promontoire. Volatilisé !

Karl, muscles tétanisés, est couché sur le muret, ventre contre la pierre, mains et pieds arrimés aux minuscules rebords. Il ferme les yeux. Sa chemise neuve ne tient plus que par une manche. Elle flotte, étendard déchiré dans le vent. Le dos de Karl est rouge. Blessé.

Et Maël ?

Je tourne la tête vers les tombes. Maël est debout, là-bas, près du chien. Poussière, vent, volutes ténébreuses : je ne vois pas bien ce qui se passe. Est-ce le Bonhomme Nuit que je distingue debout près de l'église ? Maël avance vers lui, plié dans les bourrasques. Est-ce le Bonhomme Nuit ou juste une ombre ? Un tourbillon ? J'appelle Maël. Encore. Mes cordes vocales sont à vif. J'appelle. Il ne m'entend pas. Il avance vers l'ombre. Essaie-t-il de chasser le monstre ? Y a-t-il vraiment quelqu'un ?

L'ombre semble bouger.

Maël est balayé. Son corps décolle comme un projectile sur une catapulte.

Ses jambes heurtent le muret, son corps culbute.
Et disparaît dans le vide.

Le vent ténébreux a fini par diminuer, puis s'est arrêté. Je ne sais pas au bout de combien de temps. Quand j'ai rouvert les yeux, la poussière était retombée.

J'avais mal partout. Mes bras étaient parsemés d'éraflures, de coupures. Je sentais la morsure des graviers sur mon visage.

Karl pleurait, à plat ventre sur le muret, mains et pieds toujours rivés aux rebords. Sa chemise avait disparu, avalée par le vide. Il avait de multiples contusions sur le corps, une longue balafre dans le dos.

Je me suis levé.

J'ai posé les mains sur le muret.

Je me suis penché.

J'ai vu les trois corps à une vingtaine de mètres en contrebas, retenus par des buissons squelettiques. Un grand garçon à la peau brune ; un T-shirt orange ; un corps rond et trapu.

Je n'ai pas vu le corps de Maël.

Loin au-delà des trois corps disloqués, il n'y avait plus de rue. Plus de bitume. Plus d'avenue de la République. Rien qu'un immense fleuve noir. Une rivière de néant coulant entre la muraille et les maisons, coulant sans fin, venant du vide et allant vers le néant.

Je me suis recroquevillé derrière le muret et me suis mis à pleurer.

Partie II

Les papillons de nuit

Chapitre 13

Les jours morts

Déjà trois heures trente du matin, Tristan. Je vais me lever, boire un verre, retourner jeter un œil sur ton corps endormi. Quand tu le sauras, tu m'en voudras, mais cela procède d'un vieux réflexe. Combien de fois s'est-on levés, Marie et moi, pour vérifier que tes pieds nus ne dépassaient pas de la couverture, pour répondre à tes appels éperdus d'enfant captif d'un cauchemar, à tes pleurs entrecoupés de quintes de toux au cœur de l'hiver ? C'était Marie qui se dévouait, le plus souvent : le visage prisonnier de la douceur exquise de mon oreiller, je l'entendais gémir et soupirer pour s'extraire de la couette. Mais Marie n'est plus là : le gardien, c'est moi.

Es-tu captif de tes cauchemars, Tristan ?

Et moi, le suis-je encore ?

La nuit attire la nuit, et nul n'est à l'abri. Je n'ai que deux solutions : écrire cette histoire ou basculer sur le canapé, jambes repliées contre mon ventre, poing enfoncé dans ma bouche pour empêcher les hurlements d'en sortir.

Le vertige : c'est contre lui que je lutte. La nuit est captivante, séduisante, souvent mortelle pour qui oublie la magie de l'aube.

Et à trois heures trente du matin, l'aube est encore loin.

Je dois écrire, vite.

***

Des deux semaines qui ont suivi le drame, je n'ai gardé que de vagues souvenirs : des images floues de mon père, de sa voix et de son visage cassé par l'inquiétude ; une chambre d'hôpital, des tuyaux dans mes bras, du coton sur mon front ; les larmes de ma mère penchée sur mon visage ; les médecins parlant avec une voix douce comme s'ils avaient peur de me briser ; des nuits brumeuses, pleines de cris.

La troisième semaine, je me suis réveillé. Chez moi.

Maman m'a dit que Mélanie n'était pas morte. Dans son malheur, elle avait eu de la chance : Francis-Emmanuel, en la serrant contre lui, lui avait sauvé la vie. J'ai pleuré tout un jour. Elle était dans le coma avec deux jambes cassées, une épaule démise, des vertèbres abîmées et une fracture du crâne, mais elle respirait. Il était impossible de la voir pour l'instant : elle était en soins intensifs à l'hôpital, à Rennes, et n'avait pas repris connaissance. Peut-être pourrais-je lui rendre visite plus tard, pas avant plusieurs jours, voire des semaines. Francis-Emmanuel avait été enterré le 16 juillet, et Sébastien le lendemain.

J'ai pleuré encore, au moins deux jours.

On n'avait pas retrouvé le corps de Maël.

J'ai dit tout ce que je savais. J'avais vu tomber Maël, emporté par le vent, comme les autres. Je n'ai pas parlé de la rivière noire. Mon père et ses collègues ont écouté. Les médecins ont pris des notes. Karl leur a dit la même chose que moi, ce qui les a convaincus de notre sincérité. Il n'a pas évoqué la rivière noire, et je me suis demandé s'il avait vu comme moi cette faille ouverte sur le néant, ou si j'avais été le seul témoin de cette abomination. Karl souffrait d'une vilaine blessure dans le dos. D'après l'enquête, il avait été projeté contre l'un des contreforts de l'église avant de rebondir vers le muret. Nous ne nous étions pas revus depuis ce jour-là, mais les gens parlent toujours trop en présence d'un gamin silencieux.

Les gendarmes et tout un tas de gens recherchaient le type en noir. L'hypothèse qui prévalait était que cet homme, sans doute un rôdeur aux pulsions meurtrières, avait jeté Sébastien, Francis-Emmanuel et Mélanie dans le vide. Ensuite, le clochard dérangé avait enlevé Maël.

Les gendarmes et les médecins avaient une deuxième idée en tête pour expliquer le drame : nous avions chahuté sur le muret, l'escaladant et nous jetant des pierres à la figure, et, d'une manière ou d'une autre, trois d'entre nous avaient basculé. L'homme noir était le produit de notre imagination, traumatisée par le terrible accident. Maël était peut-être encore vivant, caché quelque part, rongé par les remords ou terrifié par ce qui s'était passé. Karl et moi, choqués au point de délirer, n'avions-nous pas transformé sa fuite en prétendu vol plané ? Nos cerveaux étaient-ils encore capables d'enregistrer les choses de manière fiable à l'instant où trois des nôtres plongeaient vers une mort certaine ?

Mon père avait mille soucis. Lors de la fête des Fleurs, la panique avait causé la mort de deux personnes : une femme écrasée par l'un des chars, sur la place de la mairie, et une vieille dame victime d'une crise cardiaque sur l'avenue pendant l'invasion des scarabées. On avait comptabilisé cinquante-six blessés, dont quatre graves. L'attaque des scarabées n'avait pas été expliquée, pas plus que l'aveuglement dont chacun avait été victime durant sept ou huit secondes. Les journalistes s'étaient jetés sur Duaraz, transformant notre commune en « village maudit », parlant de « trou noir collectif », des « étranges événements de Duaraz ». L'effervescence avait commencé à retomber au bout de dix jours, mais les reporters étaient aux aguets, surtout ceux que mon père appelait les « charognards », pour qui le sensationnel, le morbide et les histoires inexpliquées (« paranormales », disaient-ils pour paraître sérieux) étaient un gagne-pain. Trois enfants avaient été tués, un autre enlevé, et rien n'avait été élucidé. Le type au chapeau haut de forme (« le fantôme de Jack l'Éventreur », avait titré un magazine) courait toujours.

Une peur latente, pesante, vidait les rues du village avant même l'heure du dîner. Les adultes se claquemuraient, les adolescents chuchotaient et les enfants pleuraient le soir, exigeant que leur mère allume le couloir et la lampe de chevet, et ferme la fenêtre malgré la chaleur. Ils avaient peur de la moindre bestiole, surtout des scarabées, et plus encore de ce « rideau noir » qui pouvait tomber à n'importe quel moment dans leur tête, un rideau à côté duquel les ténèbres du placard avaient l'air d'un agréable clair de lune.

Une nuit, j'ai fait un rêve étrange. Je nageais dans un fleuve noir. Le fleuve était d'une puissance phénoménale ; il y avait des rapides. Des vagues amples roulaient, m'emportaient à la vitesse d'un vaisseau spatial aspiré par un trou noir. Je maintenais sans peine ma tête hors de l'eau, mais j'avais peur de me cogner les jambes, les vagues signifiant que le fond du fleuve était tapissé de grosses pierres. Je n'aimais pas du tout l'absence de couleur de la rivière (noir opaque), ni sa texture : elle me semblait épaisse, gluante. J'avais la sensation de nager dans de l'huile de vidange. Au-dessus de ma tête, le ciel était gris, sale.

Le radeau filait devant moi, un assemblage de rondins de bois fendus et pelés, liés à la va-vite. Allongée sur le dos, vêtue de son T-shirt orange et d'un short en jean coupé court, jambes nues et bronzées, Mélanie fermait les yeux. Sa tête dodelinait au gré du courant. Autour de son cou, il y avait le collier bleu gagné à la fête des Fleurs. J'ai nagé pour tenter de rattraper mon amie. Une brasse rapide et désordonnée, celle d'un chien dans l'océan. L'écart restait le même entre nous malgré mes efforts. Je sentais la fatigue me gagner. J'ai continué à me démener, mais en dosant mes efforts. Je devais faire preuve de sang-froid.

J'ai entendu le grondement. Je savais de quoi il s'agissait. Dans *Tarzan*, les explorateurs en pirogue finissent toujours dans les moments cruciaux par entendre un bruit comme celui-là. Je suis passé au crawl. La mélasse coulait dans mes cheveux, sur mon visage. J'en ai avalé par mégarde : elle était insipide.

Le grondement s'amplifiait. Comme je m'y attendais,

j'ai vu un nuage d'embruns à une centaine de mètres au-delà du radeau. Le brouillard n'était pas gris-blanc mais noir, épais comme une fumée de pneus de voiture en train de cramer.

La distance a diminué entre le radeau et moi. J'avais conscience qu'en accélérant je fonçais vers l'abîme, mais il n'était pas question d'abandonner Mélanie. J'ai imaginé qu'un monstre aquatique était à mes trousses – ce qui était peut-être le cas, seul le diable pouvait connaître les bêtes qui rôdaient dans ces eaux noires – et je me suis déchaîné.

Le radeau était encore à dix mètres de moi. Derrière les rondins et le corps de Mélanie, j'ai vu la ligne horizontale qui annonçait la cataracte. Le grondement était assourdissant. Au milieu de la ligne se dressaient deux rochers noirs aiguisés, dressés comme des canines vers le ciel anthracite. Des volutes de vapeur noire tournoyaient autour. Nous allions passer entre ces deux crocs avant de basculer dans le vide. J'ai compris qu'il n'y avait plus rien à faire. J'ai cessé de nager mais continué à battre des pieds et des mains pour me maintenir à la surface.

Il est apparu comme un diable sorti de sa boîte. Comme si quelqu'un avait frotté une lampe pour le faire venir. Il se tenait debout sur la dent de droite. Je distinguais sa silhouette à travers la buée noire : chapeau haut de forme, longue cape balayant la roche.

— *Nage, mon ami, nage !*

Un chuchotement de gorge rongée par la fumée.

J'avais cessé de lutter. Je flottais, ballotté comme un morceau de bois.

— *Nage donc, mon ami, ne te laisse pas abattre !*

Le courant m'emportait. Mélanie, sur son radeau, s'approchait de la cataracte.

J'ai supplié :

— Ne faites pas ça ! Attrapez-la !

Il a tendu la main vers moi.

— *Je peux te sauver, toi !*

Le radeau filait vers les embruns. Vers le néant.

J'ai répété :

— Attrapez-la, s'il vous plaît, je vous en prie !

Il est resté silencieux, se contentant de tendre un peu plus la main dans ma direction.

J'ai nagé comme un fou, tendu le bras. Je savais qu'il tiendrait parole et me sauverait.

Le radeau a basculé.

La main tendue, j'ai hurlé.

Je me suis levé à huit heures et demie, mon cauchemar encore en tête. Maman se lavait. J'ai mangé une tartine de pain grillé et avalé un bol de chocolat froid en attendant que la place se libère. Quand maman a ouvert la porte de la salle de bains, je lui ai dit que je devais prendre une douche. Elle m'a regardé, surprise sous ses cheveux mouillés. Je suis resté cinq minutes sous le jet brûlant ; je me suis brossé les dents et me suis coiffé. Je m'étais sans doute lavé au cours des dernières semaines, mais je ne m'en souvenais pas. Dans la glace, j'ai vu un visage émacié qui n'était pas le mien. Sur mon front et mes joues, il y avait de petites marques rouges en forme de croissant, d'étoile ou de lune, restes des plaies provoquées par les gravillons. Quelqu'un avait travaillé à la petite cuillère pour approfondir mes orbites et creuser mes joues. Même mon cou était plus mince qu'avant. Mes yeux brillaient comme si j'avais encore de la fièvre.

Une fois peigné, j'ai regagné la cuisine. J'ai regardé le calendrier : on était le jeudi 31 juillet. Maman récurait le carrelage en céramique posé sur le mur, entre la hotte et les plaques électriques.

— Je vais voir Karl en vélo, ai-je annoncé.

Maman a cessé de frotter la céramique, sans lâcher son éponge. L'eau a goutté sur le sol.

— Ça va mieux, on dirait...

— Ça va.

Les yeux de maman sont devenus humides. Elle était contente de me revoir sur pieds.

— Peut-être que ce n'est pas très prudent de sortir, a-t-elle dit.

J'ai gardé le silence ; elle a poursuivi :

— Si tu y tiens vraiment, je préfère aller avec toi jusque chez lui.

— Maman, je peux y aller tout seul ! Ton éponge coule sur le carrelage...

Maman a ramené l'éponge au-dessus de la table de travail, sans regarder le sol mouillé.

— Pierre, tu as été très malade. Je crois qu'il vaut mieux que tu sortes accompagné. Je t'assure, mon ménage peut attendre.

J'ai haussé les épaules.

— T'as plein de ménage à faire. Je vais bien, promis.

Elle a hoché la tête, pensive.

— Tu vas juste chez lui et tu reviens ?

— Oui, chez lui et je reviens.

Elle était sur le point de céder.

— Ton père ne veut pas que tu traînes n'importe où. Aucun enfant ne traîne plus depuis... (elle a serré son éponge et de l'eau a coulé sur la table de travail)... C'est trop dangereux.

— Je vais chez Karl et je reviens.

— Promis ?

— Promis.

— Tu ne restes pas longtemps, alors...

— J'ai promis, maman, ai-je affirmé avec aplomb, tout en sachant que je mentais.

Elle s'est approchée de moi. Son éponge a goutté sur le carrelage tout au long de son trajet. Elle m'a embrassé sur le front. Ses yeux luisaient comme quand elle pelait des oignons.

— Je t'aime, a-t-elle murmuré. Tu sais, je t'aime beaucoup.

J'ai avalé ma salive et je suis sorti.

Les herbes folles avaient gagné du terrain autour de la maison de Maël, et l'un des volets verts, dont la charnière avait cédé, s'inclinait comme une dent déchaussée. La porte était ouverte. Dans la pièce qui faisait office de cuisine et de salle, au rez-de-chaussée, madame Dulac était assise, effondrée sur la table, le front à même le bois, les bras pendant dans le vide. La maison était sale : des mégots de cigarette, des boîtes de conserve et des emballages éventrés un peu partout ; des casseroles dans lesquelles stagnaient des eaux saumâtres, et beaucoup de bouteilles de pinard vides. Dans la masure et autour planait une odeur de raviolis froids et de camembert coulant.

J'ai cogné sur le chambranle écaillé ; elle a relevé la tête. Ses cheveux pendaient en mèches huileuses. Sa peau était jaune ; ses yeux injectés de sang. Elle a bâillé sans mettre la main devant la bouche.

— Pourquoi t'es là ? Qu'est-ce que tu veux ?

C'était une bonne question. Je ne savais pas ce que je voulais. Pourquoi étais-je venu ici ? Pour obtenir des réponses à des questions que je ne parvenais pas à formuler ?

— Il dormait où, Maël ?

— Qu'est-ce que ça peut te faire ?

J'ai haussé les épaules. J'avais un nœud dans l'estomac, et l'odeur était atroce. Je me suis détourné.

— Rien, madame. Excusez-moi...

Elle a repoussé sa chaise et s'est levée.

— Attends !

Elle s'est dirigée vers une commode bon marché, style contreplaqué à monter soi-même. Les rails du tiroir étaient cassés, et la mère de mon ami s'est mise à tirer sur la poignée en jurant. Quand le tiroir s'est décoincé, j'ai cru qu'il allait s'envoler. Madame Dulac l'a rattrapé de justesse.

— Saloperie ! Y'a personne pour réparer, ici ! M'ont tous laissée tomber !

Elle a pris une enveloppe marron et l'a jetée sur la table graisseuse, entre deux bouteilles de vin et un emballage de poisson pané.

— C'est pour toi.

Sur l'enveloppe, j'ai reconnu l'écriture de Maël. Il avait écrit : « À Pierre Launay si je disparais. »

— Je l'ai pas donnée aux flics, a repris madame Dulac. Je sais que ton père est policier, même chef, mais c'est une espèce que j'aime pas. Pour tout dire, je pense que c'est rien qu'une bande de trous du cul. Et pas la peine de serrer les poings parce que j'en ai rien à foutre si t'es vexé !

Le sang pulsait dans mes tempes. Des questions se battaient dans ma tête. Les yeux injectés de sang de la femme me fixaient comme ceux d'un serpent prêt à mordre.

— L'enveloppe était dans son lit. Je sais pas depuis quand, parce que j'allais jamais dans sa chambre. Il aimait pas ça, il voulait être tranquille depuis... (Elle a fermé les yeux, son corps a oscillé, puis ses paupières se sont rouvertes sur le réseau de veines rouges.) Enfin bref, j'ai pensé l'ouvrir, et puis je l'ai pas fait. T'en fais ce que tu veux. Si ça te chante, tu la donnes à ton père, c'est plus mon problème.

J'ai pris l'enveloppe et je l'ai serrée entre mes doigts. Il y avait quelque chose d'épais à l'intérieur. Un cahier ou un magazine.

Madame Dulac a saisi une bouteille de rouge remplie au tiers. Elle l'a portée à sa bouche et a englouti deux gorgées. Du vin a coulé sur son menton, puis a taché sa robe grise, la même que la dernière fois. Elle a reposé la bouteille d'un coup sec. Le culot a claqué sur la table.

— Et maintenant, va-t'en ! Puisque les flics sont pas capables de retrouver le corps de mon fils, j'vais l'enterrer à ma manière, en me noyant dans l'oubli. Tu diras merci à ton père !

Si j'avais eu un couteau à la main, je crois que je l'aurais planté entre les seins de cette ivrogne. Cette femme – qui faisait des choses sales avec les hommes – n'avait pas le droit de dire ce genre de choses.

— C'est pas mon père qui l'a tué ! Et sa mère, c'était vous...

Elle a bondi comme un chien de garde, mâchoires tendues, oubliant la table placée devant elle. Quand ses hanches ont heurté le meuble, elle a basculé. Ses paumes ont cogné le bois. Elle s'est calée dans cette position, penchée en avant, et m'a postillonné à la figure.

— Qu'est-ce que tu veux dire par là ? (Elle a titubé. La bouteille s'est renversée. Le vin s'est mis à couler sur le bois, puis à goutter sur le carrelage.) Que j'étais pas une bonne mère ? Qu'est-ce que tu sais de moi, morveux ? Qu'est-ce que tu sais de mon fils ? Qu'est-ce que tu sais de son père ? T'as déjà souffert, toi ? T'es le fils d'un flic, tu sais rien ! Tu sais rien de toute cette merde ! Alors viens pas faire chier ! Quand ton père aura trouvé le cadavre de mon garçon, qu'il vienne me le dire. Et qu'il revienne pas m'interroger comme si je le cachais ou que j'l'avais tué, parce que c'est à coups de hache que je l'recevrai !

On s'est regardés. J'avais du chagrin aussi.

J'ai senti une larme couler sur ma joue.

Elle a reniflé. Ses yeux de pochetronne pleuraient des gouttes de vin.

— Va-t'en, a-t-elle murmuré en redressant la bouteille. Faut que j'enterre mon p'tit garçon...

Je pédalais le long du canal. J'aimais sentir le vent chaud sur mon visage. Héroïko semblait content lui aussi de retrouver le grand air après trois semaines passées à l'écurie. Nous fendions l'atmosphère, et des bestioles s'écrasaient de temps à autre sur mon visage, comme le jour où nous avions galopé, tous ensemble, vers l'étang des Maffrais.

Karl me suivait sur son vélo cross. Sa blessure dans le dos était en voie de guérison. Nous avons passé l'écluse de Beaupré, où nous avions tellement transpiré en portant les bateaux, à la mi-juillet. Je me suis demandé ce qu'était devenu Stanley le chimiste. Je l'ai imaginé, la tête entre les mains, ses vacances gâchées en songeant à ce qui était arrivé à quatre d'entre nous juste après notre croisière chez les fous.

J'ai jeté mon vélo dans l'herbe vingt mètres avant le ponton. Je ne voulais pas trop m'approcher des planches et du support à cannes à pêche toujours planté sur la berge – mauvais souvenirs –, mais j'étais heureux d'être là. Il n'y avait pas eu que le corps de la noyée, ce jour-là. Je me suis rappelé les pierres filant sur l'eau, les rires des malades mentaux en face. Le salut gracieux de Mélanie.

Le soleil ne jouait pas à cache-cache entre les peupliers comme trois semaines plus tôt : l'air était immobile et la chaleur étouffante. J'avais pris mes précautions cette fois, ma casquette jaune Renault vissée sur le crâne. Karl portait un bob kaki.

Jusqu'à présent, nous ne nous étions pas dit grand-chose. Un « Salut » réciproque, « Où tu veux aller ? », et « Au canal, j'ai un truc à te montrer ».

À deux pas de nous, près de l'eau, les hautes herbes avaient été aplanies par les pêcheurs, et une sorte de siège taillé dans la berge. Il y avait un autre bâton en Y juste à côté, prêt à soutenir une gaule. Je me suis assis là. Karl s'est vautré dans les herbes folles, un peu plus loin.

J'avais glissé sous mon T-shirt l'enveloppe marron, maintenue contre mon ventre par l'élastique de mon short. Je l'ai extraite de sa cachette et j'ai dit :

— Il faut qu'on trouve le Bonhomme Nuit.

Karl est resté silencieux. Il m'a regardé en attendant la suite. Je m'attendais à ce qu'il râle, s'emporte, peut-être s'en aille. Il n'a pas ouvert la bouche. J'ai lu dans son regard qu'il était prêt à m'écouter. Lui aussi avait changé.

— Tu sais pourquoi ? ai-je demandé.

— Ouais.

Je ne m'attendais pas non plus à cette réponse.

— Pourquoi ?

— Mélanie est sa prisonnière.

Karl a souri en voyant mon air ahuri. Le sourire crispé d'un GI blessé, désarmé, mais qui vient de retrouver un type de son unité. Il a dit :

— Je le sais parce que j'ai fait un rêve.

— Ah ouais...

— Il y avait une rivière noire.

Mes mains se sont ouvertes malgré moi. L'enveloppe est tombée sur mes genoux.

— Et aussi une cascade et des pierres pointues, et le Bonhomme Nuit ?

— Ouais, et le mec me tendait la main et me disait de venir. J'ai fait ce rêve cette nuit. Comme toi, je parie. C'est à cause de ce rêve que t'es venu me voir.

Je découvrais un Karl nouveau, perspicace, ou qui n'hésitait plus à le montrer. Depuis des années, je prenais Karl pour une sorte de soldat costaud et rigolo mais sous-équipé côté cervelle. Peut-être était-il autrefois – avant le Bonhomme Nuit – impressionné par nos bonnes notes à l'école, peut-être n'avait-il pas assez confiance en lui pour lancer autre chose que des blagues machistes, mais Francis-Emmanuel, Mélanie, Sébastien et Maël n'étaient plus là, et Karl semblait libéré de toute contrainte.

On s'est regardés en silence, puis Karl a repris :

— Tu as vu ce qu'il y avait sur la deuxième pierre, celle qui était à gauche ?

Accaparé par la vision du Bonhomme Nuit me tendant la main, j'avais oublié cette pierre.

— Non.

— Moi oui. Il y avait quelqu'un sur cette pierre. C'était toi, et tu me tendais aussi la main.

Le sourire de Karl avait disparu. Un pli barrait son front. Ça le faisait paraître plus vieux.

Je me suis souvenu d'une silhouette indistincte, plus petite que le Bonhomme Nuit. Il pouvait s'agir de Karl. Je ne me rappelais pas la deuxième main tendue. Je me souvenais du radeau filant vers l'abîme, du corps inerte de Mélanie.

— Karl, je sais pas ce que ça veut dire. À mon avis, on doit tous les deux aider Mélanie. Donc il faut qu'on trouve le Bonhomme Nuit.

— Tu crois qu'elle est pas dans le coma ?

— Si ça se trouve, oui. C'est peut-être le coma, je sais pas trop. Mais je suis sûr que c'est le Bonhomme Nuit qui l'empêche de revenir.

Il a chassé une sauterelle qui courait sur sa jambe.

— Ouais, je pense comme toi. Peut-être que le rêve était un message... un message d'elle, je veux dire.

— Ouais.

On a médité là-dessus quelques dizaines de secondes. Je ne comprenais pas tout dans ce message, mais je savais – nous savions – qu'il s'agissait d'un SOS.

Karl a interrompu ma rêverie :

— C'est quoi, ton enveloppe ?

Je lui ai expliqué comment j'avais récupéré le document.

— J'ai tout lu avant d'arriver chez toi. Dans ce truc,

Maël parle du Bonhomme Nuit. Il faut que tu le lises aussi.

J'ai ouvert l'enveloppe et je lui ai tendu le cahier. Karl l'a tourné entre ses mains sans l'ouvrir.

— Il a marqué que c'est pour toi. Y'a pas mon nom...

— C'est pas important. Maël savait pas ce qui allait se passer. Il pensait peut-être qu'il n'y aurait que lui à... (ma gorge s'est coincée)... à disparaître. À mon avis, il a écrit ça pour tout le monde, pour que je vous le montre. Lis-le.

Karl a secoué la tête et m'a rendu le cahier.

— Lis, toi. Je vais écouter.

J'ai ouvert le cahier. Une sauterelle a bondi dessus et a glissé jusqu'au centre comme une patineuse maladroite. Je l'ai chassée du dos de la main.

J'ai commencé à lire.

Chapitre 14

La Lumière et le Puits

Je retranscris ici le message de Maël dans son intégralité, sans les fautes d'orthographe ou d'accord. Tu ne verras pas non plus, Tristan, les nombreuses ratures et taches qui maculaient le papier. Sauf si tu me le demandes. Car ce cahier, je le possède toujours. Je le garde précieusement dans un carton, avec quelques photos de l'époque et, entre deux articles de journaux, une plume de mésange bleue. Le cahier sent la poussière, mais je ne peux m'en débarrasser. On ne jette pas aux ordures un manuscrit de la sorte. On le préserve comme une relique sacrée. Ou comme une mise en garde inscrite dans un grimoire maléfique qu'il ne faut pas oublier. On y pense encore et encore au cœur des ténèbres, en priant pour que les lumières de l'aube aient raison des cauchemars de la nuit. J'ai survécu à cette histoire : peut-être t'aidera-t-elle à affronter la tienne.

Voici ce que Maël avait écrit...

LE BONHOMME NUIT

Pierre, je vais essayer d'expliquer ce qu'est le Bonhomme Nuit et pourquoi il me poursuit, et pourquoi il poursuit maintenant les autres aussi.

Le Bonhomme Nuit est le Mal. Il est noir. Je ne parle pas de sa peau : il est noir, partout, même ses vêtements. Je n'ai jamais vu son visage. Il ne vient que la nuit, c'est pourquoi on l'appelle ainsi. Parfois, il vient le jour, mais c'est rare, seulement quand il fait assez sombre, pour qu'on ne puisse pas voir son visage.

Le Bonhomme Nuit est mort. C'est un mort vivant, comme les vampires. Il est mort et il est maintenant dans le Puits. Le Puits est noir, il n'y a pas de feu et de fumées comme en enfer. C'est pour cela que le Bonhomme est noir aussi. Il est un morceau du Puits.

Le Bonhomme Nuit peut commander à certains animaux. Je sais qu'il a un chien (celui qui nous a attaqués à la Maison d'Avalon) et un corbeau (celui qui a attaqué Mélanie sur le pont).

Je me suis interrompu. Karl me regardait, bouche bée. Lors de ma première lecture, j'avais dû faire une pause pour bien comprendre le sens et les implications de ces premiers mots.

— T'avais raison, a dit Karl. C'était pas du tout au hasard, tous ces trucs.

— Non. C'était le Bonhomme Nuit.

— Les autres choses aussi ? Le scarabée à la messe ou le truc qui rend aveugle ?

J'ai poursuivi.

Avant de déménager à Duaraz, deux fois j'ai été attaqué par des scarabées. Ils étaient au moins une dizaine à chaque fois. Une autre fois, sur le chemin de halage, j'ai vu un gros truc, je pense que c'était un sanglier. Les animaux du Bonhomme Nuit sont eux aussi sortis du Puits. Ils sont noirs.

Le Bonhomme Nuit peut diriger des gens ou les aveugler. Il crée un « rideau noir » dans leur tête. C'est une nuit très profonde, comme dans le Puits. Il l'a déjà fait à mon père, ou à madame Tiny l'autre jour. À toi et ton frère, près de la ligne de chemin de fer.

Je sais pourquoi le Bonhomme Nuit nous poursuit. Les gens qui meurent ne vont pas tous dans le Puits. Il n'y a que les gens méchants qui y vont. Ils sont nus et ils vivent dans le noir avec le Bonhomme Nuit. Ils n'aiment pas la Lumière. Les gens normaux vont dans la Lumière. Ils s'aiment et se tiennent par la main. Les enfants qui meurent vont presque toujours dans la Lumière. Ils restent là, ils sont heureux avec ceux qui les aiment, et ils ne pensent jamais au Puits.

Mais il y a des enfants et des adolescents spéciaux, pas nombreux, qui savent que le Puits et le Bonhomme Nuit existent. Quand ils sont morts, ces enfants qui savent s'amusent à embêter le Bonhomme Nuit. Ils passent de la Lumière au Puits en brillant comme des vers luisants. Dans le Puits, ils font des rondes comme des papillons de nuit et ça énerve le Bonhomme Nuit. Ça lui fait mal, vraiment très mal. Alors le Bonhomme Nuit cherche les enfants et les adolescents qui le connaissent pour les éliminer, de leur vivant. Si c'est lui qui les tue, les enfants spéciaux ne deviennent pas des papillons. Je suis un de ces enfants.

Une bourrasque chaude a fait tourner les pages du cahier.

— Bordel ! a dit Karl. Il tue des gosses !
J'ai retrouvé la page et repris ma lecture.

Je connais le Bonhomme Nuit parce que mon père m'a parlé de lui. Mon père le connaissait bien. J'en ai parlé aux autres de la bande et surtout à toi, Pierre, et maintenant vous le connaissez aussi. Je ne voulais pas vous le dire, au début, mais vous m'avez posé des questions, et j'avais de plus en plus peur, alors je vous ai raconté des trucs. Je n'aurais pas dû. Maintenant, vous êtes poursuivis comme moi et c'est de ma faute. Le Bonhomme Nuit vous cherche dans le monde vivant pour vous tuer. S'il vous tue, vous ne vous transformerez jamais en papillons pour aller lui faire du mal. Vous ne serez ni dans la Lumière ni dans le Puits. Vous serez dans un endroit pire : pour toujours avec lui, en lui. Il vous aura avalés. C'est comme tuer une chenille avant qu'elle se transforme. Si on la tue, il n'y a pas de papillon. C'est comme si on mangeait cette chenille et que, du coup, elle ne mourrait pas tout à fait.

Mon père m'a dit qu'il était poursuivi par le Bonhomme Nuit depuis un an et demi, que le Bonhomme Nuit voulait le tuer parce que lui, il savait comment le détruire. Mais il n'a pas eu le temps de m'expliquer. Le Bonhomme Nuit l'a eu. Mon père m'a juste dit que les gens, surtout les enfants, pouvaient détruire le Bonhomme Nuit de leur vivant, qu'ils devaient dire et faire des choses pour cela. Mais je ne sais pas quelles choses. Avec la bande, j'espère qu'on pourra trouver. J'écris tout cela dans ce cahier parce que le Bonhomme Nuit arrivera peut-être à me tuer avant qu'on réussisse à l'avoir. Peut-être que toi, Pierre, tu sauras quoi faire.

J'ai arrêté de lire. Karl me regardait, sourcils froncés.

Nous comprenions désormais à quoi nous avions affaire. Il y avait un dessin, réalisé au bic bleu. Je lui ai montré. Un grand bonhomme, vêtu d'un long manteau ou d'une robe, je ne savais pas trop. Deux bottes dépassaient du vêtement. L'homme tenait un bâton à la main, qu'il brandissait comme une lance. Il portait un haut-de-forme. Une barbe et des cheveux hirsutes encerclaient un visage rectangulaire. Au milieu de ce rectangle, au-dessus d'un nez tordu, la mine du bic avait tourbillonné à deux reprises pour créer deux spirales denses : les yeux. On distinguait plusieurs animaux sur ce dessin : des insectes arrondis et ailés qui tournaient autour du chapeau (après la fête des Fleurs, il n'était pas difficile de les identifier), un corbeau posé sur l'épaule gauche du bonhomme, un chien à sa droite, et de l'autre côté une masse munie d'un groin et de défenses qui ne pouvait être que le sanglier dont avait parlé Maël.

— Merde, a dit Karl.

J'ai tourné la page.

— Il y a un post-scriptum. Il a dû l'écrire la veille de la fête des Fleurs.

> PS : c'est sûrement le Bonhomme Nuit qui a tué le type près du wagon et la femme dans le canal qu'on vient de trouver. Je crois qu'il est très en colère à cause de moi et de la bande. Il a du mal à nous tuer parce qu'on le connaît et qu'il nous connaît, et il se venge en faisant cela. Il espère peut-être qu'on sera accusés.

Karl regardait le cahier, perdu dans ses pensées.

— Je comprends pas pourquoi il a du mal à nous tuer... a-t-il commenté d'une voix sourde.

Je m'étais aussi posé la question.

— Je sais pas trop. Il avait peut-être du mal, mais, le jour de la fête des Fleurs, il a réussi.

J'avais la gorge serrée lorsque je pensais à ce jour-là.

— Tout le monde avait peur, a dit Karl.

— Oui.

Je ne voyais pas où il voulait en venir. Il a insisté

— Tout le monde avait peur, même moi. Tout le monde. Il a fait exprès de faire tomber le rideau noir dans l'esprit des gens, puis d'ordonner aux scarabées d'attaquer.

Cette fois, j'avais pigé. Karl avait tapé dans le mille J'ai pris le relais :

— Ouais, c'était plus facile pour lui. Il y avait une énorme panique et personne ne savait plus quoi faire. On s'est pas défendus. Le rideau noir et les scarabées, c'était un piège pour qu'on soit morts de trouille.

— Ouais. Un putain de piège. Le Bonhomme Nuit se doutait que Maël allait le chercher. Il a foutu la merde partout et il a appelé Maël. Il a attendu qu'on soit là-haut pour nous tuer. Il y avait personne, pas de témoins.

On se regardait comme des gosses satisfaits d'avoir achevé un puzzle mais terrifiés par l'image qui venait d'apparaître.

— Moi, je me méfiais. Il faisait sombre et j'avais vu les tombes, a ajouté Karl.

— Moi aussi, j'avais vu les tombes.

On avait été vigilants et on avait échappé à l'attaque. Ou peut-être était-ce une coïncidence. Peut-être le Bonhomme Nuit avait-il dépensé beaucoup d'énergie en tuant quatre d'entre nous. Peut-être avions-nous eu de la chance.

— Il va revenir, a dit Karl. Il doit nous éliminer. Nous savons trop de choses.

— Oui.

Les sauterelles chantaient autour de nous. Le soleil tapait sur nos cuisses.

Karl s'est levé et est allé chercher le bidon en plastique accroché au cadre de son vélo cross. Il a bu de longues rasades.

— Et Mélanie ? a-t-il demandé en me passant le bidon.

L'eau était tiède, mais ça faisait du bien.

— À mon avis, le Bonhomme Nuit veut la tuer mais elle se défend. Elle est pas tout à fait vivante, mais elle est pas morte. Elle est entre les deux. On doit l'aider.

— Et Maël ?

— Maël a marqué dans le cahier que le Bonhomme Nuit était très en colère. Je pense qu'il a pris son esprit ainsi que son corps, pour les effacer. Il m'avait dit que son père aussi avait disparu. Il les a avalés tous les deux...

La voix m'a manqué. J'ai respiré et j'ai repris de l'eau. Je ne voulais pas me remettre à pleurer.

Karl m'a demandé le bidon, s'est gargarisé puis a craché sur le chemin.

— Faut qu'on le bute, ce salaud !

Il avait retrouvé l'intonation belliqueuse qui nous avait souvent amusés, parfois irrités. Aujourd'hui, j'étais en accord avec lui. Il s'est essuyé la bouche.

— Pierre, tu penses qu'on peut le trouver où, le Bonhomme Nuit ?

— Aux endroits où il s'est déjà manifesté.

Il m'a dévisagé, intrigué.

— Où par exemple ?

— Près du chemin de fer, à l'école, à l'église, partout où il est venu.

— Quand ?

— Bientôt.

— L'école est fermée...

— On s'en fout. On ira la nuit.

— La nuit ? Pourquoi la nuit ?

— Il vient surtout la nuit, c'est ce que Maël a écrit.

Karl a regardé le canal. On distinguait la vieille maison des fous, cachée derrière la futaie, sur l'autre rive.

— C'est aussi pour ça que t'as voulu venir ici, hein ?

— Quoi ?

— T'as voulu qu'on vienne ici parce qu'on s'est bien marré à cet endroit, parce qu'on a été heureux, et que c'était la dernière fois.

Karl a regardé la maison et a continué :

— Tu voulais me parler de tout cela ici. Pas n'importe où. Ici. Tu penses que c'est important.

J'avais l'impression d'être venu là par hasard et je m'étais trompé. Je suis resté silencieux.

Karl a hoché la tête, a souri, puis un pli a barré son front.

— Il va essayer de nous buter, il va tout faire pour ça.

— Oui. Il nous faut des armes.

— Des armes ? Quoi comme armes ?

— Des trucs pour éviter qu'on panique. Pour pas qu'il nous aveugle.

— Tu penses à quoi ?

— Il faut qu'on aille au chemin des Chèvres demain. On trouvera des armes.

Chapitre 15

Une âme perdue

Le lendemain après-midi, une dépression est arrivée de l'ouest. La température est tombée d'un coup. Le soir, le vent s'est mis à souffler en bourrasques froides sur la ville, déjà pétrifiée par la peur. À vingt heures, la température ne devait pas excéder treize degrés – l'Antarctique, après la canicule des dernières heures !

Karl avait obtenu l'autorisation de dormir à la maison, et je n'avais eu aucune difficulté à convaincre maman de l'héberger. Les deux mères étaient arrivées à la même conclusion : retrouver l'envie de s'amuser, c'était reprendre goût à la vie, et toute occasion était bonne à prendre pour nous encourager à suivre cette voie. Si nos mères avaient su ce que nous mijotions, sans doute auraient-elles foncé à l'hôpital en criant à la rechute, peut-être auraient-elles appelé la maison des fous, près du canal, pour une double réservation.

Il faisait nuit noire et il était près de minuit quand Karl et moi avons décidé de nous faire la belle. La porte qui séparait le couloir menant aux chambres du garage grinçait comme dans un manoir hanté. J'ai tourné la poignée avec la prudence d'un cambrioleur et j'ai tiré d'un coup. La porte a couiné, mais nous avons échappé à la longue plainte des charnières fatiguées. J'ai patienté une vingtaine de secondes, immobile dans le couloir. La maison est restée silencieuse. Les parents, qui s'étaient couchés une heure plus tôt après avoir regardé la télé, dormaient à poings fermés. Alric ne risquait pas de nous déranger : il était dans le Finistère, en vacances chez notre grand-mère.

J'ai collé mon index à mes lèvres en regardant Karl. Nous sommes passés de la moquette du couloir au ciment froid du garage. Nous étions en chaussettes, et une onde glacée est remontée jusqu'à mon bas-ventre. Il faisait sombre dans le garage, mais il n'était pas question d'allumer. On devinait la silhouette massive de la R16, au centre, et la présence d'un amoncellement d'étagères et de meubles de récupération accolés aux murs, tout autour. Au-dessus de nos têtes, un grand vide montait jusqu'aux fenêtres percées dans la charpente, trois mètres plus haut. J'ai fermé la porte avec délicatesse : elle a gémi comme une corde de violon. De nouveau nous avons cessé de respirer. La maison a continué à dormir.

L'obscurité était totale. J'ai allumé ma lampe de poche.

— Nos chaussures sont où ? a chuchoté Karl.

Le rond de lumière a éclairé une caisse de jouets.

— Là. Je les ai planquées sous les bagnoles des Action Joe, avec les sacs.

On a mis nos chaussures en silence – moi, des Adidas, et Karl, des godasses en cuir qui ressemblaient à des rangers. Dans le rayon nerveux de la torche, le visage de Karl s'est transformé en masque, avec des zones d'ombre et de lumière : ses orbites et sa bouche s'ouvraient sur des trous noirs ; son front et son nez formaient de pâles boursouflures.

J'ai ouvert la porte du garage. Pas le grand battant métallique qui, en façade, se levait et s'abaissait en torturant de gros ressorts rouillés, mais la porte de derrière, celle qui donnait sur le jardin, pas loin du peuplier où nous avions installé le camp de base des Action Joe trois semaines plus tôt. La nuit était fraîche, tumultueuse. Le peuplier tanguait dans les bourrasques. Nous avons contourné le pavillon en marchant sur l'herbe pour ne pas faire de bruit. Nos montures patientaient près du portail, appuyées contre la haie. Les deux vélos avaient passé la soirée dehors.

Dans l'après-midi, j'avais rédigé la liste suivante :

— porte-monnaie et argent (52,20 F)
— nourriture (Smarties)
— deux gourdes pleines
— ficelle
— couteau Opinel
— allumettes
— pistolet et amorces
— billes et soldats
— cahier de Maël
— trousse et crayons
— livre (*Robinson Crusoé*)
— K-Way
— sac de couchage
— casquette

J'avais fourré ce fatras dans le sac que je portais sur mon dos. Le contenu du sac de Karl était similaire au mien. Avec cet équipement, nous étions parés, selon le manuel des Castor Juniors, pour une expédition de plusieurs jours. Nous avions prévu l'indispensable (argent, eau, un couteau, un peu de bouffe, de quoi dormir et faire du feu) et l'accessoire (un livre, des jouets pour nous occuper quand il faudrait patienter). Karl n'avait pas de Smarties, mais quatre Mars et des Pepito, et comme moi deux gourdes et son pistolet à amorces.

Nous avions choisi la fugue. Les parents se feraient un sang d'encre, mais nous n'avions pas le choix : c'était ça ou laisser le Bonhomme Nuit venir nous cueillir un soir dans notre lit. Et quand bien même nous réussirions à lui échapper quelque temps, notre ennemi risquait de démolir la moitié de la ville en nous cherchant. J'étais terrifié à l'idée de ce qu'il ferait de maman, de papa ou d'Alric s'ils se dressaient sur son chemin. Je préférais être loin des miens pour leur épargner la foudre.

Mon père allait, en bon policier, déclencher des recherches d'un bout à l'autre du canton, voire du département. Pour éviter qu'il ne convoque toute l'armée française pour fouiller une par une les maisons de Duaraz, j'avais laissé un mot sur mon lit : « Karl et moi, nous savons qui a tué nos amis. Nous allons le trouver. Pour cela, il faut qu'on prenne le train. »

Nous avons quitté le jardin en poussant nos vélos. Le vent a ébouriffé nos cheveux. Un lampadaire jetait une lumière froide sur les silhouettes agitées des arbres du lotissement. Une seule voiture, la Peugeot des Gaspar, était garée sur le parking de l'école.

— Prêt ? ai-je demandé.

Comme moi, Karl avait revêtu un pull-over sombre. Nous portions des bermudas : malgré la dépression, ce n'était tout de même pas l'hiver. Au milieu du visage crispé de mon ami, que la lumière tombant à la verticale rendait farouche, ses yeux étincelaient comme des billes de verre.

— Prêt.

On a enfourché nos vélos. J'ai étendu les bras à l'horizontale comme Actarus et j'ai dit :

— Métamorphose !

Karl a enchaîné :

— Goldorak, *go* !

J'ai talonné Héroïko, qui n'a pas tardé à passer du pas au galop. Nous n'allions pas à la gare. Ni à celle de Duaraz ni à une autre. Nous n'avions pas l'intention de prendre le train. Je voulais juste lancer mon père et son armada d'enquêteurs (avec la nuée de journalistes qui leur collait aux basques) sur une fausse piste pendant quelques heures, peut-être un ou deux jours.

Nous allions au chemin des Chèvres chercher des armes, comme prévu.

Je me suis retourné et j'ai lancé à Karl :

— Le Bonhomme Nuit doit commencer à flipper !

Je sais aujourd'hui qu'il devait ricaner.

— Il y a quelque chose dans les feuillages, a murmuré Karl.

— Quelque chose de gros ?

J'étais allongé à côté de lui, à même la terre. Nous avions laissé nos montures un peu plus loin, avant l'élevage de dindons. La terre était chaude, mais un vent frais agitait nos cheveux. À travers le train des nuages, la lune pleine aux trois quarts éclairait tant bien que mal le chemin des Chèvres.

— De gros, je sais pas, mais ça fait un sacré raffut.

Lorsqu'il avait entendu les bruissements dans les branches, Karl s'était jeté au sol à la manière d'un GI dans *Le Jour le plus long*. Je l'avais imité. Nous étions au milieu du champ bombé en friche, tout près de la base secrète. Karl a pointé le doigt vers la haie.

— C'est juste au-dessus du camp. C'est comme si... On dirait que ce truc s'est planqué là pour nous attendre.

— Tu crois que c'est quoi ?

— On va attendre, et écouter. Si quelqu'un est caché dans un arbre, il vaut mieux être prudent.

On a attendu. Je sentais les mottes de terre sèche s'incruster dans mes cuisses, mes hanches, ma poitrine. Mon sac pesait de plus en plus lourd sur mon dos. L'une des gourdes appuyait comme un poing sur ma colonne vertébrale. La terre sentait l'herbe morte. Quelque chose avait été coupé ces jours-ci, mais j'étais incapable de dire s'il s'agissait de maïs, d'orge ou de blé.

— C'est un oiseau, a dit Karl.

J'ai tendu l'oreille. Je n'entendais qu'un frôlement de temps à autre.

— Comment tu sais ?

— Il y a quelque chose qui touche les feuilles, c'est sûr, mais aussi d'autres bruits. C'est un oiseau qui bat des ailes.

Un croassement a résonné dans la nuit.

Karl a chuchoté :

— Putain de corbac...

Il n'a rien ajouté. Il est resté immobile. Je me suis redressé sur les coudes. J'en avais marre de cette odeur de végétaux décomposés et j'avais mal aux hanches. La terre était dure comme une grève de galets.

— On y va ? ai-je demandé.

Nous avons progressé de quelques mètres encore en longeant le talus, puis nous nous sommes glissés entre deux troncs noirs. J'ai eu l'impression de pénétrer dans une grotte. Nous nous sommes accroupis au milieu du chemin, sous la voûte végétale. Des herbes me chatouillaient les cuisses, mais je ne les voyais pas. J'ai passé une main devant mon visage : l'obscurité totale. En levant les yeux, j'ai distingué des lambeaux de ciel entre les branches. Nous devions être à moins de dix mètres de notre base secrète. Je sentais l'épaule de Karl contre la mienne.

Il a collé ses lèvres à mon oreille.

— J'ai ma lampe dans ma poche. Je vais l'allumer.

Je n'ai pas répondu. Je préférais me dissoudre dans la nuit. C'était une forme de lâcheté, j'en étais conscient, mais j'étais incapable de faire autre chose. Karl parlait, Karl allait allumer et je n'allais pas l'en dissuader. Je savais que le corbeau n'était pas venu ici par hasard ; il ne faisait aucun doute pour moi qu'il ne s'agissait pas d'*un* corbeau mais de *notre* corbac. La dernière fois que nous avions vu cet oiseau, c'était au sommet du clocher, pendant la sinistre fête des Fleurs.

Il y a eu un clic, et le faisceau lumineux a percé l'obscurité.

Nous n'avons vu que des branches, éclairées par les arcs

de cercle concentriques de la lampe bon marché. Des milliers de rameaux frémissants. Plus haut, les feuilles étaient secouées par un vent coléreux.

L'oiseau était invisible. Karl avait un genou à terre. Son visage, éclairé de manière fugace, ressemblait à un masque de guerrier africain. Sourcils froncés, muscles figés. Quand ses yeux se sont braqués sur moi, j'ai vu deux billes noires et brillantes. Un instant, j'ai frémi. Ses paupières ont cillé, les yeux ont retrouvé une teinte normale, et j'ai compris qu'il n'était pas sous l'emprise du Bonhomme Nuit, mais concentré. Karl n'était plus un garçonnet de onze ans jouant à la guerre, c'était un GI ou un Viêt-cong, un légionnaire ou un moudjahid, l'éternel combattant que l'approche de la confrontation transcende. Alors que je rêvais de Jedi, de princes de l'espace ou de capitaines pirates, lui allait plus loin : il se transformait en machine de combat.

Karl s'est levé, la lampe brandie devant lui comme l'épée d'un croisé.

— Y'en a marre, on va voir qui est là !

J'ai cherché le corbeau ; je ne l'ai pas trouvé.

À la place, j'ai vu des pieds. Une paire de tennis bas de gamme et sales. Pas de chaussettes, juste des chevilles terreuses glissées dans des tennis agonisantes. Les semelles en plastique bâillaient.

Les chevilles, plus petites que mon poing serré, étaient celles d'un enfant.

— T'as pas ta lampe ? a demandé Karl d'une voix blanche.

— Non, elle est dans mon sac.

— Merde !

Le faisceau tremblotait à présent en remontant le long du corps. Des mouches tournoyaient dans la lumière. J'ai vu une bestiole plus grande. Et d'autres. L'une d'entre elles venait de se poser sur le genou. Un scarabée.

— Je crois que... putain, je crois que ce gosse est pendu, a dit Karl.

J'ai pissé dans mon froc.

J'ai senti le liquide chaud se glisser sous mes testicules et entre mes cuisses, avant de parvenir à me contrôler.

Les cercles lumineux ont continué à remonter le long du corps, qui oscillait à chaque coup de vent. Nous avons reconnu la robe fleurie, démodée. Au milieu d'un défilé de mille robes, nous l'aurions identifiée, malgré les taches brunes – sang ou terre, je préférais ne pas le savoir – qui maculaient les pétales.

Les cheveux sales de Christelle Lerond coulaient sur sa poitrine et cachaient son visage. Ces mèches suspendues dans le vide m'ont rappelé les pompons dans les manèges, ces pelotes informes qu'il fallait attraper pour gagner un tour supplémentaire. Christelle avait pris la place du pompon et gagné le droit de tourner pour l'éternité.

Le halo a dépassé les cheveux, est remonté de vingt centimètres. Le corbeau était là. Un œil noir et brillant qui nous fixait... nous attendait. Quand l'oiseau a estimé que nous l'avions observé assez longtemps – deux secondes tout au plus –, il a donné un grand coup de bec sur le crâne de Christelle. Pok ! J'ai achevé de mouiller mon slip et mon bermuda. J'ai eu l'impression que tout mon corps gelait, à l'exception de cette zone humide et chaude qui baignait mon nombril, mon bas-ventre, mes cuisses. Derrière le corbeau, on devinait la corde qui grimpait vers les feuillages obscurs.

Karl s'est cassé en deux et a vomi. Cet aveu de faiblesse de la part de celui que je considérais comme un guerrier invincible a été pour moi un coup de fouet. J'ai pris la lampe dans la main de Karl et je me suis senti plus fort. Je ne dépendais plus d'un autre pour voir dans les ténèbres. J'ai brandi la lampe devant moi et, de la main gauche, j'ai saisi le bras de mon compagnon.

— Viens !

Karl a gémi. Il n'avait pas fini de vomir. Je l'ai entraîné tout de même. Je l'ai senti trébucher derrière moi. On n'a pas fui vers nos vélos, au contraire : on s'est enfoncés dans le chemin, vers la base secrète. Karl a protesté.

— Qu'est-ce que tu fous ?

Je n'avais pas le temps de faire un long discours.

— Le coffre aux trésors !

J'ai continué à marcher. Je connaissais chaque bosquet, chaque roncier. Arrivé à notre planque, j'ai gratté la terre, dégagé la boîte de biscuits. Karl ne vomissait plus. Il se tenait immobile derrière moi, dans l'obscurité. Je n'avais pas lâché son bras. Ce contact me rassurait.

Il y avait presque rien dans le coffre : la plume de mésange laissée par Mélanie le jour du conseil de guerre et la bague en plastique avec la coccinelle, celle qui donnait à son porteur le droit de prendre la parole. J'ai raflé les deux objets et je les ai glissés dans la poche (mouillée) de mon bermuda.

J'ai entendu un battement d'ailes.

L'oiseau a percuté le visage de Karl. Karl a hurlé. Je ne voyais pas grand-chose parce que le faisceau de la lampe tournait comme un fanal ; dans la panique, j'avais oublié qu'il s'agissait d'une torche, pas d'un phare, et que c'était moi le responsable de cet hallucinant ballet lumineux. Je me suis souvenu de la précédente attaque du corbeau, de l'horreur que j'avais ressentie en voyant la balafre sur le front de Mélanie, de ma colère parce que je n'avais rien pu faire, condamné à regarder l'oiseau disparaître au-dessus des peupliers. Cette fois, le corbeau était là, à portée de main. En poche, j'avais la plume de Mélanie. C'était une plume de mésange, légère et bleue comme un voile de fée. Rien à voir avec les sinistres pennes noires de ce charognard.

J'ai crié :

— Putain de saloperie d'oiseau à la con !

Le poing qui tenait la lampe – c'était mon poing, mais il semblait fonctionner en totale autonomie, comme celui de Goldorak fonçant vers sa cible – a plongé dans la masse noire qui tournait autour de Karl. J'ai entendu une voix hystérique, ma voix, hurler :

— Viens là, sale merde, viens là, amène tes plumes !

Ma main droite frappait, utilisait la lampe comme un couteau. La main gauche griffait, tirait, arrachait. Quelque chose a déchiré la peau de mon avant-bras. Un truc dur comme un poinçon a heurté les phalanges de ma main droite, mais ma colère et ma peur étaient plus fortes que la douleur. Sous mes doigts, j'ai senti quelque chose craquer, céder. L'oiseau a crié. Ce n'était plus un fier croassement, c'était un piaillement de souffrance. J'ai continué à cogner, puis je me suis rendu compte que je luttais contre du vent. Il ne restait que les bras de Karl protégeant son visage. J'ai braqué la lampe sur les feuillages. Le corbac fuyait entre les branches.

J'ai couru jusqu'au talus, émergé au milieu de la

jachère. Le ciel était violacé à l'horizon, pas noir comme sous les arbres. J'ai vu la silhouette de l'oiseau filer vers le nord.

J'ai regardé mes mains. La droite serrait la lampe. Mon majeur était rouge de sang à l'endroit où le bec avait percuté l'os. Sous la manche déchirée de mon pull, une estafilade barrait mon avant-bras gauche. Entre mes doigts, je serrais une poignée de plumes noires.

Je les ai jetées dans le vent et je les ai regardées rouler sur la terre nue, désolée.

Chapitre 16
Hécatombe

L'image de Lerond pendue à son arbre en tête, nous avons repris nos vélos et avons pédalé comme des fous vers la forêt, vers le nord, dans le sillage du corbeau.

Karl ne souffrait d'aucune blessure grave, juste une coupure sous l'œil gauche. Il l'avait échappé belle : deux centimètres plus haut et son globe oculaire finissait dans les ronces.

Après avoir parcouru un bon kilomètre, nous nous sommes arrêtés. Nous étions à l'entrée d'un chemin de ferme, au sommet d'une petite colline. On a bu, puis j'ai enlevé mon bermuda et mon slip, trempés tous les deux. Karl n'a fait aucun commentaire. Il avait vomi et son pull était dégueulasse. C'était pire de pisser dans son froc, mais lorsque vous trouvez une fille de votre classe pendue à un arbre, vous ne vous arrêtez pas à ce genre de détail.

J'ai remis mon bermuda, froid et humide, puis j'ai enfoncé mon slip souillé dans un taillis avant de balancer de la terre par-dessus. Nous ne devions pas laisser d'indices : mon père et ses limiers allaient arpenter la campagne dans les jours à venir.

Karl a demandé d'une voix inquiète :

— Tu crois qu'on va y arriver ?

— Arriver à quoi ?

— À buter le Bonhomme Nuit. C'est lui qui a tué Christelle. Il fait ce qu'il veut.

— Les gendarmes diront encore que c'est un suicide...

Karl s'est gratté la tête.

— Et toi, tu penses que c'est un suicide ?

— Je sais pas.

— Je suis sûr que tu sais.

— Non, je sais pas, mais je crois que le Bonhomme Nuit y est pour quelque chose.

— Mais tu te demandes comment il fait pour que les gens meurent...

— Exactement.

J'ai bu deux gorgées supplémentaires. Karl patientait, bras croisés sur le guidon de son vélo cross. Il ne demandait pas où nous allions et cela me sidérait.

— Est-ce que tu as remarqué quelque chose d'anormal ce soir ? ai-je demandé.

— Où ?

— Là-bas (j'ai tendu le menton en direction du chemin des Chèvres). Est-ce que le corps de Christelle était normal ? Est-ce que t'as vu des trucs bizarres comme sur les autres morts : des doigts en moins, des trucs comme ça ?

Il a réfléchi trois secondes.

— Non, il était normal. Je parle du bas, parce que je voyais pas sa tête à cause des cheveux.

— Pareil pour moi. C'est bizarre. Les deux autres avaient des trucs en moins...

Il a juré :

— Et merde ! Qu'est-ce qu'elle foutait là, d'abord ?

— Je sais pas. Elle avait dit à Maël qu'elle voulait entrer dans la bande. Sûrement qu'elle connaissait notre coin. Peut-être qu'elle voulait piquer nos trésors...

Je devinais que quelque chose d'important m'échappait, que mes pensées effleuraient un élément essentiel...

J'ai frissonné. Le vent soufflait de plus en plus fort. De gros cumulus effaçaient les étoiles dans le ciel, mais il n'y avait pas une goutte de pluie. Au sud, les silhouettes des trembles et des peupliers se balançaient devant un ciel lumineux – les lampadaires de Duaraz – tandis qu'au nord, en direction de la forêt, l'horizon basculait dans une profonde obscurité. J'ai tendu l'oreille parce que j'avais cru percevoir un bruit anormal – une bribe de conversation –, mais le bruit n'est pas revenu. Peut-être quelqu'un était-il sorti dans son jardin à quelques centaines de mètres de là. Les sons vagabondent, quand il y a du vent.

On a mangé quelques Smarties. Aujourd'hui, je m'en étonne. Comment pouvions-nous avaler des friandises après ce que nous venions de voir ? Je crois que nous étions en état de choc permanent. Nous étions comme ces commandos engagés au cœur de l'assaut, comme des fauves dans la bataille. Les douleurs, les traumatismes s'accumulaient (nous en payerions plus tard le prix), mais ne perturbaient pas nos fonctions vitales : des coupe-circuits s'étaient déclenchés afin de limiter les dégâts et d'éviter une panne générale du système.

— On va où ? a demandé Karl.

— À l'étang des Maffrais.

— OK. Pourquoi ?

— C'est au nord, et c'est dans cette direction qu'est allé

le corbac. Et puis, Henri Grenèche a été poursuivi par un doberman près de l'étang.

— *Notre* doberman ?

— Ouais, y'a aucun doute. Grenèche m'a dit qu'il avait des yeux noirs.

Nous avons repris notre cavalcade nocturne, nous cachant dans les chemins de ferme lorsque les phares d'une voiture apparaissaient au loin. Un peu avant l'étang des Maffrais, nous avons mis pied à terre. Nous étions sur une longue allée forestière bitumée qui filait en ligne droite, flanquée de talus et de fossés. La futaie, opaque, se dressait des deux côtés, bruissant dans le vent. Je distinguais à peine mes tennis sur le bitume.

— Qu'est-ce qu'on fait ? a chuchoté Karl, qui avait manifestement décidé de me confier la direction des opérations.

— On va planquer les vélos sous les arbres.

J'ai posé mon sac et farfouillé dans les poches pour récupérer ma lampe. Éclair furtif en direction du sous-bois. Il y avait un passage permettant de franchir le fossé cinq mètres plus loin.

— Là !

J'ai éteint la lampe et ne l'ai rallumée qu'une fois le talus passé. Karl était debout à côté de moi, son vélo à la main.

— On laisse les vélos et les sacs ici, ça risque rien, ai-je expliqué. Ensuite, on va à pied jusqu'au pont. C'est là que le clébard a poursuivi Henri. Prends juste ta lampe.

J'ai entendu un son. Un cliquetis.

— T'entends rien ? ai-je murmuré.

Karl a relevé la tête comme un chien de chasse à l'arrêt.

Secouée par le vent, la forêt s'agitait autour de nous. Elle inspirait, s'étirait, faisait craquer ses articulations.

— Rien d'anormal. T'as entendu un truc, toi ?

— Des clics. Du côté de la route, d'où on est venu. On aurait dit le bruit d'une chaîne de vélo.

Karl s'est tourné vers la route.

— J'entends rien.

Je n'entendais plus rien non plus.

— C'est les branches qui craquent, a dit Karl, ou un animal qui a eu peur de nous.

On a attendu encore un peu, immobiles.

— Pourquoi le doberman a-t-il poursuivi Henri ? a demandé Karl.

— À mon avis, c'est nous qu'il cherchait, mais il est arrivé trop tard. Il est tombé sur Henri par hasard et a failli l'avoir. Peut-être qu'il était en colère de pas nous avoir coincés dans les bois.

— Putain ! Tu lui as expliqué tout ça, à Henri ?

— Sûrement pas.

Karl avait caché son sac entre une souche et son vélo. Il s'est approché de moi.

— Pierre, tu crois que le Bonhomme Nuit est ici ?

— Je sais pas, mais il a déjà envoyé son chien dans ce coin. Et je parie qu'il sait qu'on est là. Tu devrais éteindre ta lampe, maintenant.

On est revenus sur l'allée bitumée. Le vent secouait les arbres et ébouriffait nos cheveux. Tout au bout de la ligne droite, la route se terminait en cul-de-sac : un rond-point et des places de parking entre les arbres. L'étang était situé au milieu d'une clairière, après le rond-point.

— Et si on est attaqués ? a demandé Karl.

C'était une excellente question. En fait, je n'avais aucun plan en tête. Je ne savais même pas la raison exacte de notre venue ici. Ce que j'avais dit à Karl n'était pas une explication valable, juste une tentative maladroite de cacher mon ignorance. Je sentais qu'il fallait venir, que l'idée était bonne. Là où le Bonhomme Nuit ou ses acolytes étaient passés, nous passerions aussi. Ce qu'il adviendrait en cas de rencontre, je n'en savais rien : je voulais une confrontation mais je ne pouvais en imaginer les conséquences. Aujourd'hui, je devine que ma démarche – comme celle de Karl, dont le silence était un consentement tacite – n'était pas un acte de bravoure mais une forme de suicide. Une corde avait été tendue au-dessus de l'abîme, et nous allions jouer les funambules.

Un peu avant les berges de l'étang, la futaie laissait place à une ceinture de fougères. On a franchi ces broussailles à quatre pattes, puis on s'est collés au sol. Alors que le champ près du chemin des Chèvres était dur et poussiéreux, la terre ici était molle et couverte de feuilles mortes. Plus humide, aussi. Elle sentait l'humus, une odeur lourde que j'appréciais en plein jour.

Le vent dessinait des arabesques à la surface de l'eau, éclairée par quelques rares étoiles et un disque lunaire tronqué que les cumulus venaient d'autoriser à se montrer. Les arbres tanguaient tout autour du plan d'eau. On devinait le pont, en ombre chinoise, juste en face de nous.

— Y'a personne, a soufflé Karl.

Le site semblait paisible ; il aurait pu être romantique en d'autres circonstances.

Il y a eu des craquements derrière nous, dans la futaie.

Karl m'a regardé, mâchoires crispées. Je distinguais mieux ses traits grâce à la lune. Durs, résolus. Les craquements ont repris, dans les bois toujours, mais plus près de nous. Le visage de Karl s'est rapproché du mien.

— Ça se rapproche, a-t-il murmuré, la voix vibrante d'angoisse.

Les craquements ont cessé, remplacés par des frôlements dans les fougères.

Karl s'est mis à quatre pattes. Moi aussi. Il m'a tapé sur l'épaule.

— On se casse ! Vers le pont !

J'ai galopé hors des fourrés en rentrant la tête dans les épaules.

La chose a mis deux secondes à réagir. Quand elle a compris qu'on détalait, elle s'est mise à courir aussi, coupant à travers les fougères pour nous rattraper. J'ai entendu le son des broussailles froissées, des brindilles écrasées : cette chose chargeait avec la puissance d'un éléphant dans la savane. On courait le long de la berge, sans un regard en arrière, avec le terrifiant bruit de la cavalcade dans notre sillage. Elle était sur nos talons !

Dans mon dos, quelqu'un a crié :

— On va les choper !

Je me suis dévissé le cou pour comprendre. Karl aussi.

Deux masses nous ont percutés. J'ai titubé, manqué de tomber à la renverse. Deux mains crochetaient mon T-shirt. Mon assaillant était plus grand que moi.

— C'est bien eux ! ai-je entendu entre deux halètements.

Je connaissais cette voix.

— Je t'avais dit qu'ils viendraient ici ! a clamé l'autre silhouette, qui venait d'immobiliser Karl.

Cette seconde voix aussi m'était familière.

— Alors les mecs, on se promène en amoureux ? a demandé Marco Gaspar en poussant Karl contre mon épaule.

Steve, son frère cadet, a passé son bras autour de mon cou et m'a forcé à baisser la tête. Je n'arrivais pas à retrouver mon souffle. Mon cerveau tentait d'ordonner le chaos ambiant, mais avait des ratés. Dix secondes plus tôt, je courais pour échapper à la mort ; à présent, j'étais entre les mains de mes idiots de voisins. Je n'allais pas mourir, mais je risquais de passer un sale quart d'heure.

La peur a fait jaillir des larmes dans mes yeux. Ce n'était pas une terreur profonde et noire comme celle que j'avais ressentie près de la voie de chemin de fer, à l'église ou quand on avait découvert le cadavre de Christelle Lerond, mais une crainte animale : celle du mulot tombé entre les griffes du félin.

— Qu'est-ce que vous foutez ici ? a demandé Karl.

La claque a résonné dans la nuit. Karl a étouffé un juron.

— Ta gueule, Vojol ! a dit Marco. Tu causes si on te le demande !

Karl a tenté de se débattre. Il était fort, mais Marco mesurait vingt centimètres de plus que lui. Mon ami avait le bras droit bloqué dans le dos, et je l'ai entendu gémir.

— Bouge plus, connard, ou je te déboîte l'épaule ! a prévenu Marco.

Karl a cessé de remuer.

Sans le lâcher, l'aîné des Gaspar s'est approché de moi. Steve m'a forcé à relever la tête.

— Alors, Launay ? On se balade ? Qu'est-ce que vous branlez ici à cette heure ?

Je n'ai pas répondu. Le bras de Steve m'a broyé la trachée. J'ai toussé en essayant de me dégager.

— Écoute-moi, petit con, a repris Marco, et réponds à mes questions si tu veux continuer à respirer ! Tu sais ce qui s'est passé quand mes vieux sont revenus de chez toi, l'autre fois ?

Je le savais, mais j'ai jugé préférable de la fermer.

— Ils nous ont posé plein de questions, comme si on était des Brigades rouges. Ils ont dit que c'était nous, pour la terre sur la maison.

— C'était vous !

L'étreinte s'est resserrée sur ma gorge et j'ai reçu un coup de poing sur la tête. J'ai vu danser des papillons, et une larme a coulé sur ma joue.

— Ta gueule ! On s'est pris une branlée ! Vous allez en chier !

J'ai essayé de dire que ce n'était pas de notre faute, mais j'étouffais. J'ai toussé et senti de la bave couler sur ma joue.

— T'as quelque chose à dire ? a demandé Marco.

— Co... Comment êtes-vous venus ici ?

L'adolescent s'est esclaffé.

— En hélicoptère, Ducon.

Le rire de Steve m'a écorché les tympans.

— On traînait pas loin de l'école, a repris son frère aîné, quand on vous a vus vous barrer en douce de chez toi puis trafiquer des trucs au chemin des Chèvres. D'ailleurs, vous allez nous dire quoi, petits branleurs. On vous a filés mieux que des agents secrets. Vous avez bu un coup, juste avant le club hippique, et tu t'es mis à poil, Launay, je sais pas pourquoi mais je me suis toujours douté que t'étais pédé. On était planqués pas loin, vous avez rien vu ! Je savais que vous alliez venir traîner ici, même si Steve me croyait pas – j'te l'avais dit, Stevy, tu me dois trois clopes ! On a fait demi-tour et on est venus avant vous en passant par le chenil. Comme vous roulez comme des escargots, c'était pas difficile d'être les premiers.

J'avais la tête qui tournait. Le sang battait à mes tempes et à mes oreilles. Marco et Karl se sont éloignés. Karl a crié parce que l'aîné des salopards forçait sur son bras. Le tortionnaire s'est marré.

— Amène-toi, Stevy, on va à la plage !

Steve a suivi, m'entraînant dans son carcan.

On allait droit vers la berge, droit sur l'eau.

Ils vont nous noyer ! ai-je pensé, terrifié.

À trente mètres environ sur ma droite, je voyais le pont, que le disque lunaire tentait d'éclairer. L'eau miroitait sous le pont. C'est ici que ma vie allait finir, dans ce décor qui aurait pu être joli. Puis j'ai vu qu'il y avait quelque chose sur le pont. Une silhouette noire, haute, carrée, avec quelque chose sur la tête. Les deux frères n'avaient rien remarqué. Devant le pont, j'ai repéré une deuxième silhouette, plus petite. Sans doute une souche ou...

Un chien assis.

J'ai tenté d'alerter nos bourreaux.

— Hé... Arrrhh.

Steve serrait de plus belle.

— Laisse pas parler ce con pour l'instant, a dit Marco. Il répondra quand on l'interrogera.

— On va le torturer, a rigolé Steve.

On était au bord de l'eau. Je crachais. Je n'avais plus d'air. Steve m'a forcé à me mettre à genoux.

— Hé, qu'est-ce que t'en penses ? a dit Marco. Pour interroger les gens, y'a rien de mieux que de leur foutre la tête dans l'eau, j'ai vu ça à la télé. Ça te dit un p'tit shampooing ? Ça te fera du bien, je trouve que tu sens pas très bon !

— Il sent la pisse, j'te jure, a dit Steve.

Marco a souri.

— T'as pissé dans ton slip, Launay ? Ben on va te balancer à la flotte. Son connard de pote ira le chercher, hein connard ?

Karl a tenté de répondre.

— Va te faire...

Il a hurlé. Je me suis demandé si les ligaments de son épaule avaient lâché. Steve a serré encore un peu. Une porte rouge s'est refermée dans ma tête. Les bruits – le vent, les plaintes de Karl, les ricanements des Gaspar – se sont éloignés. Quelqu'un tournait le bouton du volume vers zéro.

Puis le son a explosé dans mes tympans : le retour du sang battant dans mes veines. Un bruit de cataracte et, derrière, des exclamations, des chocs, des hurlements. J'ai été projeté en arrière, violemment. J'ai heurté le sol, senti l'herbe sous mes mains, sur ma figure.

Quelque chose de froid, quelque chose d'immense.

Du vent comme l'autre fois.

J'avalais de l'air avec délectation. Enfin de l'air ! Il sentait l'herbe et l'humus. La porte rouge s'est rouverte.

J'étais sur le ventre, le visage enfoui dans l'herbe grasse. Je me suis retourné.

Des ombres valsaient dans l'herbe. L'une des silhouettes, la plus petite, s'est envolée au-dessus de l'étang. Elle est tombée de tout son poids. Un énorme plouf, un geyser blanc sous la lune. Les deux ombres restantes tournaient comme des danseurs russes. L'une d'elles a décollé, a volé en direction des fougères. Elle est retombée avec un claquement sec, suivi d'un cri rauque, bestial : le grognement d'un caïd qui ne comprend pas ce qui lui arrive, qui souffre, mais qui croit encore qu'il peut s'en tirer.

J'ai reconnu la voix de Marco. Une silhouette – celle qui avait quelque chose sur la tête et que j'avais aperçue sur le pont – s'est penchée sur le corps recroquevillé. Elle l'a soulevé à bout de bras sans plus de difficulté que s'il s'agissait d'un bonhomme en carton. Elle l'a secoué, si fort que nous avons entendu des craquements : ses os qui se brisaient, ses articulations qui lâchaient. Marco a hurlé comme une fille cette fois, une fille à qui on fait subir les pires supplices. La chose a projeté son corps à terre, sans le lâcher, et il y a eu un bruit sourd. J'ai pensé aux pêcheurs assommant les poissons sur des pierres au bord du canal. Marco n'a plus rien dit.

La chose s'est tournée vers moi. On ne voyait que l'ombre, immense, et je devinais à présent le contour du haut-de-forme sur la tête.

Il faisait froid.

J'ai pensé à ma mère, à mon père, et j'ai pleuré.

Le Bonhomme Nuit est parti. Il a filé à une vitesse phénoménale. Il n'y a pas eu un bruit, pas de charge de pachyderme énervé dans les taillis.

Il y avait une forme allongée dans l'herbe, à deux

mètres de moi. J'ai rampé vers elle. C'était Karl. Il gémissait.

On est restés longtemps, nos corps tremblants allongés l'un près de l'autre. Quand je me suis relevé, je n'avais plus de jambes, plus de bas-ventre, plus d'entrailles. Nous étions deux zombies égarés.

Je croyais que c'était terminé. Le grondement du chien m'a retourné les tripes.

Le doberman venait du pont. Il avançait pas à pas, et n'était plus qu'à une dizaine de mètres de nous.

— Oh merde, c'est pas possible... a dit Karl.

J'ai fouillé dans ma poche droite. J'ai senti plusieurs choses : une plume – celle de mésange bleue –, la bague-coccinelle en plastique et mon couteau. Avec l'Opinel, j'avais une petite chance (*aucune chance, aucune,* m'a soufflé mon cerveau) d'érafler le chien avant qu'il ne nous égorge. Je pouvais le blesser (*aucune chance*), pas l'arrêter. C'était un doberman, pas un chihuahua.

J'ai sorti la bague.

Le chien était maintenant tout proche. Il grondait comme une tondeuse à gazon, prêt à découper ce qui lui tomberait sous les dents. J'ai brandi la bague devant moi, la serrant fort entre le pouce et l'index, et j'ai dit la première chose qui me passait par la tête en parlant d'une voix forte :

— Qui n'a pas la coccinelle doit fermer sa gueule !

Pendant deux secondes, j'ai cru que j'allais agoniser ici, la gorge ouverte par ce molosse.

Le chien a cessé de grogner. Il s'est immobilisé.

Je n'entendais plus que le vent dans les arbres. J'ai fait un pas en avant :

— Tais-toi et va-t'en, t'as pas la coccinelle !

Le chien n'a pas bronché. J'ai insisté :

— Tu l'auras pas ! Jamais ! Va-t'en !

Le doberman a jappé comme un chiot et, si je n'avais pas été aussi terrifié (je distinguais à présent sa gueule ouverte et les deux canines blanches qui pointaient comme des poignards), j'aurais éclaté de rire. J'ai dit :

— La ferme ! Dégage !

Le chien a fait demi-tour et s'est dirigé vers le pont au petit trot, avant de passer au galop. Il s'est engagé sur la passerelle. On a entendu sa cavalcade sur les rondins, puis il a disparu dans l'obscurité.

— Bon dieu de merde ! a dit Karl.

J'ai remis la bague dans ma poche – ma main tremblait tellement que je risquais de la perdre dans l'herbe – et j'ai avalé ma salive.

— Je t'avais dit (ma voix ressemblait à celle de Daffy Duck, aussi je me suis raclé la gorge)... Je t'avais dit qu'il y avait des armes au chemin des Chèvres...

— Putain ! J'arrive pas à y croire !

— Faut pas paniquer, lui ai-je rappelé (le timbre de ma voix proclamait l'inverse). Faut pas paniquer et faut être ensemble. La coccinelle, c'est comme un bouclier. On était tous ensemble ce jour-là.

On a cherché les frères Gaspar à la lueur blafarde de la lune. Steve avait disparu, sans doute noyé au fond de l'étang. Marco saignait du nez et des oreilles ; ses yeux étaient grand ouverts, et son cou faisait un angle droit avec le reste de son corps. J'avais vu un lapin dans cette position une fois ; il venait de heurter le pare-chocs de la R16. Karl a posé son doigt sur la gorge de Marco, au niveau de l'artère, et a attendu. Au bout de trente secondes, il a dit :

— Y'a pas de pouls. Il est mort.

On est partis dans la nuit, effarouchés comme des animaux traqués.

CHAPITRE 17

Au fond du gouffre

Après avoir quitté l'étang des Maffrais, nous avons marché en silence jusqu'aux vélos, pétris de douleur et de terreur. Arrivés sur l'allée goudronnée, nous avons discuté (à voix basse) de l'avenir. Nous avions besoin de bouffe et de fringues propres. On a décidé de repasser chez moi, mais pas tout de suite ; si l'alerte avait été donnée, la maison risquait de ressembler à Saïgon au moment de l'évacuation. Mon père serait absent la nuit suivante, engagé dans d'intenses recherches pour nous retrouver : nous irions à ce moment-là, lorsque ma mère serait endormie, ou absente elle aussi.

Où aller en attendant ? Nous devions tenter de dormir jusqu'à l'aube – même si la nuit blanche me semblait inévitable –, puis nous cacher jusqu'au soir. Il n'était pas question de jouer les justiciers en plein jour. Et ni Karl ni moi ne voulions dormir dans la forêt.

— On peut aller près du canal, à la vanne du Romarin, de l'autre côté du chemin de halage, ai-je suggéré.

Karl a froncé les sourcils. Le coup de bec du corbeau avait dessiné un croissant noir sous son œil gauche.

— Vers l'écluse de la Morinais ?
— Ouais. Sur le côté droit, pas sur le chemin de halage.
— Y'a plein de ronces...
— Justement, y'a personne... Et on n'a jamais vu le Bonhomme Nuit par là. On sera en sécurité.
— On dormira où ?
— À côté de la vanne. Il y a une cabane de pêcheurs.
— Le truc en tôle près du ruisseau de la Guette ?
— Oui.
— Et si des pêcheurs arrivent ?
J'ai haussé les épaules.
— Ça m'étonnerait. Ils viennent plutôt le week-end. Sinon, on leur dira qu'on est des scouts...

On a repris nos vélos et on a pédalé dans le noir, comme des automates.

Les pêcheurs avaient bâti leur cabane de planches et de tôles à la lisière d'un bois, sur une berge de la Guette. L'eau provenait d'un vantail percé dans la vanne noire voisine, qui nous dominait de toute sa hauteur. Le vantail, qui faisait office de soupape, permettait au trop-plein du canal de se déverser dans le ruisseau sans submerger les berges.

J'ai repoussé mon sac de couchage et je suis sorti au soleil. L'eau blanche, mousseuse, venait glouglouter à mes pieds. On pouvait pêcher des gardons par ici, et avec un peu de chance une perche ou un sandre.

Le sentier qui longeait le canal, là-haut, était envahi par une végétation luxuriante, qui déferlait de part et d'autre de la vanne jusqu'à la cabane. Des saules, des fougères, des châtaigniers, des chênes, des bosquets de houx, des ronciers poussaient sur ce grand talus ensoleillé.

Il faisait déjà chaud. J'ai enlevé mon bermuda, mon T-shirt, et je suis entré nu dans le ruisseau. Le fond était sablonneux, et l'eau plus claire que je ne l'avais espéré. Je me suis nettoyé l'entrejambe pour ne plus sentir la pisse. J'ai hésité à laver aussi mon bermuda : je devrais alors me passer de lui pendant au moins une heure.

J'ai remis mon bermuda sale (il y avait une auréole blanche autour de la braguette) et me suis rincé le visage. Je me sentais mieux, nettoyé.

Cette pause d'une journée a été la dernière trêve avant l'ultime bataille. Nous avons retrouvé nos occupations normales d'enfant : j'ai lu un chapitre de *Robinson Crusoé,* puis on a pataugé dans l'eau en riant comme des fous, fait des parties de billes et flingué nos soldats en plastique sur la vanne et au bord du ruisseau.

Nous avons joué à la guerre avec les pistolets gagnés à la fête des Fleurs, mais sans utiliser les amorces pour ne pas alerter d'éventuels promeneurs sur le chemin de halage. Au premier coup de feu fictif essuyé, la balle ne faisait que vous blesser ; la seconde fois, c'était un trou dans le ventre et la mort assurée. Planqué dans un buisson de houx, j'ai patienté pendant dix minutes sur la pente, entre vanne et ruisseau. Quand Karl est arrivé en boitant, j'ai dit « Pan, t'es mort ! » avant qu'il n'ait eu le temps d'ouvrir la bouche. Comprenant qu'il avait perdu, Karl a sorti le grand jeu, comme les cow-boys dans les westerns. Il a mis sa main sur son abdomen, a titubé en râlant, puis, au bout de deux minutes de mimiques grotesques (mes joues étaient inondées de larmes tant je riais), a fini par tomber en arrière, oubliant la pente. Il a glissé sur le dos comme sur une luge avant d'atterrir cul par-dessus tête dans la Guette. On a chahuté dans l'eau pendant une demi-heure.

À vingt-deux heures, nous avions épuisé les Smarties, les Mars, les Pepito et toutes nos idées de jeux. L'ambiance était morose. On a attendu encore une heure en discutant de dessins animés et de bandes dessinées. Quand le soleil s'est couché, on s'est mis en route.

J'avais conservé la clé de la porte arrière du garage : nous sommes revenus à la maison par où nous étions partis. Le couloir qui menait aux chambres était sombre et silencieux. Je n'entendais que le froufrou de nos semelles froissant la moquette. Karl était juste derrière moi. Nous sommes passés devant la chambre d'amis. Ensuite, trois portes s'alignaient sur notre gauche : celle de ma chambre, celle d'Alric, celle des parents. Mon père n'était pas là : sa voiture n'était ni sur le parking de l'école, ni devant la maison, ni dans le garage.

Je suis entré dans ma chambre et j'ai fait signe à Karl de me suivre. La lueur lunaire perçait à travers les volets clos ou peut-être s'agissait-il de la lumière des lampadaires qui éclairaient le parking, de l'autre côté de la maison. Avec d'infinies précautions, j'ai refermé la porte.

Il n'était pas question d'appuyer sur l'interrupteur. J'avais ma lampe de poche à la main ; je m'en suis servi pour récupérer quelques vêtements pour Karl et moi : un bermuda, des T-shirts – ne pas faire grincer la porte de l'armoire –, des slips et des chaussettes.

Restait le plus délicat : la bouffe. Il nous fallait gagner la cuisine, et donc frôler la porte de la chambre des parents, où maman devait dormir, avant de traverser l'entrée et le salon. Au total, trois portes à ouvrir. En passant devant la chambre d'Alric, j'ai entendu une respiration ample et régulière : zut, mon petit frère n'était plus chez grand-mère ! J'ai jeté un œil : il était couché sur le dos, la bouche grande ouverte, loin des tracas du monde. À la merci d'une saloperie comme le Bonhomme Nuit.

Maman, coup de chance, avait fermé sa porte. La nuit, je n'avais jamais vu cette porte autrement qu'entrebâillée. Papa était flic, mais la sentinelle de la maison, c'était maman. Elle voulait pouvoir entendre n'importe quel bruit suspect : pleurs annonçant un cauchemar, rires en cas de chahut, choc si l'un de nous tombait du lit ou – on n'est jamais trop prudent – son d'une vitre brisée par un cambrioleur. La porte était close : maman avait peut-être pris des cachets pour dormir.

À cause de moi, elle a pris des cachets à cause de moi, ai-je pensé.

Nous sommes passés sans bruit du couloir à la salle à manger.

Les volets n'étaient pas fermés. La lumière du parking entrait par les grandes baies vitrées. C'était une lumière livide, froide comme celle d'un hôpital. La haie, entre le jardin et la route, servait de rempart, et le salon était éclairé de manière étrange : des auréoles blanchâtres dansaient sur le plafond, alors que le sol restait plongé dans l'obscurité. J'avais un peu l'impression de nager dans un aquarium, éclairé en surface, noir dans les profondeurs.

Nous avons longé le canapé. La porte de la cuisine était restée ouverte. J'avais le cœur qui battait, mais pas de manière insensée, et cette relative sérénité m'étonnait. Deux mois auparavant, j'aurais été horrifié à l'idée d'une fugue et, pire encore, d'une visite nocturne dans ma propre maison au nez et à la barbe de mes parents. J'aurais craint de terribles représailles. À présent, ces détails me semblaient dérisoires. Mon ennemi avait changé d'échelle. Je ne gaspillais plus mon énergie pour des bêtises de môme, mais pour protéger ma vie et celle de mes amis.

À trois pas de la porte de la cuisine, entre les portes-fenêtres et le canapé, je me suis arrêté. Il y avait quelque chose d'anormal dans cette maison, je venais d'en prendre conscience. Les halos dansaient sur le plafond. Des flots de lumière blanche entraient par les baies vitrées.

Qu'est-ce qui cloche ?

La cuisine était sombre. Sombre de haut en bas.

Les volets !

Quelqu'un avait fermé les volets de la cuisine, mais pas ceux du salon. Ce n'était pas normal. Mon père, tout comme ma mère, aurait fermé tous les volets ou – mais c'était moins probable – aucun.

Je ne voyais rien à l'intérieur de la cuisine. J'avais envie de me tourner vers Karl pour lui expliquer l'anomalie, mais quelque chose m'incitait à garder les yeux braqués vers la cuisine. J'ai tendu l'oreille.

Un son ! Le souffle ténu d'une respiration !

Mes yeux s'habituaient. De faibles rais de lumière filtraient à travers les volets de la cuisine. Je voyais des formes : un bout de la table à droite, le réfrigérateur au fond, des chaises...

Quelqu'un était assis sur l'une des chaises.

Oh non pas ici oh non !

— Pierre ?

J'ai failli tomber à genoux. C'était la voix de maman. Je ne voulais pas la voir, surtout pas, mais j'étais soulagé de ne pas avoir affaire au type muni d'un chapeau haut de forme.

— Pierre ?

J'ai senti mes poils se dresser sur mes avant-bras. Il y avait quelque chose de tordu dans le timbre de cette voix. C'était la voix de ma mère, mais ce n'était pas la voix de maman. Maman – *ma mère* – était très en colère.

J'allais lui dire que je regrettais d'être parti (c'était la vérité, je le regrettais de tout mon cœur à cet instant) quand elle s'est mise debout. Elle ne s'est pas levée, elle s'est dressée, comme un cobra prêt à fondre sur sa proie.

Maman a passé la porte de la cuisine en frôlant les interrupteurs, *sans allumer*.

Des tas de signaux lumineux se sont déclenchés dans ma tête – le tableau de bord d'un vaisseau de *Cosmos 99* avant un crash.

J'ai reculé, bousculant Karl sans ménagement, et j'ai allumé la lampe de poche.

Maman faisait la grimace. Une grimace de clown, mais de clown psychopathe. Un sourire étiré qui coupait son visage en deux, déformait ses joues, remontait sur ses dents et ses gencives.

Ses yeux brillaient d'une joie sans limites. Mais ils étaient noirs. Totalement noirs.

D'une toute petite voix, j'ai dit :

— Maman ?

— Pierre, viens ici ! a-t-elle ordonné d'une voix rauque.

Derrière moi, Karl a lâché :

— Chié !

Maman voulait me serrer dans ses bras. Elle voulait m'embrasser avec son sourire de clown psychopathe. Elle voulait me regarder dans les yeux, me caresser de son regard noir, me cajoler dans la nuit, me bercer pour toujours dans le néant. J'avais envie de me laisser emporter, de glisser avec maman dans ce vide attirant.

Karl m'a tiré en arrière en criant :

— Hé ! Putain !

Ma mère tendait ses doigts vers moi. Des doigts crochus. Des serres. Elle bavait. Ses yeux étincelaient de malice et de méchanceté. La chose à l'intérieur d'elle était contente du tour qu'elle m'avait joué.

Le visage a disparu. Tout est redevenu sombre. Je venais de lâcher ma lampe.

— Pierre ! a insisté Karl en me tirant plus loin en arrière.

L'ombre de maman avançait dans la lumière glacée des lampadaires.

Les mains de maman se sont refermées sur mes épaules. Elles étaient dures et froides comme du métal.

J'ai hurlé alors que sa bouche se rapprochait de mon cou. Elle retroussait ses babines de la même manière que le doberman l'avait fait à la Maison d'Avalon, de la même manière que Dracula dans ce vieux film en noir et blanc.

La lumière m'a aveuglé.

Maman et moi sommes restés collés l'un à l'autre, interdits, les yeux papillotant. Ses doigts me broyaient les épaules. La pièce brillait maintenant de mille feux. Une lumière jaune, chaude, aveuglante mais rassurante. Quelqu'un venait d'appuyer sur un interrupteur.

Le sourire glacial de maman s'est envolé, remplacé par

une moue sceptique. Dans ses yeux, le noir a commencé à se dissoudre, nuage de fumée chassé par le vent, puis le nuage (ou était-ce un liquide ?) s'est mis à tourner, à disparaître à la manière de l'eau du bain dans la bonde de la baignoire.

Maman m'a regardé d'un air hébété, a regardé Karl, et autre chose au fond de la pièce. Je me suis retourné. Alric était debout près de la porte d'entrée, tremblant dans son pyjama à rayures rouges et blanches un peu trop grand, ses cheveux en bataille et ses grands yeux apeurés de faon posés sur nous. Sa main était encore collée à l'interrupteur.

Maman a dit :

— Je... Je crois que je vais m'asseoir.

Elle a marché comme un automate pour contourner le canapé et s'est affalée sur les coussins en mettant ses mains devant les yeux. J'ai marché jusqu'à Alric, qui continuait à trembler. Je me suis mis à genoux devant lui et je l'ai serré dans mes bras. J'avais envie de pleurer, mais je ne devais pas, pas maintenant. Je devais être au moins aussi fort que mon petit frère. J'ai dit :

— Tu es notre sauveur.

J'ai reculé un peu. Il frissonnait, mais n'avait plus l'air hébété.

— Heureusement que t'étais là, ai-je repris. T'as fait exactement ce qu'il fallait, je m'en souviendrai toute ma vie. T'as allumé l'électricité, c'était génial.

Je me suis tourné vers Karl.

— Hein, Karl, c'était génial ?

— Une putain de bonne idée !

— Maman, elle a quoi ? a demandé Alric d'une toute petite voix.

J'aurais pu mentir, dire qu'elle était malade, qu'elle avait de la fièvre, mais Alric nous avait peut-être sauvé la vie.

— Tu te souviens du Bonhomme Nuit ? Je t'en ai parlé l'autre jour.

Il a hoché la tête pour dire que oui.

— C'était lui, ai-je dit d'une voix grave. Il voulait l'attraper. Tu comprends ?

— Il voulait l'attraper par-dedans ?

— Ouais, par l'intérieur. Mais ça a raté parce que t'as allumé l'électricité. Vraiment génial.

— Qu'est-ce qu'on fait maintenant ?

— Tu vas appeler papa au bureau et lui dire de venir, d'accord ?

Les yeux d'Alric se sont de nouveau élargis.

— Tu vas encore partir ?

— On va rester un peu dans la maison, mais pas ici. Dans le garage. Quand on entendra la voiture de papa, on partira, mais pas avant. D'accord ?

Il n'a pas répondu tout de suite. Il me regardait, évaluait ce que je disais et s'il pouvait avoir confiance en moi. Comment aurait-il pu me croire sans hésiter alors que sa propre mère venait de se transformer en être de cauchemar ?

— Maman, elle est plus malade ?

— Non, pas si l'électricité est allumée. Et nous, on sera pas loin... à côté, dans le garage, OK ? Je partirai pas avant que papa revienne, promis.

— Vous allez faire quoi après ? Tuer le Bonhomme Nuit ?

— Oui.

— Il pourra plus nous faire de mal après ?

J'avais de nouveau envie de chialer.

— Non, plus jamais. On va lui bousiller la gueule.

Alric m'a regardé, a hoché la tête. Ses yeux bleus étaient rivés aux miens. Il me croyait capable de le faire. C'était une responsabilité écrasante.

— Bon, d'accord. Je fais quoi alors ?

— Tu téléphones à papa, mais tu lui parles pas du Bonhomme Nuit, surtout pas. C'est notre secret. Tu lui dis que maman est malade, qu'elle se promène toute seule dans la maison.

— Comme si elle était sonne-ambule ?

— Oui, somnambule. Papa restera ici avec vous. Dis-lui que tu ne veux plus qu'il parte la nuit.

— Oui, ça je veux plus.

— Il restera, ne t'inquiète pas.

J'ai serré Alric contre moi.

— Je t'aime beaucoup, ai-je dit.

— Moi aussi, a-t-il répondu en refoulant ses larmes.

— T'es mon frère Jedi.

Maman se tenait toujours le visage dans les mains. J'ai écarté ses doigts pour vérifier : elle avait l'air groggy, mais ses yeux n'étaient plus noirs. Alric s'est assis à côté d'elle. Karl et moi avons filé vers le garage.

Mon père a garé la voiture devant la porte du garage. La portière avant a claqué, et les crissements fébriles des graviers ont indiqué que papa était pressé. J'ai imaginé la ride horizontale qui devait barrer son front d'une tempe à l'autre, et une bouffée de honte et de remords est remontée de ma poitrine à ma gorge : j'étais la cause de ses malheurs.

Nous avons pris nos vélos et filé vers la voie de chemin de fer. Mon plan était le suivant : cacher nos bicyclettes et nos sacs entre les taillis et la voie, puis nous rendre à pied sans nous faire repérer (c'est-à-dire en passant d'un bosquet à un autre, d'un arbre au suivant, comme les méchants dans les dessins animés) jusqu'à la Maison d'Avalon. La Maison d'Avalon était déserte la nuit en dehors des périodes de retraite, et ces retraites n'avaient jamais lieu pendant les grandes vacances. Le père Olivier ne nous dérangerait pas : il couchait au presbytère, derrière le monument aux morts, à deux pas de l'église. Le Bonhomme Nuit semblait apprécier les endroits paumés, de préférence lugubres et sombres. Dans cette catégorie, la Maison d'Avalon était classée cinq étoiles : même en plein jour, elle ressemblait à un manoir hanté.

Un peu avant la ferme de La Haye-Blanche, on s'est arrêté. La route, grâce à la lune, était à peu près aussi éclairée que le jour où Alric et moi avions été coursés par le Bonhomme Nuit. De nouveau, les trembles au corps tordu et les bras décharnés des châtaigniers suppliaient le ciel. J'étais moins tendu cette fois, sans doute parce que Karl marchait à côté de moi. Je n'avais pas à protéger mon petit frère.

On a posé nos vélos et les sacs derrière un bosquet, ne gardant en poche que nos couteaux et nos lampes. Je distinguais le ballast et les rails qui luisaient dans les ténèbres à hauteur de poitrine. Un grillage nous séparait de la voie.

Un simple grillage, sans barbelés ni électricité.

Karl a eu la même idée que moi.

— Ce serait plus rapide de passer par-dessus... a-t-il murmuré.

J'ai regardé le grillage. Il y avait de solides poteaux en ciment tous les deux mètres. Il n'était pas difficile d'escalader ce truc. Karl a insisté :

— On a moins de chance de se faire piquer ici qu'en passant par La Levée. Y'a personne.

J'étais d'accord, mais ce n'était pas le moment de s'ouvrir une cuisse ou de se déchirer le ventre.

Il a haussé les épaules.

— Le plus emmerdant, ce serait de s'arracher les couilles...

Il a saisi un poteau, a pris appui sur un gros fil d'acier horizontal tenu au milieu du treillage, et a sauté. Comme je portais toujours mon bermuda sans rien en dessous et que la réflexion de Karl n'était pas idiote, j'ai mis un peu plus de temps.

On s'est retrouvés sur la voie. Je n'avais jamais mis les pieds ici. C'était quelque chose d'inimaginable, comme de marcher sur la planète Mars. Maman nous avait maintes fois mis en garde, Alric et moi : aller sur les rails impliquait deux choses précises. Un, nous avions de bonnes chances de ne pas nous amuser longtemps parce qu'un train lancé à pleine vitesse pouvait vous happer, même à bonne distance, comme une baleine aspire le plancton. Deux, au cas où – coup de bol – nous n'aurions qu'un bras arraché, maman serait là, en compagnie de monsieur Martinet, pour nous rappeler que ce genre de balade était une erreur à ne pas commettre deux fois.

J'ai regardé la voie déserte. Des deux côtés, les rails se perdaient dans l'obscurité entre les murs opaques des arbres. L'endroit était fascinant. J'avais le cœur qui battait comme un marteau sur une enclume. Je sentais les cailloux du ballast rouler sous mes pieds. J'ai fait deux pas de côté, levant les semelles pour enjamber le premier rail. J'étais au milieu de la voie, bien calé sur une traverse. Je me suis retourné. Karl aussi se tenait entre les deux rails, à cinq mètres derrière moi. Il m'a souri. Un sourire de victoire, mais crispé : la baleine pouvait surgir à tout instant et nous happer. Après la deuxième voie, il y avait un autre grillage, puis un talus : aurions-nous le temps de passer ces obstacles si le monstre déboulait ? Était-il suffisant de se coller au grillage pour échapper à la gigantesque aspiration ?

Je me suis baissé, sans quitter le double tracé des yeux. J'ai posé ma main à plat sur le métal.

Le rail n'était pas froid et inerte comme je m'y attendais. Il était tiède, et il vibrait.

Le rail était vivant.

J'ai fait volte-face pour faire part de ma découverte à Karl.

Karl aussi était accroupi entre les rails. Il jouait avec des cailloux.

— Hé, Karl, le rail, il bouge ! Il vibre !

— C'est normal, un train approche.

— Quoi ? Ben faut se barrer alors !

Karl a gloussé.

— Ben non, au contraire, on va rigoler !

Je me suis relevé.

— Qu'est-ce que tu racontes ? Faut se tirer en vitesse !

Je me suis rapproché de mon ami. Ses mains agiles ramassaient des pierres sur le ballast et construisaient un monticule sur le rail qui longeait le grillage. Un tas de cailloux haut comme une taupinière couvrait déjà la barre métallique. Au rythme où il allait, cette bosse serait bientôt plus grande qu'une fourmilière.

— Karl, qu'est-ce que tu fous, bordel ?

Karl a rigolé sans me regarder.

— Je vais faire dérailler le train.

J'ai vérifié qu'aucun convoi n'arrivait dans mon dos. Je n'avais aucune idée du sens de circulation des trains.

— Je ne trouve pas ça drôle...

— Moi si. Je vais faire dérailler le train.

— C'est toi qui déraillles !

Karl s'est esclaffé.

— Oh putain, qu'elle est bonne ! T'en as d'autres ? Oh putain !

Il s'est gratté le cuir chevelu, a paru réfléchir.

— Heu... non, en fait, vaut mieux que t'arrêtes ou je vais pisser dans mon froc ! Pisser dans mon froc, comme toi, Pierrot. Ce serait con, hein ?

À ce moment, il a relevé la tête. Dans ses yeux, il n'y avait pas de blanc. Pas de couleur.

J'ai reculé en hoquetant.

Ses yeux étaient semblables à la nuit qui nous entourait. Noirs.

Ses dents luisaient comme les rails sous la lune.

J'avais mouillé mon slip en découvrant le cadavre de Lerond, comme mon ami venait de me le rappeler. Cette fois, le choc fut encore plus rude. Karl était mon dernier point d'ancrage face à la Menace Noire qui tentait de nous balayer. Karl était devenu mon deuxième hémisphère, mon frère jumeau, mon alter ego.

Et les yeux de Karl avaient basculé dans la nuit. Le néant.

— Ça va péter ! Ça va péter ! a hurlé mon ami en se redressant.

Le monticule faisait quarante centimètres de haut.

Karl serrait les poings. Dans chaque main, il tenait une grosse pierre. Il s'est fait menaçant.

— P't-être bien que tu veux voir ça de près, Pierrot-le-Pissot, p't-être que tu veux être aux premières loges pour le grand spectacle...

En même temps, il faisait tourner les pierres dans ses mains comme des boules de pétanque.

— P't-être bien que ce serait encore plus drôle si y'avait pas que le tas de pierres sur les rails... Et p't-être bien que j'suis là pour t'aider à voir ça de près, Pierrot-le-Pissot...

En reculant, mon talon a buté dans une traverse. Je me suis affalé sur le ballast, entre les deux rails. J'ai alors senti que le sol tremblait. Toute la voie tremblait.

— Ouais, il approche, a dit Karl, il approche, le train ! Tchou, tchou ! faut faire un tas de cailloux !

Il était debout devant moi, et je savais qu'il allait lancer ses pierres. Je l'avais vu faire des ricochets : il allait me fendre le crâne.

J'ai sorti la bague de ma poche et j'ai dit :

— T'as pas la coccinelle !

La tête de Karl est partie en arrière, et un hurlement de loup est sorti de sa gorge. Karl n'arrêtait plus de hurler vers la lune. Il ponctuait ses hurlements par de petits aboiements qui me glaçaient le sang.

Il s'est tu et m'a regardé avec un sourire mauvais. Ses yeux noirs étaient braqués sur les miens. La traverse tremblait sous mes pieds.

— Merci, merci de me faire rire autant, Pierrot,

Pierrot-le-Pissot ! Je suis désolé de te décevoir, mais j'ai toujours trouvé cette coccinelle complètement conne. Un truc de môme. Un truc de fille. Y'a que les pédés pour tenir une bague entre leurs doigts, pas vrai, mon Pierrot ? J'y crois pas. T'entends ? J'y crois pas une seconde ! Et comme j'y crois pas, ça marche pas !

Avant que j'aie eu le temps de réagir, Karl a lancé son pied en avant. Sa chaussure à l'allure de ranger a percuté ma main. La bague est partie en vol plané en direction du grillage et des taillis.

— Hop, envolée la coccinelle ! a chantonné Karl. Il va faire beau demain !

J'ai entendu la sirène d'un train dans mon dos.

Je me suis levé et j'ai fui.

J'ai abandonné mon ami au cœur du néant.

Aujourd'hui encore, j'ai honte en y pensant. Je pleurais comme une fille ; les sanglots coupaient ma respiration ; la morve coulait dans ma bouche. Je me noyais dans ma détresse. Une pierre a heurté mon épaule droite, une autre a frôlé mon oreille gauche. J'ai continué à courir, fuyant mon ami, les rails. En passant le grillage, de l'autre côté de la voie, je me suis déchiré le mollet. Le train grondait, fulminait. *Comme la baleine happe le plancton.* J'ai traversé des taillis sans ralentir ; j'ai couru sur un chemin, une berme, une route, un trottoir. Le train klaxonnait. Je courais, seul dans la nuit. Les rues de Duaraz étaient désertes ce soir, et la solitude me faisait peur, oh mon Dieu, si peur. Je courais en gémissant comme un animal blessé, étouffant mes cris de détresse derrière ma main endolorie pour ne pas alerter les chasseurs, *le* chasseur, le chasseur au chapeau haut de forme.

Chapitre 18
Extinctions

Recroquevillé sous les escaliers qui menaient aux salles de réunion du premier étage de la Maison d'Avalon, je guettais dans l'obscurité. Je n'étais plus un Jedi, même pas l'ombre d'un Jedi. Ma lampe de poche, dont les piles donnaient des signes de fatigue, dessinait devant moi un rond jaune sur les lattes ondulées du parquet. Une araignée trottait sur les planches rabotées par des générations de godillots. Autrefois, au temps où l'on s'éclairait encore à la bougie, ce plancher avait dû être lustré, mais la Maison d'Avalon courbait la tête et tirait la langue, éreintée tout autant que moi.

J'attendais l'arrivée du Bonhomme Nuit. Il m'emporterait et je sombrerais dans l'oubli, comme on bascule dans le sommeil après une journée difficile. Pourquoi résister ? Tous mes amis étaient entre ses mains ; j'étais le dernier. J'avais l'impression d'être l'unique survivant prostré au milieu d'une plaine calcinée par un bombardement nucléaire. Pas un ami, pas un parent, pas un lapin, pas un oiseau, mais des cendres voltigeant sous un ciel noir et des os blanchis sous les cendres. Pas un brin d'herbe. Juste quelques rares survivants gémissant au milieu des décombres et des morts, dont les cheveux irradiés s'envoleraient bientôt dans le vent brûlant.

Je me suis imaginé montant sur le toit de la Maison d'Avalon et me jetant dans la cour, au pied du grand chêne. J'ai pensé au canal, à la voie ferrée. Il existait des tas de solutions pour fuir à jamais ce chaos ténébreux.

Mais Actarus s'était-il rendu un jour aux forces de Vega ? Luke Skywalker avait-il courbé la tête devant Dark Vador ?

J'ai cessé de penser au néant, à la destruction, et je me suis concentré sur des problèmes concrets, immédiats.

Qu'avais-je appris ces dernières semaines, ces derniers jours ? D'abord que le Bonhomme Nuit pouvait tout contrôler. Il pouvait contrôler des inconnus, mais aussi ma mère, et Karl.

Pourquoi ?

Il se nourrit de nos peurs.

Ça, je l'avais compris. Ou plutôt Karl l'avait deviné. Mais ce n'était pas seulement ça. Au moment où Karl et moi avions posé les pieds sur le ballast de la voie ferrée, nous n'avions pas peur, pas vraiment. Nous avions un nœud dans l'estomac, mais ce n'était pas de la peur ; plutôt une forme d'excitation provoquée par la sensation de danger, et surtout par le fait d'avoir enfreint un interdit. Nous avions franchi une limite, pénétré en zone rouge, et notre audace nous grisait.

Et la crise de maman dans la cuisine ? Maman avait eu peur pour moi, de cela j'étais convaincu. Mais quoi d'autre ? Était-ce uniquement de la peur ?

Elle était en colère.

Bingo, c'était ça : la colère !

Si le Bonhomme Nuit ne l'avait pas envoûtée dans la cuisine, maman m'aurait sauté au cou en pleurant à chaudes larmes. J'imaginais tout à fait la scène : « Ne recommence plus jamais, plus jamais mon chéri... » De grosses larmes. Sur le coup, d'accord. Mais plus tard ? Plus tard, la colère serait remontée à la surface comme un cadavre dans un canal. Elle serait remontée sous forme de questions, puis de froncements de sourcils. La crise aurait éclaté. Maman aurait voulu se venger, me faire payer ses heures de terreur. Se libérer de sa rage.

Il se nourrit de notre part d'ombre.

Je suis resté figé, paralysé par cette idée sortie de nulle part. J'ai donné un coup de talon sur le plancher : je sentais que je tenais quelque chose.

Il se nourrit de notre part d'ombre.

Nous étions enivrés par notre exploit, mais nous savions que se tenir debout sur cette voie ferrée était dangereux, proscrit. Que c'était *mal*.

Maman était terrifiée, *mais aussi très en colère*. Elle avait peut-être eu envie de me prendre par les épaules, de me secouer, de me frapper. De me rouer de coups pour soulager sa peur et sa colère.

Les frères Gaspar voulaient nous foutre une raclée, *nous faire souffrir*.

Leurs parents avaient râlé sur ma mère, *mais rêvaient de la cogner, de tout saccager*.

Monsieur Bigot écoutait sa femme et l'aimait, mais imaginait peut-être parfois, quand elle râlait trop fort, qu'il la quittait, qu'il la frappait... *qu'il la tuait*.

Et ainsi de suite.

Il se nourrit de notre part d'ombre.

J'ai inspiré profondément. J'avais retrouvé un zeste d'espoir.

***

J'ai écrit ces mots tout à l'heure, alors que cette longue nuit n'allait pas tarder à s'achever. J'ai dû m'interrompre, glacé d'effroi dans ma maison silencieuse, et quitter ce bureau que trop de souvenirs encombrent. Plus de vingt ans après ces événements, recroquevillé dans mon salon, le visage baigné de larmes, j'ai veillé, pétrifié d'horreur. Je crois avoir sangloté.

Seul.

Oh ! je sais, ce ne sont pas des choses qu'un père doit confier à son fils, mais quand des vies sont en jeu, Tristan, on peut sans regret fourrer les conventions au placard. Je me suis juré de dire la vérité, toute la vérité. Et je sais ce qu'il me reste à raconter.

En basculant à nouveau dans ce gouffre, je veux sans doute éviter que tu ne t'y penches de trop, pour tenter, par simple curiosité, d'en apercevoir le fond, de répondre à ces lancinantes questions : « Pourquoi ? Qu'est-elle allée voir là-bas, mon amie ? Et moi, que pourrais-je y voir ? »

C'est un piège : le vertige est un fieffé roublard, qui nous fait croire que le pas de trop n'est pas près d'arriver.

Si j'avais raconté ces choses plus tôt, les aurait-elle lues, ton amie envolée, s'en serait-elle servie ? Aurait-elle envoyé promener notre ennemi commun, celui qui vit au cœur de la nuit et rit de nous voir terrifiés ?

Se serait-elle inspirée du temps de l'innocence ?

Je veux l'imaginer, comme j'imaginais les cloches de Pâques et les lueurs dans le ciel, à Noël.

***

À quatre pattes, sans lâcher ma lampe de poche, j'ai quitté l'antre sous les escaliers. Je me suis dressé, à deux pas du tableau noir sur lequel le père Olivier – je reconnaissais son écriture appliquée – avait écrit : « Je pardonne à ceux qui m'ont offensé. » J'ai songé à écrire « Pas moi » sous cette phrase, mais j'ai préféré m'abstenir. J'avais bien d'autres choses à faire, et ce genre de pensée n'était pas très reluisant. Les silhouettes des tables et des bancs, ombres tapies dans l'ombre, m'encerclaient. Je devais quitter cet endroit.

J'avais mal aux jambes, parce que j'étais resté longtemps caché sous les escaliers. Je devais quitter cet endroit, mais il n'était plus question de paniquer. Je me suis assis sur un banc pour réfléchir, éteignant ma lampe de poche afin que personne ne puisse me repérer de l'extérieur, et pour l'économiser. Que devais-je faire ? Pour entrer, j'avais cassé, au rez-de-chaussée, la vitre opaque des toilettes. J'avais brisé le carreau avec une pierre en protégeant ma main dans mon pull-over roulé en boule, comme j'avais vu un cambrioleur le faire dans une série à la télé. Quand les bouts de verre étaient tombés en avalanche sur le carrelage des toilettes, j'avais failli prendre mes jambes à mon cou. J'avais écouté, figé, la pierre dans une main, le pull-over dans l'autre. Personne n'était venu. Je devais être prudent : au cours de ma marche forcée jusqu'à la Maison d'Avalon, j'avais vu passer deux voitures de gendarmerie, une au carrefour de La Levée, puis une autre au moment où j'entrais dans la cour de la maison. Les voitures glissaient comme des fantômes sur la route, gyrophare éteint, moteur tournant au ralenti.

En me faufilant à travers le cadre de la petite fenêtre, je m'étais ouvert le gras de la cuisse. La blessure n'était pas profonde, mais j'avais saigné assez pour transformer mon bermuda en tablier de boucher. Je m'étais contenté, terré sous les escaliers, d'essuyer la plaie à l'aide de papier toilette. Cette coupure m'avait fait un mal de chien (je la sentais encore qui me pinçait la cuisse) ; je n'avais pas l'intention de passer par cette fenêtre au retour. Par où alors ? La porte était fermée à clé, et de lourds volets aux charnières rouillées bloquaient les fenêtres du rez-de-chaussée.

Les fenêtres du premier étage étaient larges, dépourvues de volets. Elles s'ouvriraient sans problème. C'était un peu haut pour sauter dans la cour, mais je comptais imiter Spiderman : au cours de mes onze années d'existence, j'avais glissé le long de dizaines de gouttières, franchi des centaines de murs, escaladé à peu près toutes les essences d'arbres de la région sans me casser autre chose qu'un orteil et le bras droit. Mieux valait un saut de commando qu'une deuxième entaille à la cuisse.

Je me suis dirigé vers l'escalier. Un portemanteau métallique, dont les bras se tendaient dans le vide comme ceux d'un arbre en hiver, montait la garde au pied des marches.

La cage d'escalier était un puits d'obscurité. Les planches craquaient comme des cercueils dans un film d'horreur. Je ne voulais pas lâcher la lampe, même éteinte : je l'ai fait passer dans ma main gauche. De la main droite, je me suis cramponné à la rambarde branlante, pleine d'échardes, qui séparait les marches du vide.

J'étais à mi-distance entre plancher et palier, dans les ténèbres, lorsque j'ai entendu un bruit doux et soyeux.

Vrou vrou.

Je connaissais ce bruit. Je l'avais entendu au chemin des Chèvres et, malgré une impression d'éternité, il ne s'était écoulé qu'un peu plus de vingt-quatre heures depuis cette rencontre. Ce vrou vrou me hante encore aujourd'hui : mes cheveux se dressent sur mon crâne quand j'entends un pigeon battre des ailes, même devant chez moi dans la rue, même en plein jour au centre de Paris.

Le corbac.

Ma lampe était éteinte, mais je la tenais toujours à la main. Mon pouce gauche a appuyé par réflexe sur l'interrupteur.

L'oiseau noir se tenait à trois mètres de moi, au sommet des marches, juché sur le poteau qui marquait la fin de la rambarde. La pile de ma lampe était moribonde et la lumière jaune tressautait. Le corbeau, ailes écartées, ouvrait le bec comme un oisillon assoiffé. En moins inoffensif...

J'ai fait demi-tour et plongé dans la nuit. En bas des marches, mon front a heurté le portemanteau et je l'ai entendu s'effondrer. J'ai contourné les escaliers. Mon genou gauche est entré en contact avec le tablier d'un banc de bois. La douleur a explosé dans ma rotule, est remontée comme un souffle ardent jusqu'à ma poitrine. Je me suis engouffré en boitant dans l'étroit couloir qui, non loin du tableau, filait vers les toilettes, dans l'espoir d'atteindre la fenêtre brisée : je risquais de me couper de nouveau la cuisse, mais le corbac pouvait m'arracher un œil, sans doute les deux.

Je me suis arrêté net, jetant les mains à plat sur les murs du couloir pour interrompre ma course.

J'ai dit :

— Oh merde.

Quelque chose grondait dans le couloir. Et ce bruit aussi, je le connaissais. Un roulement de basses continu, une tondeuse tournant au ralenti avant de s'élancer. Nouvelle volte-face, direction l'escalier. Mieux valait se couper la cuisse que de perdre un œil, mais je préférais vivre borgne plutôt que de crever la gorge ouverte.

Le doberman a poussé un grognement et j'ai entendu ses griffes racler les lattes du plancher. Le chien et le corbeau m'avaient encerclé pendant que je sombrais dans la déprime. *Mais par où est entré ce putain d'oiseau ?* ai-je pensé alors que je me lançais dans les escaliers. J'ai bondi par-dessus le banc qui m'avait enflammé la rotule. Derrière moi, il y a eu un choc violent et le chien a couiné. Au milieu de ma terreur, j'ai souri.

Pas longtemps.

Le corbeau est tombé sur moi. Son bec a percuté mon front avec la force d'un marteau. Vent et battements d'ailes dans les oreilles, croassements, griffures sur les tempes, la nuque, le cuir chevelu. À demi assommé, je me suis retrouvé au cœur d'une tornade noire.

J'ai monté les marches quatre à quatre, protégeant du mieux possible mon visage derrière mes bras. Arrivé sur le palier, j'ai titubé. J'ai serré les poings et frappé la masse en furie. Croassements de surprise. L'attaque a cessé.

Je me suis précipité dans l'une des salles de réunion. Pourquoi celle-là ? Je suis incapable de le dire. Je me rappelle une porte ouverte dans la lumière agonisante de ma lampe. Dans mes souvenirs embrouillés, il y a aussi un souffle d'air frais, une bouffée d'oxygène qui tranchait avec l'atmosphère fossile de cette antique maison. Sans doute mon pilote automatique a-t-il enregistré ce paramètre, sans doute m'a-t-il guidé vers la fenêtre laissée ouverte par le père Olivier, une dame-caté ou la femme de ménage.

J'ai sauté par la fenêtre. Il y avait un rebord – les fenêtres du premier étage à la Maison d'Avalon ne descendent pas jusqu'au plancher –, mais je ne me souviens pas de cet obstacle. J'ai dû, en théorie, poser un pied dessus. Je ne peux l'affirmer. Peut-être ai-je, dans ma panique, pris mon élan et passé ce rebord en planant, façon cascadeur.

Je suis retombé sur mes pieds, beaucoup plus bas. Mes poumons se sont vidés et j'ai roulé dans les gravillons.

Quand je me suis relevé, j'avais mal partout. À la tête, aux mains, aux genoux et au coude droit (si je n'avais pas quatre ou cinq cailloux incrustés dans chacune de ces articulations, c'était un miracle). J'avais l'impression que quelqu'un remuait une lame de couteau dans ma cuisse blessée.

J'étais à quelques mètres de la porte d'entrée, face au grand chêne. J'entendais croasser le corbeau. J'ai levé les yeux : il volait à quelques mètres au-dessus de moi, entre le toit de la bâtisse et le chêne.

Quelque chose m'a heurté la joue, puis est tombé sur mon épaule. Une carapace lisse, des pattes crochues pourvues d'une force phénoménale : les scarabées étaient de retour.

J'ai braqué ma lampe vers le chêne. Dans la lumière jaunâtre, faiblissante, j'ai vu les milliers de forteresses noires qui prenaient leur envol. Une nuée de boules luisantes qui s'élevaient avec indolence, comme une armada d'hélicoptères dans un film de guerre. Je n'avais pas détecté leur présence en arrivant, mais j'étais perturbé et peut-être s'étaient-elles pointées depuis, pendant ma retraite sous les escaliers.

Plus fort et plus inquiétant était le grondement sur ma gauche. Le doberman était campé sur ses quatre pattes près du hangar à vélos. Il n'avait pas pris la peine de grimper les escaliers après sa rencontre avec le banc au rez-de-chaussée. Hélas, il ne s'était pas non plus ouvert le ventre sur le verre brisé en sautant par la fenêtre.

Il y a eu un autre bruit, un son que, cette fois, je ne connaissais pas. Un grognement liquide, une sorte de reniflement, mais accompagné de basses qui semblaient crachées par un ampli de guitare. Un nez humain ne pouvait produire ce genre de vibrations. Le son venait de ma droite, du fond du jardin, là où les ronces et les orties avaient pris le pas sur les graviers.

Quelque chose venait vers moi. Je distinguais une masse sombre. La chose grognait et soufflait.

Deux yeux minuscules et brillants me fixaient à travers les ronces. Deux billes dans lesquelles se concentraient des tonnes de haine et de méchanceté. Un groin large et humide, de longues défenses arquées, effilées, prêtes à éventrer, entouraient ces têtes d'épingle. Derrière, je devinais une masse poilue énorme, puissante, sur le point de charger.

Un sanglier.

Le sanglier du dessin de Maël.

La Maison d'Avalon, je crois utile de le rappeler, compte deux parties distinctes (si l'on excepte le hangar à vélo). Il y a le corps central de la demeure – j'en sortais – et l'aile mystérieuse, toujours fermée, réservée aux retraites de communion ou de confirmation.

La porte de cette aile interdite, sur ma gauche, s'est ouverte en grinçant. J'avais passé des dizaines d'heures à la Maison d'Avalon depuis mon inscription au catéchisme en CP et jamais je n'avais vu cette porte autrement que fermée.

La porte s'est rabattue contre le mur. Une silhouette s'est avancée. Le disque tronqué de la lune m'a permis de distinguer les ondulations noires d'un long manteau et le contour sombre d'un haut-de-forme. La silhouette était large d'épaules. Le sommet du chapeau touchait presque le chambranle.

Le Bonhomme Nuit s'est tourné vers moi.

— *Bonsoir...*

La même voix graveleuse que lors de notre précédente rencontre.

Je me suis souvenu de la rivière noire ; j'ai imaginé Mélanie sur son lit d'hôpital. J'ai braqué ma lampe dans sa direction.

La lumière malade parvenait à peine jusqu'à lui. Je savais qu'il m'observait, mais le rebord de son chapeau cachait les trois quarts de son visage. En dessous, il n'y avait qu'une masse de poils noirs, la barbe du dessin.

La brise soulevait des pans du manteau. Près du sol, je distinguais des bottes vernies, noires elles aussi. Les mains de l'homme étaient gantées. Des gants noirs. Des centaines de scarabées volaient tout autour de nous.

— *Sais-tu qui je suis ?* a dit la silhouette avec sa voix d'agonisant.

Ma bouche a articulé un « oui », mais je n'ai entendu aucun son.

— *Qui ?*

— Vous êtes... Vous êtes le Bonhomme Nuit.

Cette fois-ci, j'avais émis des sons. Des murmures, mais que mon oreille pouvait percevoir.

L'homme a ri. Ce rire a plongé au fond de mes entrailles, traversé mon estomac puis ma cervelle pour en liquéfier le contenu. C'était le rire caverneux d'un type rongé par le cancer de la gorge, les spasmes de muqueuses partant en lambeaux. Ou alors le langage d'un monstre hybride, bâtard démoniaque issu du croisement d'un doberman, d'un sanglier et d'un corbeau.

Comme la peur avait fait de moi un caillou, je suis resté impassible. Le Bonhomme Nuit a cessé de rire.

— *Le Bonhomme Nuit... C'est comme ça que vous m'appelez ?* (Deux secondes de silence...) *Qu'Il m'appelle, bien sûr.*

L'homme a fait un pas en avant. Les gravillons n'ont pas crissé sous ses semelles.

— *Et que fait le Bonhomme Nuit ?* a demandé la silhouette alors que ma lampe agonisait.

Je préférais garder le silence.

— *Tu le sais.*

— Il tue des innocents, ai-je dit, m'attendant à ce que le ciel me tombe sur la tête.

Le Bonhomme Nuit n'a pas eu l'air de se formaliser.

— *Non. Il ne les tue pas. Il les appelle à lui. Et tu sais pourquoi.*

— Non.

— *MENTEUR ! TU LE SAIS !*

J'ai sursauté. Ma lampe a rendu l'âme.

— *Je les appelle quand ils en savent trop,* a repris mon interlocuteur, *d'une voix plus posée. Que sais-tu d'autre ?*

— Rien...

— *Tu es malin, Pierre. Très malin. Mais tu sais trop de choses. Tu ne te rends même pas compte de ce que tu sais. Tu sais...*

Il a penché la tête comme s'il réfléchissait.

— *... tout. Oui, tout ce qu'il ne faut pas savoir.*

En disant cela, il s'est retourné, léger comme un danseur, et son manteau a tournoyé dans la nuit. En passant dans l'encadrement noir de la porte, juste avant de disparaître dans l'aile interdite, il a levé un bras et fait tourner sa main gantée, comme le Monsieur Loyal d'un cirque laissant la piste aux artistes.

La porte a claqué. Les scarabées ont été pris de frénésie. J'ai entendu le ronflement de diesel du sanglier, venu des orties, les croassements du corbeau, là-haut, le grondement du doberman, près du hangar à vélos.

Je n'avais aucun espoir de m'en sortir – je n'avais même plus la coccinelle en poche –, mais j'ai bondi vers la seule chose qui se tenait debout près de moi, une chose que je connaissais depuis ma petite enfance : le chêne. Je ne comptais pas grimper le long de ce tronc épais, dépourvu de la moindre aspérité, mais je distinguais à l'arrière-plan, à gauche de l'arbre, la grille béante qui donnait sur la rue. Un lointain lampadaire éclairait d'une lumière trouble les battants métalliques, le trottoir et la chaussée. Le salut.

J'ai couru.

Pas longtemps.

La masse noire du sanglier a déboulé devant moi. Nous avons pilé à la même seconde, face à face. Mes espoirs de fuite ont volé en éclats.

Je n'avais jamais vu un sanglier en chair et en os, ni de près ni de loin. L'animal n'était pas très haut sur pattes – il m'arrivait tout de même à la ceinture –, mais en découvrant cette masse de chair et de poils campée sur ses quatre pattes, soufflant comme un camion, tout mon être a frémi.

Qu'il était laid !

Son groin palpitait, sa bouche minuscule s'ouvrait et se fermait de manière spasmodique entre des défenses blanches, recourbées, que je devinais prêtes à perforer, déchirer, broyer. Les deux billes noires étaient braquées sur moi. L'animal ne me regardait pas dans les yeux comme un chien ou un chat mais regardait mes jambes, mes cuisses, mon ventre : les parties qui étaient à sa hauteur, à portée de ses défenses. Pour lui, je n'étais pas un être vivant, j'étais une cible à détruire. Peut-être de la nourriture. Le meilleur qualificatif pour ce monstre était : vorace.

Ce monstre voulait m'étriper, me bouffer comme un paquet de truffes.

Mes testicules se sont rétractés et mes genoux se sont mis à trembler. D'une toute petite voix, j'ai dit :

— Pitié, pitié, pitié, pitié, pitié...

Puis je me suis tu.

Derrière moi, j'entendais le grondement du chien, qui s'approchait en marchant. Je n'ai pas quitté le sanglier du regard. J'étais hypnotisé par ces yeux métalliques, cette bouche et ce museau baignant dans leur humidité, ces dents courbées comme des faucilles. En l'air, le corbeau croassait, passait de temps en temps au ras de mes cheveux, mais sans les toucher. Les scarabées volaient en tous sens, mais aucun ne me cognait. Le roi, ce soir, était un sanglier. Les vassaux se contenteraient de mes restes.

L'animal a poussé un cri suraigu de porc qu'on égorge. Derrière moi, le doberman a hurlé à la mort. Au-dessus, le corbeau s'est déchaîné. Les scarabées tournaient. Je me suis mis à grelotter.

Il va me manger, ai-je pensé, au comble de la terreur. *Il va me manger tout cru. Il va me manger vivant.*

— AAAAAAAAAAAHHHHH ! ont crié deux voix d'enfants.

Elles venaient du portail métallique, là-bas, au fond. Deux silhouettes couraient à toute allure sur les gravillons et se dirigeaient droit sur nous. Elles chargeaient. Elles donnaient l'assaut. Une grande et une petite. Deux enfants que je connaissais, mais que mon cerveau refusait d'identifier, refusait de cataloguer comme faisant partie du monde réel parce que leur présence en ce lieu était impossible.

Les assaillants tenaient quelque chose à la main. Des pistolets.

Un coup de feu a éclaté.

Ce n'est pas un coup de feu.

Une amorce, une amorce qui explosait !

D'autres détonations ont retenti.

— Pan, t'es mort ! a hurlé le plus jeune des garçons.

Alric ! Il visait le doberman.

— Dégage, saloperie, dégage ! grondait le grand en tirant sur le sanglier.

Karl !

Comment pouvaient-ils être là ? Ma tête a tourné en tous sens. Le sanglier et le doberman étaient agités de soubresauts, comme piqués par des frelons.

Le corbeau est descendu en piqué sur Karl, qui l'a vu arriver. Il a cessé de courir, a levé son arme, a visé et a dit :

— Tu vas crever, charogne !

Il y a eu une détonation.

L'oiseau est tombé sur les gravillons.

Le chien et le sanglier se sont élancés au même moment, courant en parallèle vers leurs cibles respectives : le doberman vers Alric, le sanglier vers Karl.

— AAAAAHHHH ! ont crié les deux gosses.

J'ai hurlé :

— Alric, dégage !

Et je me suis élancé sur les traces des animaux fous.

Je savais que j'avais réagi trop tard. Les deux bêtes filaient comme des torpilles vers leurs objectifs. J'allais assister à un carnage.

Alric et Karl ont appuyé sur leur détente en même temps. Il y a eu des clics ridicules. Plus d'amorces. Le doberman a feulé. Le sanglier a éructé.

Karl s'est mis à crier :

— Pan ! Pan ! Pan ! T'es mort !

Alric lui a jeté un bref coup d'œil et l'a imité :

— Pan ! Touché !

Les deux animaux ont hurlé, chacun à leur manière : des aboiements plaintifs pour le doberman, des vagissements suraigus pour le sanglier. À moins de dix mètres de leur cible, les deux animaux ont tenté d'interrompre leur course, glissant dans les gravillons.

— Pan ! Pan ! Touché ! Touché ! T'es mort ! criaient les deux gosses.

Les animaux tentaient maintenant de faire marche arrière. Ils chutaient, se relevaient, rampaient, grondaient, râlaient, se tordaient à terre.

Karl s'est approché du sanglier. Il a braqué son arme sur le groin dégoulinant de bave.

— T'es mort, a-t-il murmuré en appuyant sur la détente.

Il y a eu un clic et le sanglier s'est dégonflé comme un ballon de baudruche.

— Pareil ! a dit Alric en visant le front du doberman, assis sur son arrière-train, tête basse et langue pendante.

Le chien a sursauté, est resté une seconde immobile, puis s'est abattu comme un arbre au pied d'un bûcheron.

On a regardé les animaux morts. Le corbeau gisait, boule de plumes hirsutes entre la masse flasque du sanglier et le corps frémissant du doberman. Karl a donné un coup de pied dans le flanc du sanglier et Alric a fait de même dans les pattes antérieures du chien. Aucune réaction.

— Ils sont kaput, a dit Alric.

— Bon débarras, a estimé Karl.

Le monde a dansé autour de moi et je me suis évanoui.

Chapitre 19
Seuls

On a fui dans l'urgence la zone de combat. Les explosions des amorces, les hurlements des animaux et les nôtres avaient à coup sûr réveillé des riverains. Karl a dit que la Maison d'Avalon allait bientôt devenir une basse-cour pleine de poulets ; dans la foulée, il s'est rappelé la profession de notre père et s'est excusé d'un air contrit. Cachés dans le lavoir désaffecté, au pied de la colline, nous avons repris notre souffle. Une voiture de gendarmerie est passée à vive allure sur l'avenue de la République. « Une caisse de poulets », a dit Alric, et Karl s'est de nouveau excusé.

On a galopé pour rejoindre la voie ferrée. À deux reprises, on s'est planqués pour laisser passer des voitures bleu marine. Les sirènes ne fonctionnaient pas, mais les gyrophares découpaient la nuit. Nous avons traversé les rails de la même manière que la fois précédente : en escaladant les grillages. Nos vélos nous attendaient dans le fossé. La fatigue nous est tombée dessus. Il était une heure du matin : qu'est-ce que nous allions faire ? Où aller ? Il n'était pas question de pédaler jusqu'à la forêt, nous étions trop fatigués pour cela. Nous avions besoin d'un abri, de quelque chose de rassurant. Alric a eu une idée de génie. Il a haussé les épaules et a dit :

— C'est pas compliqué, y'a l'école...

On a escaladé le petit portail qui séparait la cour du terrain de sport. Karl a donné un coup de pied à la Bruce Lee dans la porte d'une des classes de CM2, située dans un bâtiment préfabriqué à l'écart du complexe principal. La porte ne mesurait pas plus de deux centimètres d'épaisseur. Elle a résisté au premier coup de talon, pas au deuxième. À cause du bruit, on s'est planqués dix minutes à l'extérieur, là où madame Tiny avait vomi la veille des vacances. Personne n'est venu. On a caché les vélos dans le couloir, entre les deux salles de CM2. La porte qui séparait le couloir de notre classe n'étant pas fermée à clé, on n'a pas eu besoin de la défoncer.

Karl a allumé sa lampe de poche et on a retrouvé avec émotion notre classe. Lila et Pinky n'étaient plus là, bien sûr, mais il y avait nos dessins, nos tables, nos chaises, le bureau de la maîtresse, et même la brosse et les craies dans la gouttière métallique, sous le tableau. C'était étrange de la voir à la seule lueur d'une lampe de poche, en pleine nuit.

Sur le mur, il y avait une grande photo, prise dans la cour au mois de mai. Tout le monde était là : Mélanie, Maël, Francis-Emmanuel, Sébastien, madame Tiny au milieu, Karl, moi, et même Christelle Lerond, debout sur un banc, derrière, au fond. C'était un jour plein de soleil. Il avait fallu vingt minutes au photographe pour arriver à nous placer. Je me suis mis à pleurer dans la pénombre en regardant la photo, et Karl et Alric aussi. On s'est collés les uns aux autres, les yeux levés vers cet agrandissement, submergés par un vague de fatigue et de chagrin. On ne sanglotait pas, on pleurait comme des grands, en silence. Au bout de quelques minutes, on s'est assis sur l'estrade pour sécher nos larmes. Karl s'est approché du tableau. Il a pris un bâton de craie rouge et a dessiné un gros cœur sur le mur autour de la photo. On a pleuré encore un peu, on a ri aussi, puis on s'est essuyé les yeux. Les pommettes de Karl sont devenues comme celles d'un Indien à cause de la craie rouge.

Comme on avait peur que quelqu'un nous voie par les grandes fenêtres, on s'est réfugiés au fond de la classe, sur les matelas du coin lecture. La grande armoire qui faisait office de bibliothèque se dressait comme un rempart entre la salle et nous. C'est là que Karl et Alric m'ont raconté leur périple.

J'étais abasourdi. Lorsque nous avions quitté la maison, Alric n'était pas resté près de papa et maman comme Karl et moi le pensions. Il nous avait suivis à vélo, passant lui aussi par la porte arrière du garage alors que, dans le salon, papa se précipitait vers maman. Alric avait jeté sur ses épaules une sorte de blouson d'aviateur en cuir marron qui m'avait appartenu deux ans plus tôt – j'avais eu ma période « Buck Danny » –, mais qui était encore trop grand pour lui. Il avait aussi enfilé une paire de tennis défoncées. Sous son blouson, Alric ne portait que son pyjama blanc à rayures rouges. Avec ses cheveux en bataille, il avait l'air d'un parachutiste égaré en territoire ennemi. Lorsque nous avions longé la voie de chemin de fer, Alric nous avait pris en filature, n'osant jamais nous rattraper par crainte de mon courroux. Il avait raison de redouter ma colère, mais en songeant après coup à ce pilote de huit ans pédalant seul et en pyjama dans l'obscurité, j'avais des remords. À tout moment le Bonhomme Nuit aurait pu l'anéantir sans même que nous le sachions.

Alors que Karl construisait sa pyramide au milieu de la voie ferrée, Alric s'était approché en silence de l'endroit où nous avions posé nos vélos. Il s'était assis sur mon sac pour nous espionner, se demandant ce que nous trafiquions, puis avait entendu le train arriver. Il avait vu l'attitude menaçante de Karl, son coup de pied, entendu ses menaces. J'avais pris la fuite. Karl m'avait lancé des pierres, mais le train arrivait et Karl s'était jeté contre le grillage pour ne pas se faire happer par le monstre.

— Ensuite, Karl a voulu passer par-dessus le grillage. Il a allumé sa lampe de poche et il m'a vu, a continué Alric.

Nous étions assis, dos contre le mur, sur les matelas qui couvraient le sol. Alric paraissait malingre dans son immense blouson. Le col remontait jusqu'à ses oreilles.

— Karl t'a dit quoi ? ai-je voulu savoir.

— Il m'a dit : « Tiens, te voilà, le gnome ! »

— T'as dit ça ? ai-je demandé en regardant Karl, les poings serrés.

Karl avait l'air d'un chien sermonné par son maître.

— Je me souviens de rien...

Alric a enfoncé le clou :

— Ensuite il a dit : « J'vais te buter, ça sera déjà ça. »

— T'as vraiment dit ça ? ai-je insisté.

— J'me souviens de rien, j'te dis !

Alric a haussé les épaules.

— On sait bien, mais tu l'as dit.

Il ne fallait pas que les choses s'enveniment. Une dispute pouvait nous être fatale.

— Et alors, qu'est-ce qui s'est passé ? ai-je demandé.

— J'ai sorti le pistolet et je lui ai tiré dessus, a expliqué Alric. La première fois, il a reculé comme s'il était blessé, et la deuxième fois il est tombé.

— Donc, tu as tué Karl.

— Oui, a confirmé mon frère avec un sourire ravi. Je lui ai tiré dessus, comme ça – Pan ! – et je l'ai tué.

— Et il est mort.

— Quand même pas. Il est tombé par terre, mais il est pas mort pour de bon, comme le sanglier ou le daubeherman.

— Le doberman. C'est en un seul mot.

— Ouais, le doberman. Karl, il est pas mort pour de bon. Il est tombé, puis il s'est mis à quatre pattes. Il m'a regardé comme s'il se réveillait et il a dit des gros mots, des trucs comme : « Putain de chiotte, putain de... »

— T'es pas obligé de répéter.

— Hé, c'est ce qu'il a dit ! « Putain de chiotte, putain... »

— Et après, qu'est-ce qui s'est passé ?

— Il a dit : « C'est quoi ce bordel ? Où est Pierre ? » Je lui ai raconté comment t'étais parti en courant juste avant que le train arrive. Et il a dit que t'avais dû aller à la Maison d'Avalon et qu'on allait te suivre.

J'essayais d'imaginer la scène. Le « Pan ! » d'Alric et la surprise de Karl... *de la chose dans Karl.*

— Comment ça se fait que t'avais mon pistolet ?

— J'étais assis sur ton sac. Ton pistolet, il était dans la petite poche, celle du dessus. Je l'ai senti et je l'ai pris quand Karl t'a attaqué.

Karl est intervenu :

— Après, quand il m'a raconté ça, j'ai compris que, pour tuer les yeux-noirs, il fallait leur tirer dessus, même si c'était pas avec des vraies armes (Karl me regardait et parlait d'un air grave). Il fallait faire comme quand on joue à la guerre, comme à la vanne près de la Guette, quand je suis tombé à la flotte. Alors on a pris chacun un pistolet, Alric le tien et moi le mien. On a mis du temps, parce qu'il y avait une bagnole de flics à La Levée et qu'on a dû faire un détour. Quand on est arrivés à la Maison d'Avalon et qu'on a vu les animaux qui t'attaquaient, j'ai dit à Alric de leur tirer dessus.

— Vous avez tiré et ils sont morts, ai-je observé.

Alric a hoché la tête.

— Ouais, morts pour de bon. Kaput. Bon débarras, hein Karl ?

— Ouais, bon débarras.

Nous nous sommes tus. Il fallait réfléchir à tout cela.

— Je me demande pourquoi ils sont morts... C'était pas de vraies balles, c'était même pas des fausses, c'était rien, a dit Alric après un long silence.

Mes idées étaient confuses, mais je commençais à percevoir une partie de l'étrange réalité.

— À mon avis, pour le Bonhomme Nuit, c'était des vraies balles.

— Il est débile ? a ricané Alric.

Karl, en revanche, m'a tapé sur la cuisse, emballé par ma suggestion :

— Je comprends ! Il croyait que c'était de vraies balles, et du coup ça l'a tué ! C'est ça que tu penses ?

— Ouais, un truc comme ça. Il a pas fait la différence entre de vraies balles et les amorces.

— Et toi non plus, a dit Alric en se penchant pour regarder Karl. T'as pas fait la différence non plus sur la voie ferrée.

— C'était pas Karl (j'ai planté mes yeux dans ceux d'Alric). Le Bonhomme Nuit peut entrer dans n'importe qui, dans madame Tiny, dans les Gaspar ou dans maman. Il aurait pu entrer dans ta tête aussi, s'il avait voulu. Et il t'aurait obligé à faire ce qu'il voulait : il aurait même pu te faire sauter devant le train ou bouffer de la merde s'il avait voulu. OK ?

Alric a hoché la tête avec un air grave ; il n'interpellerait plus Karl. Il a changé de sujet :

— Après, on n'avait plus d'amorces. On a juste fait « Pan ! » et ils sont morts quand même.

— Les amorces ou des « Pan ! », pour le Bonhomme Nuit, c'est pareil. Il pense que tu le tues et il meurt.

— Moi aussi j'ai pensé que je le tuais, le chien, a repris Alric. Comme pour Karl juste avant... heu non, enfin, pas Karl, je veux dire le Bonhomme Nuit dans sa tête...

Karl jouait avec sa lampe de poche. Il faisait courir le rond de lumière sur les étagères de livres, au fond de l'armoire ouverte devant nous.

— Toi aussi, tu t'es dit que tu les tuais, le corbac et le sanglier ? l'ai-je interrogé.

Le rond de lumière s'est immobilisé.

— Je sais pas trop... (Il cherchait les mots pour décrire ce dont il se souvenait et un pli barrait son front.) J'ai pas vraiment pensé à ça. J'ai pas réfléchi...

Je commençais à comprendre. La réalité dans notre tête d'enfant n'est pas la même que celle qui existe en dehors de notre tête. Les adultes pensent que la réalité du dehors est la seule vraie, que celle du dedans est imaginaire, mais le Bonhomme Nuit était sur la même longueur d'onde que nous. Nos balles imaginaires pouvaient le blesser, et même le tuer. Il suffisait d'y croire.

Sans vraiment m'apercevoir que je pensais à voix haute, j'ai dit :

— Maintenant, on sait comment le tuer. On va le flinguer.

Le rayon de lumière m'a ébloui et j'ai dit à Karl de baisser sa lampe.

— On va lui tirer dessus ? a demandé Alric.

— Carrément !

De nouveau le rayon dans les yeux. Karl exigeait d'autres explications.

— Et on le trouve où, le Bonhomme Nuit ?

J'ai pensé à la photo sur le mur. Ma gorge s'est coincée.

— À l'église...

Je me suis raclé la gorge.

— Ouais, à l'église. C'est là qu'il a été le plus fort. C'est là qu'il a dû aller, parce qu'il n'a plus ses saloperies d'animaux pour le protéger.

J'étais très fatigué. Alric devait être épuisé aussi, et il n'était pas question qu'il retourne à la maison. Je n'avais qu'une envie : m'allonger.

— Karl, tu veux y aller tout de suite ?

Karl était debout devant nous. Je ne voyais que l'étoile incandescente braquée sur nos visages.

— On a plus à bouffer, et le Bonhomme Nuit est affaibli. On a pas le choix. Alric peut rester ici, si tu penses que c'est dangereux.

C'était dangereux – *mortel,* estimait mon cerveau –, mais je savais qu'il aurait fallu ligoter et bâillonner Alric pour qu'il accepte de rester dans cette classe. Mon frère s'est levé et a dit :

— J'y vais et je veux un pistolet !

On ne lui a pas donné de pistolet et on ne l'a pas ligoté. On est repartis dans la nuit, éreintés mais décidés. En sortant dans la classe, Alric a bâillé à s'en décrocher la mâchoire. Je l'ai imité.

— Petites natures ! a dit Karl en nous observant.

— Ta gueule, Chewbacca, a rétorqué Alric. Même fatigué, un Jedi peut te foutre une raclée.

Chapitre 20
Le maître des abîmes

Nous n'avons pas voulu monter par le grand escalier. Pour Karl et moi, les marches de pierre étaient associées à la date du 13 juillet, comme la hache à son bourreau. Nous avons choisi le chemin qui grimpait à pic, sur le versant est, côté canal et mairie. Il partait de l'avenue de la République, près du cabinet du dentiste, et escaladait la colline pour atteindre le coin nord-est de l'église, pas loin du point de vue. C'était un simple chemin de terre (aujourd'hui bitumé), un raccourci abrupt plus adapté à des chamois qu'à des humains. Les enfants et les adolescents aimaient emprunter cette voie, pendant que les parents et les anciens choisissaient le détour par les escaliers ou — il fallait alors compter vingt minutes de délai supplémentaire — par la route qui montait en colimaçon pour rejoindre le parvis de l'église.

On est monté en file indienne dans l'obscurité — pas question d'allumer une lampe de poche ici —, moi devant, Alric au milieu et Karl derrière. L'église se dressait audessus de nos têtes, masse sombre hérissée de pics et de pointes.

On a fait une pause au milieu du chemin. Ce foutu sentier était vraiment pentu. Alric a glissé sur une pierre et on a entendu celle-ci rouler avant de s'enfoncer dans la broussaille, dix mètres plus bas.

— Putain fais gaffe, y'a peut-être des choses qui nous guettent dans le noir ! a grogné Karl.

Essoufflé dans son blouson trop grand, le visage blanc éclairé par la lune, Alric m'a regardé avec des yeux effarés.

On avait laissé sacs et vélos à l'école. Karl et moi cachions notre pistolet dans notre bermuda, et nous tenions tous les trois une lampe de poche éteinte à la main (Alric avait piqué celle de la maîtresse dans l'armoire de la bibliothèque, et moi un jeu de piles de rechange).

En bas, il n'y avait pas de vent, mais ici une brise tiède nous caressait les jambes. On a levé les yeux vers l'église pendant que notre cœur reprenait un rythme normal. De petits nuages filaient dans le ciel. Du coup, l'église semblait se déplacer en sens inverse, comme les quais au moment où un train s'ébranle. Le clocher, le coq à son sommet, les croix et les fleurons des pignons montaient comme des tours, des antennes, au-dessus de l'immense nef noire et semblaient avancer devant les nuages. J'ai chuchoté en tentant de reprendre mon souffle.

— On dirait un vaisseau spatial... énorme !

Alric a opiné du chef.

— Ouais, et on dirait qu'il avance dans l'espace. Comme dans *Albator*.

— Un putain de vaisseau prêt à nous bousiller la gueule ! a lâché Karl.

On distinguait, en surplomb sur notre gauche, au-dessus d'un amoncellement de blocs rocheux, le muret qui contournait l'abside ; j'ai reconnu le point de vue, l'endroit maudit où s'était tenu le Bonhomme Nuit le 13 juillet, juste avant que la majorité d'entre nous ne passe par-dessus bord.

Y'a personne sur le pont du vaisseau... ai-je pensé. *Et je me demande où est le capitaine.*

En bas, le canal miroitait sous la lune. Je pouvais découvrir une bonne partie de la ville : le bourg ancien à nos pieds, la mairie et la salle polyvalente, le lavoir, la place du Marché et le pont des crachats, plus loin, la longue ligne de l'avenue de la République, le faubourg de La Levée, au fond, les lumières de la nationale et de la voie de chemin de fer, là-bas, à plus d'un kilomètre. Et tout autour, entre la grande route et notre colline, les étendues noires des prairies, des marécages. Je comprenais mieux pourquoi le Bonhomme Nuit était apparu sur le Chemin de Ronde de l'église. Il était venu contempler son royaume. Malgré les magasins, les écoles, les terrains de sport, les routes, Duaraz était son territoire.

Nous avons poursuivi notre ascension et l'avons achevée langue pendante, T-shirt mouillé.

Nous étions au pied de l'église, à l'opposé des tombes et du précipice. Ça sentait l'urine, parce que les vieux dont la prostate défaillait pissaient ici à la sortie de la messe, ou au milieu de l'homélie pour les plus atteints. Un lampadaire malade clignotait au-delà du monument aux morts, à quatre-vingts mètres de nous. Le père Olivier dormait non loin de là, dans le presbytère. Je savais que cette fois le Bonhomme Nuit ne serait pas sur le Chemin de Ronde. Notre ennemi patienterait à l'intérieur de l'église – les églises sont des zones d'ombre idéales pour ce genre de créatures – et attendrait que notre curiosité soit plus forte que notre peur.

— Je pense qu'il est dedans, ai-je chuchoté.

Karl a juré.

— Il va faire noir !

— On a nos lampes.

— C'est pas ça qui va l'arrêter, ce salopard !

— On a aussi les pistolets. Sauf moi, a dit la petite voix d'Alric.

J'ai pris le pistolet dans ma poche et lui ai donné. Alric se tenait debout devant moi, engoncé dans son – *mon* – blouson d'aviateur, avec le pistolet à la main. J'ai donné un coup de poing dans le cuir de son épaule.

— T'attends que je te dise pour tirer, OK ?

Il faisait noir, mais même dans cette pénombre je devinais le regard sidéré de mon frère. Je lui avais donné mon arme !

— Oui. Promis.

— On entre par où ? a demandé Karl.

J'avais réfléchi à ce problème en marchant.

— La porte principale est fermée à tous les coups, le père Olivier n'oublie jamais, mais il laisse une porte ouverte sur le côté. Il fait ça pour les gens de la paroisse qui veulent prier à n'importe quel moment.

Karl a montré du doigt la porte la plus proche, celle qui donnait sur le transept nord :

— Celle-là ?

— Oui. On entre dans le sas. Ensuite, moi et Karl on entre dans l'église. Alric, t'attends dans le sas, ai-je dit en cognant de nouveau dans le cuir de mon ex-blouson.

— C'est quoi le sas ?

— C'est l'espace entre les deux portes, entre celle qui donne dehors et celle qui donne dans l'église. Tu attends au milieu, d'accord ?

— Il va faire nuit, je vais rien voir !

— T'as voulu venir, tu discutes pas. T'attends, c'est tout. Je t'appellerai. Si je t'appelle pas au bout de cinq minutes – t'as qu'à compter jusqu'à trois cents –, tu espionnes en ouvrant un peu la porte. Pareil si tu entends des cris ou du bruit. Si tu vois qu'on est en danger, tu pars en courant et tu vas sonner au presbytère, OK ?

— Et je tire pas avec le pistolet ?

— T'as encore des amorces ?

— Ouais, dans les poches.

— Alors seulement si quelque chose t'attaque, même si c'est moi ou Karl et qu'on a des yeux noirs. Sinon, tu tires pas, tu vas au presbytère et tu dis au père Olivier d'appeler papa.

Alric a fait la moue mais a opiné. J'ai regardé Karl. Je ne voyais que son ombre en contre-jour devant le halo d'un lampadaire malade, qui clignotait près du monument aux morts.

— On y va ? ai-je demandé.

— Ouais, a dit Karl d'une voix sourde.

— On va le buter, a dit Alric.

J'ai mis ma main sur son épaule.

— T'attends dans le sas, oublie pas.

— J'ai compris.

Nos semelles ont écrasé les gravillons, comme le jour de la tragédie. La porte du transept était ouverte. Alric ne s'était pas trompé : il faisait très noir dans le sas. Je ne voyais même plus mes mains. Je n'entendais que le bruit saccadé de nos respirations.

J'ai poussé la porte intérieure du sas et je suis entré, Karl sur mes talons.

J'ai changé d'univers.

C'était une église, et ce n'était plus une église.

Ce n'était plus l'église Saint-Martin que je connaissais ; j'avais pénétré dans un autre monde.

Le sas donnait sur le collatéral, au milieu de la nef. Malgré quelques détails familiers – un confessionnal, la statue de la Vierge, les chaises en bois –, l'ensemble me semblait tout droit sorti d'un cauchemar apocalyptique.

Le plus étrange, c'était l'absence de couleurs. Tout était noir, hormis quelques reliefs effleurés par une nébulosité blafarde. La pierre n'était plus grise avec des reflets, mais noire. Elle n'était pas rugueuse comme du granit mais lisse, comme du marbre ou du plastique. C'était une immense église en marbre ou en plastique noir. Les piliers, les chapiteaux, les arcades, les travées, qui montaient à des hauteurs vertigineuses (*mon église n'est pas si haute, sûrement pas*), la voûte, que je distinguais à peine, là-haut (*au moins deux fois la hauteur de mon église*), tout était noir.

Lisse et noir et...

Infini.

Je reconnaissais les sièges en bois avec leurs numéros noirs sur fond blanc, ça oui. Et même, de l'autre côté de la nef, accrochée à un pilier, la statue de saint Martin occupé à trancher son manteau, avec son casque de centurion sur la tête. Mais d'habitude, cette statue, ces chaises étaient bercées par la lumière chaude distillée par les vitraux à la fin des matinées dominicales. Là, toute trace de chaleur s'était envolée. Le pilier sur lequel était fixée la statue était noir. Devant ma bouche, il y avait un nuage de fumée grise. La température était si basse que ma peau s'était couverte de chair de poule. J'avais l'impression d'avoir passé la tête, puis le corps entier, dans le compartiment le plus froid d'un réfrigérateur. Des bancs de vapeur glacée, grise – *du brouillard* –, flottaient dans la nef, au niveau de l'arcature et plus haut. Il faisait froid comme aux pires jours de janvier, quand le canal se couvre d'une croûte de glace.

Le sol avait disparu. À la place, il y avait de l'eau noire, lisse. Quand j'ai posé mes pieds sur le sol du collatéral, des vaguelettes sont parties en cercles concentriques vers la nef et les profondeurs de l'édifice. J'étais effaré et fasciné par ce que je découvrais. Des sensations incongrues m'assaillaient, chaotiques, contradictoires. L'étrange liquide couvrait mes chaussures, mais sans les mouiller. J'avais les pieds dans l'eau, et pourtant au sec.

Déconnecté de la réalité, j'avais oublié Karl, mon petit frère, tout ce qui faisait le monde extérieur. Je me suis avancé dans l'eau qui ne mouillait pas, jusqu'à la rangée de piliers qui séparait le bas-côté de la nef. L'église n'avait plus de sol ; il n'y avait plus qu'un lac miroitant à la place. Des reflets blafards couraient à la surface de cette eau noire.

D'où venait cette lumière blanchâtre qui éclairait l'eau, la glace, le marbre noir ? J'ai levé la tête. Elle provenait de la rosace, là-haut, percée dans le fronton occidental de l'église, au-dessus du porche. Un unique rayon anémique traversait l'église et tombait à trois mètres devant l'autel, sur les marches qui séparaient le chœur de la nef. Il parvenait à faire luire une partie des parois, mais les bas-côtés, le fond du chœur, l'autel et les sommets de la voûte restaient plongés dans d'épaisses ténèbres.

Des stalactites noires avec des reflets livides pendaient sous les arcs ; il y en avait d'autres sous la chaire – noire elle aussi –, à trois mètres au-dessus de ma tête, et des dizaines de l'autre côté de la nef, là-haut, sous les arcades, et d'autres encore, un peu partout. Des pics de glace et des dentelles noires, là où l'eau gouttait et se vitrifiait. J'ai regardé de près le pilier le plus proche : il y avait du givre sur le plastique ou le marbre noir, du givre partout,

comme sur le portail métallique de l'école les matins de grand froid.

À cause de cette pénombre, je n'ai pas remarqué sur-le-champ la silhouette appuyée contre l'autel.

D'abord, j'ai vu les bottes, sur la plus haute des trois marches, à la lisière du rond de lumière blanche. Comme mes yeux s'habituaient à l'obscurité, j'ai distingué un corps massif, surmonté d'une tête et d'un couvre-chef que je connaissais bien. Le Bonhomme Nuit se tenait face à moi, les coudes posés sur la table sacrée. Il m'attendait avec la nonchalance d'un type accoudé au bar qui voit arriver une vieille connaissance.

J'ai senti les remous de l'eau sur mes chaussures et j'ai entendu des splash derrière moi. Karl tentait de rester discret – il n'avait pas encore vu le Bonhomme Nuit –, mais il faisait plus de bruit qu'un gamin dans une piscine.

Sans me retourner, je lui ai fait signe d'attendre. Un geste de la main, comme celui de Maël avant la catastrophe, le 13 juillet, sur le Chemin de Ronde. Au même moment, j'ai entendu la porte du sas grincer. Alric venait de me désobéir.

— *Mais qui voilà ?* a dit la voix caverneuse.

Je n'ai pas eu peur. J'ai trouvé cette voix grotesque, tout comme le chapeau haut de forme démodé et le manteau sorti d'une garde-robe de l'Angleterre victorienne.

— *C'est notre vieil ami Pierrot ! Pierrot-le-Pissot !* a continué la voix.

Je n'avais pas peur. J'étais au-delà de la peur. J'étais dans un monde étrange, où le cerveau a coupé tout un tas de circuits afin de vous éviter pas mal d'ennuis. Dans ce monde-là, je n'étais pas terrifié – la peur prendrait sa revanche plus tard, au centuple. À cet instant, je n'avais pas peur ; j'étais énervé.

— Je ne suis pas ton ami, ai-je dit.

Ma voix paraissait toute petite sous l'immense voûte.

— *Si, tu es mon ami. Nous nous retrouvons de temps en temps, non ? C'est justement ce que font les vieux amis. Et tu sais plein de choses sur moi. Beaucoup beaucoup de choses, mon ami.*

— Je sais que vous avez une prisonnière et un prisonnier.

— *Une sacrée fille. Je l'aime beaucoup. Au moins autant que toi.*

Certaines des réponses du Bonhomme Nuit me semblaient dépourvues de toute logique. Il était fou. Je ne devais pas prêter attention à ses délires.

— Libérez-les.

— *Libérez*-la. *Je n'ai qu'une prisonnière.*

— Non. Il y a Maël.

— *Maël n'est pas mon prisonnier.*

— Vous l'avez emmené, il est votre prisonnier.

— *Erreur. Je répète : il n'est pas mon prisonnier. Mélanie, oui. C'est une prisonnière... disons... coriace.*

Le Bonhomme Nuit se moquait de moi. Ou alors il jouait sur les mots.

— Alors libérez déjà Mélanie...

— *Il n'en est pas question, mon ami. D'ailleurs, elle devrait bientôt m'accompagner chez moi. C'est à deux pas.*

— Libérez-la !

— *Tu es têtu, l'ami. Mais tu es ici dans ma maison, du moins sur le pas de la porte. Au bord du Puits. Je te prie de rester décent.*

Je savais que je ne devais pas répondre à ses élucubrations. Il voulait me détourner de mon objectif en m'entraînant sur des chemins de traverse. C'était pourtant plus fort que moi, je devais corriger ces absurdités. Je devais lui fermer sa putain de grande gueule, comme aurait dit Karl.

— C'est pas chez vous, ici.

— *Ah. C'est chez qui ?*

— Chez (j'hésitais, parce que répondre ainsi me semblait naïf, enfantin)... le père Olivier pense que c'est chez Dieu.

— *Ah.*

Le Bonhomme Nuit, cessant de s'appuyer sur ses coudes, s'est mis tout droit devant l'autel. Il s'est penché en avant.

— *Euh... Et Il est où ? Pas le père Olivier, bien entendu – cet imbécile pardonnerait même au diable –, mais Dieu, Il est où ?*

Je n'ai pas répondu. J'ai haussé les épaules.

— *Il est OÙ ?* (Le Bonhomme Nuit a désigné la voûte avec ses nuées anthracite, les stalactites noires et ses zones de ténèbres.) *Là-haut ?* (Il a pointé l'index vers le fond obscur du chœur, en direction du crucifix que je ne voyais pas.) *Derrière ? Il est OÙ ?*

— Je sais pas, ai-je murmuré. Il est invisible. Il est partout.

— *Réponse facile d'ignorant. Je vais te dire la vérité : Il n'est pas là. Il n'existe pas.* Niet, no, nada.

— Vous êtes qui, le diable ?

Le Bonhomme Nuit a ri. Une succession de grondements liquides, comme si une avalanche de boue tombait de la voûte. J'ai rentré la tête dans les épaules.

— *Écoute-moi, ami Pierre. Écoute-moi, et sur toi je bâtirai de grandes choses* (il a gloussé, content de sa formule). *Il n'y a pas de diable ; il n'y a pas de Dieu. Ou alors Ils sont très loin, dans une autre galaxie, dans un univers parallèle. Sur cette planète, pour l'instant, il n'y a que moi et toi. Je suis le Bonhomme Nuit. Je suis ta Nuit, votre Puits. Et je t'appelle, mon ami.*

— Vous êtes cinglé !

— *C'est une vérité. Je suis cinglé. Mais quoi d'autre ? Ou, plutôt, qui suis-je d'autre ?*

— Je m'en fous qui vous êtes. Libérez Mélanie.

— *Tu ne dois pas t'en foutre. Tout le monde se fout de tout. Tout le monde ferme les yeux. Tout le monde se tait. Tout le monde laisse faire. Tout le monde fait semblant de ne pas entendre. Tout le monde se moque de tout, même la mère qui nous a engendrés. Alors toi, ne t'en fous pas. Pas toi, mon ami.*

— Je m'en fous *carrément*.

Le Bonhomme Nuit a descendu une marche. Il s'est retrouvé dans le rayon de lune. J'ai vu ses vêtements sales, troués, usés. J'ai vu sa barbe hirsute, ses cheveux graisseux plantés comme une couronne de ronces autour de son chapeau. J'ai vu son nez étroit, ses joues creuses, les trous de ses orbites. Et au milieu de ces trous noirs cerclés de lumière lunaire, deux points noirs brillant comme les yeux d'un rongeur.

Une impression de déjà-vu.

— *NE T'EN FOUS PAS* ! a hurlé l'homme en noir (des postillons, noirs aussi, ont volé dans la lumière lunaire). *NE T'EN FOUS PAS, MON AMI ! OU JE DEVRAI TOI AUSSI T'EFFACER ! TE DISSOUDRE ! T'AVALER ! NE T'EN FOUS PAS CAR JE SUIS FATIGUÉ...*

J'ai dit le premier truc qui me passait par la tête :

— Moi aussi, je voudrais bien me coucher. Libérez Mélanie.

Le Bonhomme Nuit a descendu toutes les marches. J'ai mieux vu son visage, dont la peau semblait brûlée. Elle était fripée et noire comme du charbon de bois.

— *Sais-tu à QUI tu parles ?*

— Je m'en fous.

— *TAIS-TOI !*

Des rides ont couru à la surface de l'eau. Il y a eu un bruit d'hélicoptère. Des milliers de scarabées sont tombés de la voûte. Ils volaient en masse compacte, comme des étourneaux. Le nuage mouvant a flotté entre les nuées grises, traversé le rayon lunaire, tournoyé autour des piliers de granit, il est redescendu vers l'autel, a viré pour remonter au milieu de la nef.

De l'eau s'est mise à ruisseler sur les murs noirs. Des

stalactites de glace noire sont tombées des hauteurs. Certaines étaient immenses, plus d'un mètre sans doute. Des scarabées isolés se sont abattus sur Karl et moi, tombant sur mes cheveux, mon pull, s'accrochant à mes oreilles, à mes épaules, à la moindre aspérité.

Karl a bondi près de moi et Alric nous a rejoints en criant. Il tapait sur son blouson pour chasser les gros insectes.

Le nuage de scarabées a fondu sur les rangées de chaises juste devant nous, et les chaises ont commencé à pencher, à basculer, à disparaître. Il m'a fallu une bonne minute pour comprendre ce qui se passait : les scarabées dévoraient les chaises !

Juste devant moi, j'ai vu un insecte arracher avec ses mandibules un morceau de bois gros comme une phalange. Il a vite été rejoint par une centaine de ses congénères. La chaise a commencé à pencher comme un iceberg sous le soleil.

Il n'était pas question de tenter une traversée au milieu de ces choses. J'ai repéré d'autres scarabées, plus nombreux encore. Ils se posaient par milliers sur les piliers malgré l'eau qui dégoulinait le long des parois. Beaucoup étaient emportés, mais certains s'arrimaient, formaient des grappes. Je me suis demandé s'ils mangeaient aussi les piliers, les murs. Je n'avais pas le temps de vérifier.

— Par là ! ai-je crié en filant sous les voûtes du collatéral en direction du transept.

Je voulais rejoindre le chœur, mais sans passer par la nef emplie d'épaves de chaises et de bestioles affamées. Les nuées devenaient plus épaisses là-haut. La lumière lunaire arrivait au sol au compte-gouttes.

Nous avons couru dans le transept et sommes arrivés devant l'autel. Le Bonhomme Nuit était toujours debout sur les marches. Je me suis arrêté à cinq mètres de lui.

— *SAIS-TU OÙ TU ES ?* a tonné le Bonhomme Nuit.

— Je m'en fous.

— *L'enfer n'existe pas ! Le paradis non plus ! La Nuit, oui ! Je suis ta Nuit ! Veux-tu la connaître ?*

Il m'a tendu la main.

Autour de moi l'eau coulait. Elle coulait de partout, me mouillait le visage, les cheveux, dégoulinait sur les murs, sur les piliers. De l'eau froide, glacée. Noire. J'ai regardé la nef, éclairée par des fragments de lune. Des vitraux explosaient. Des stalactites tombaient. Les nuées gonflaient, emplissaient peu à peu tout l'espace sous la voûte. Le sol semblait mouvant. Les derniers pieds de chaise, les derniers dossiers sombraient dans la masse grouillante qui ondulait à terre. J'ai regardé les murs. Les hauts murs de l'église, ceux que j'avais si souvent observés en bâillant pendant les sermons, quand ils n'étaient pas noirs comme à présent et beaucoup moins hauts. Les murs ondulaient. Ils paraissaient... *fondre*.

— La Nuit est ici ! ai-je crié.

— *Erreur ! Ce n'est pas la Nuit ! C'est l'antichambre de la Nuit ! C'est la margelle du Puits ! La Nuit est juste derrière ! Viens, je t'emmène dans le Puits !*

Le Bonhomme Nuit continuait à me tendre la main. Un grand sourire de clown carbonisé cassait son visage charbonneux. Ses yeux brillaient comme jamais.

— *Viens ! Je suis ton ami ! Tu seras avec moi pour toujours ! Dans la Nuit, pas l'oubli. Tu seras avec moi !*

Je n'avais pas l'intention d'obtempérer, mais je voulais savoir.

— Et les autres ?

— *Pour les autres, pas d'autre choix que le néant. L'oubli. Au plus profond de mes entrailles.*

— Non !

Le Bonhomme Nuit m'a observé en penchant la tête. Son chapeau aurait dû, selon les lois de la physique, basculer. Le sourire de clown a disparu. Ses yeux ont dérivé vers Karl, juste à côté de moi.

— *Toi, viens avec moi ! Je ne te connais pas vraiment, mais viens avec moi ! Je te parlerai, tu m'écouteras, nous serons amis !*

Le visage de Karl avait la couleur d'un rayon lunaire. Ses cheveux trempés tombaient sur son front, collaient à ses tempes. Karl n'a prononcé qu'un mot :

— Dégage !

Alric était juste derrière nous. Il a dit :

— On le mitraille !

Lui et Karl ont sorti leurs pistolets. On s'est approchés de l'autel. Le Bonhomme Nuit se tenait debout sur la dernière marche, devant la table sacrée. Dans mon dos, j'entendais des bruits d'avalanche. Il y avait des chocs énormes. Le sol tremblait.

Karl et Alric ont fait feu. Sans s'arrêter. Ils ont vidé leur rouleau d'amorces.

Blam blam blam blam blam !

Les armes se sont tues. Le pistolet de Karl fumait. Ça sentait la poudre.

Le Bonhomme Nuit a ri. Je l'ai vu ouvrir la bouche, mais je ne l'ai pas entendu parce que les bruits de cataracte et les chocs derrière moi étaient assourdissants.

J'ai compris ce qu'il disait quand il a imité Karl :

— Dégage ! Ouh ! j'ai peur ! Dégage, a dit Karlo-le-Pistolero ! Hé, t'es pas dans un film de cow-boys, vieux Karl ! (Le pistolet de Karl et celui d'Alric ont sauté en l'air et sont retombés sur les marches.) *Faut y croire à ton truc ! Faut y mettre de l'âme ! Hé, Alric, mon gars, tu sais plus jouer à la guerre ou quoi ? T'es une gonzesse ou quoi ? Tu préfères une poupée Barbie à ce bon vieux pistolet ? Même un mioche de trois ans rigolerait en voyant ce dont t'es capable ! « On le mitraille ! » Hé, t'as pas trouvé mieux, vraiment ?*

J'ai senti Alric se coller contre ma hanche.

Le Bonhomme Nuit s'est penché vers Karl. Je n'étais pas loin. Son haleine puait le bois pourri. Pas l'humus parfumé des sous-bois éclairés, mais l'odeur qu'exhale la terre lorsqu'on soulève une bûche humide rongée par la vermine.

— Et puis d'ailleurs, même si vous y aviez cru, hein, vous pensez vraiment, Karlo-la-Brute et Alric-le-Truand, que j'allais tomber raide mort ? Vous croyez vraiment ça ? Vous n'êtes pas aussi débiles, si ? Ou alors, c'est le bon petit génie d'à côté, là (le Bonhomme Nuit a fait un signe de tête vers moi) *qui vous a soufflé cette bonne idée ? Allons, les gars, regardez-moi. Regardez-moi !* (De nouveau il s'est penché, de nouveau ça sentait la souche moisie.) *Les gars : ai-je la tête d'un corbeau, d'un corbac, comme vous dites ? Ai-je la gueule d'un doberman ? Ai-je le corps d'un sanglier ?*

— Non, a dit Karl.

— On est d'accord. Alors les gars, rangez vos pétoires, on n'est pas au cinéma.

Karl n'a pas bougé. Un rictus déformait son visage.

— Vous êtes pire que ces animaux ! Vous avez la gueule d'un putain de trou-du-cul de rat carbonisé qu'a oublié de sortir de la cheminée.

Alric a pouffé. J'ai frémi. Le Bonhomme Nuit s'est redressé.

— *Pire, oh oui, bien pire. Tu vois cette église ? Elle va s'écrouler si je le décide. Tu vois ce mur noir ?* (Il a tendu le doigt vers le mur nord.) *Je peux te crucifier dessus, maintenant, comme le Grand Invisible – avec des majuscules, s'il vous plaît – chez qui, d'après ce bon Pierrot, nous sommes hébergés. Mais ce ne serait pas convenable, hein mon Karlo ? Ce ne serait pas une fin digne d'un pistolero comme toi ! Tu veux savoir ce qui serait convenable et digne d'un pistolero ? Tiens, voilà ce qui me passe par la tête : et si mes amis les scarabées cessaient de mâchonner leurs bouts de chaises comme s'il s'agissait de Malabar à la fraise et qu'ils s'occupaient un peu de vos fesses de cow-boys de pacotille ? Ça en ferait des cibles, pour vos pétoires !*

Chapitre 21

L'armure et le sabre

Les scarabées sont arrivés sans bruit, comme une vague déferlant sur une plage. Karl a bondi sur l'autel. J'étais pour ma part frappé de stupeur. Un instant plus tôt, un no man's land de cinq mètres de large couvert d'eau noire nous séparait du tapis d'insectes ondulant dans la nef. L'instant d'après, cette zone de sécurité n'existait plus. J'ai vu les insectes foncer sur moi en deux secondes, glissant sur l'eau comme des barges de débarquement. J'ai frémi en croyant déjà sentir leurs pattes me labourer les jambes. J'ai baissé les yeux. Pas un scarabée n'était monté sur mes tennis. Les insectes m'évitaient, me contournaient.

Alric a poussé un cri aigu. Les scarabées lui arrivaient déjà aux hanches. J'ai marché vers lui, écrasant des dizaines de bestioles sous mes semelles à chaque pas. Il était emporté par le flot d'insectes. Des centaines de carapaces noires couvraient son pantalon de pyjama. Les rayures rouges avaient disparu. Alric battait des mains au-dessus de la lame de fond noire, mais les milliers de scarabées qui montaient à l'assaut du blouson de cuir faisaient maintenant comme une pyramide autour de son corps. La marée l'emportait vers le centre de la nef, là où les couches d'insectes semblaient les plus épaisses. Le blouson d'aviateur avait disparu ; les carapaces arrivaient au milieu de son cou. Alric hurlait.

J'ai couru vers lui, mais je trébuchais. Les griffes et les mandibules s'agrippaient à mes tennis, me clouaient au sol. Je suis tombé à quatre pattes. Des carapaces ont éclaté sous mes paumes, sous mes genoux. Les insectes survivant se sont écartés. Pas une griffe ne s'est posée sur mes doigts. Il n'y avait pas d'eau noire à cet endroit, juste un sol lisse et sombre, semblable à la matière utilisée pour les piliers, les murs, les arcades.

Alric avait des scarabées jusqu'au menton. Il pleurait et hurlait. Il m'appelait. Ses appels étaient déchirants. Je pleurais aussi. J'ai crié son nom. Je ne pouvais rien faire. Les scarabées allaient le recouvrir, le dévorer. Peut-être avaient-ils déjà commencé à arracher des morceaux de ses jambes, de son ventre, de sa poitrine. Alric hurlait, mais j'étais incapable de dire s'il s'agissait de douleur ou de peur, ou des deux.

Je me suis redressé, à genoux. Sur la partie droite de l'autel, Karl semblait atteint de folie. Il bondissait, retombait, remontait. Ses pieds dansaient sur la table, couverte d'insectes écrasés, mais des vagues de scarabées montaient à l'assaut de son refuge. Les coléoptères noirs allaient gagner. Certains s'accrochaient déjà à ses chaussures, quelques-uns à ses chaussettes. Karl avait le visage rouge, marqué par la fatigue et la colère. Il se battait pour survivre, avec l'énergie du désespoir.

Assis sur le rebord gauche de l'autel, le Bonhomme Nuit regardait Karl danser en riant. Il tapait dans ses mains comme un gosse devant un numéro de cirque.

J'ai crié :

— Arrêtez !

Je ne reconnaissais pas ma voix. C'était une longue plainte torturée. Le genre de cri que poussent les cinglés dans les asiles. La tension était trop forte. Mon cerveau avait capitulé. Disjoncté.

Au moment où j'écris ces lignes, il m'est difficile de me souvenir de tous les détails. Ces événements se mêlent en un vaste écheveau que j'essaie fil par fil de démêler. Je n'y parviens pas tout à fait. Mon cerveau a grillé lorsque j'ai vu mon petit frère disparaître sous les scarabées.

J'ai recommencé à crier, encore et encore. Le Bonhomme Nuit ne m'a même pas regardé. Assis sur le rebord gauche de l'autel, il continuait à battre des mains. Le spectacle l'amusait.

Des scarabées s'accrochaient au bermuda de Karl. Ses chaussures avaient disparu.

Alric aussi avait disparu. Au milieu de la nef, il ne restait qu'un monticule mouvant, un cône d'un mètre de haut sous lequel mon petit frère était enterré.

Je me suis tassé sur mes jambes pliées. Sur le sol noir et luisant, à travers mes larmes, je voyais courir des formes rondes et noires. Je ne peux dire pendant combien de temps je suis resté prostré. À un moment, j'ai remarqué qu'il n'y avait plus de bruit autour de moi en dehors du crissement des scarabées et des cris étouffés de Karl, qui, je suppose, luttait vaille que vaille contre les scarabées – non, je n'ai pas songé un instant à courir l'aider. Plus rien ne tombait de la voûte. Et l'eau ne coulait plus le long des parois.

Il y a eu un bruit de papier froissé, comme si quelqu'un avait entrepris de chiffonner un gigantesque journal au milieu de la nef. J'ai relevé la tête. J'avais le nez bouché, les joues trempées, le front en sueur. Tout mon visage semblait couler.

Des scarabées s'envolaient. Là où mon petit frère avait disparu, des scarabées s'envolaient. Ils s'égaillaient dans toutes les directions. Il en restait encore beaucoup sur le sol – un bon mètre d'épaisseur –, mais des milliers d'insectes décollaient, quittaient la masse mouvante posée au milieu de la nef. Ils filaient vers les piliers, vers l'autel, vers le porche, vers les nuées.

Des rayons de lumière jaune ont percé la masse grouillante.

Ils fuient, ai-je songé, et c'était ma première pensée cohérente depuis plusieurs minutes.

Ces putains de scarabées s'envolaient parce qu'ils avaient peur. Ils percutaient les obstacles, s'écrasaient sur les parois. Certains se cognaient à moi, repartaient plus loin dans des battements d'ailes effrénés. Ils étaient terrifiés.

Ils fuient.

Cette idée fixe dans mon crâne cachait une autre pensée, que je n'osais encore formuler. Un rayon (doré) d'espoir : il y avait quelque chose sous la mer de scarabées. Quelque chose de brillant. Quelque chose qui grandissait, qui se levait. Les rayons dorés s'élargissaient, devenaient plus nombreux.

Une petite luciole jaune (non, dorée...) a jailli de la

masse noire. J'ai regardé, incrédule, cette luciole s'élever, planer, virevolter.

Je crois qu'un sourire est apparu sur mon visage ruisselant.

Ce que je voyais, c'était un papillon. Un magnifique papillon d'or. Il n'était pas très grand, de la taille de ces papillons blancs communs qu'on croise au printemps dans les champs et les jardins. Il ne volait pas comme les scarabées, qui foncent à l'aveuglette et en ligne droite. Non : le papillon volait comme un papillon, de-ci, de-là, et cette légèreté, cette insouciance étaient belles à pleurer. Autour de lui grouillaient les hordes de carapaces noires, agitées comme des abeilles dont on aurait bousculé la ruche.

Le papillon a touché un scarabée. Ma gorge a gémi : le fragile animal doré – était-il vraiment en or ? – allait mourir moins d'une minute après sa naissance.

Le scarabée a volé en éclats. J'ai vu les élytres noirs, luisants, partir chacun d'un côté, comme les ailes d'un avion explosant en vol.

D'autres papillons dorés sont apparus. Deux, puis quatre, puis dix. Quand ils touchaient des scarabées, les lourds insectes se désintégraient.

Je me suis souvenu des papillons dont parlait Maël dans son cahier, ces insectes qui venaient perturber le Bonhomme Nuit dans son monde ! Les papillons étaient plus forts que l'obscurité !

Il y a eu un remous dans la masse grouillante au milieu de la nef. Des centaines de papillons ont jailli, geyser d'or au milieu de l'océan noir. Les papillons montaient en ligne droite, à quatre ou cinq mètres de hauteur, puis le flux s'élargissait en corolle. Et les papillons ont tué les scarabées. Des milliers d'insectes noirs explosaient d'un bout à l'autre de la nef.

Au pied du geyser de papillons, mon petit frère est apparu. Il était comme je le connaissais, avec ses cheveux en bataille, son blouson d'aviateur, son pantalon de pyjama froissé, ses baskets défoncées.

Il était en or.

Une statue d'or, mais bien vivante.

Les papillons jaillissaient de son dos, de son ventre, de ses épaules, du sommet de son crâne. Ils se dissociaient de son corps et s'envolaient. Alric a levé le visage vers la voûte et a ouvert grand la bouche comme s'il allait crier. Pas un cri de terreur, mais un cri d'extase. Sa bouche silencieuse a expulsé des nuées de papillons.

Ils se sont posés sur mes bras, sur mes mains, partout. Je n'avais plus peur. Là où ils se posaient, je ressentais une impression de chaleur. Un souffle chaud, un pour chaque papillon.

Et ma peau s'est couverte d'or. Tout mon corps s'est couvert d'or. Je n'avais aucune sensation particulière sinon cette impression de chaleur, une sensation que je n'ai retrouvée que bien des années plus tard, dans les bras de Marie ou dans ceux d'une bouteille de whisky quand je tentais d'oublier mes terreurs.

Alric ne crachait plus de papillons. Ils étaient des milliers à présent, donc beaucoup moins nombreux que les scarabées, mais chaque papillon détruisait des centaines d'insectes noirs à la minute.

Karl était debout sur l'autel. Il ne dansait plus mais nous regardait, ahuri. Il était en or lui aussi. À côté de lui, le Bonhomme Nuit agitait les bras en tous sens comme un gosse apeuré par la danse d'une guêpe. Il frappait les centaines de papillons qui tournoyaient autour de lui. Les papillons touchés par ses mains gantées tombaient en poussière d'or.

La main d'Alric a frôlé la mienne. Mon frère m'a dit :

— J'ai rêvé que j'étais invincible et ça a marché ! C'est chouette, hein ?

Sa voix était normale, avec l'intonation joyeuse d'un gosse qui vient de réussir pour la première fois à parcourir dix mètres à vélo sans roulettes. Je l'ai serré dans mes bras.

— Invincible ? Invincible comment ?

— Je sais pas. J'ai pensé à une armure en or, un truc solide, comme celle du robot rigolo de *La Guerre des étoiles*.

— Comme Z-6PO ?

— Oui, une armure comme ça. Ça a marché (il a regardé ses bras). C'est pas une vraie armure en métal avec des plaques, mais les scarabées peuvent rien te faire. Et c'est en or.

— Et les papillons, c'est quoi ?

— Ça, je sais pas, j'ai pas pensé à des papillons. Juste à l'armure en or.

— Les papillons, c'est moi, a dit une voix que je connaissais bien.

Elle était debout à côté de nous. L'instant d'avant, elle n'était pas là. Maintenant, si. Apparue comme ça, sans prévenir. Elle était en or aussi. Je l'ai regardée bouche bée. Avec ma bouche en rond, mon air ahuri et mon corps en or, je devais ressembler pour de bon à Z-6PO. C'était bien elle, sous la couleur dorée. Je reconnaissais sa silhouette, son nez en trompette, ses cheveux coupés au carré, les deux petites bosses à la hauteur de son cœur, et surtout son air de gamine effrontée. C'était ma Super Jaimie. Mélanie.

J'ai dit :

— Il... Il t'a libérée.

— Grâce à vous, il est très occupé. J'en ai profité.

J'ai jeté un œil vers le Bonhomme Nuit. Il titubait. Des centaines de papillons l'assaillaient. Il agitait les bras comme des moulinets et poussait des rugissements de dinosaure.

— C'est... C'est vraiment toi ?

— Pas tout à fait. Mon corps est dans un lit d'hôpital. Mais je ne suis plus dans le coma.

— T'es où ?

— C'est un peu comme si je dormais. Mais je ne dors pas. Je suis ailleurs. Et un peu ici aussi.

Elle s'est approchée. Elle a frôlé la main d'Alric, la mienne. C'était chaud, plus chaud encore que les papillons.

Le Bonhomme Nuit a poussé un rugissement. De la glace noire est tombée des voûtes, de l'eau noire a recommencé à couler sur les parois, puis le monstre a pivoté sur lui-même, style derviche tourneur, en faisant voltiger son long manteau : des centaines de papillons ont explosé au contact du vêtement.

Karl s'est approché de lui, les bras pliés à angle droit comme un champion de karaté prêt à frapper. Il n'a pas eu le temps d'esquisser le moindre geste. Le Bonhomme Nuit a levé la main d'un air rageur et Karl a roulé jusqu'à nous.

— *Pour qui me prenez-vous ?* a hurlé le monstre. *Je ne suis pas une simple pénombre ! Je suis votre Nuit ! Vos ténèbres !*

Il a attrapé son chapeau et l'a jeté en l'air. Le chapeau a tournoyé au-dessus de l'autel. À chaque tour, quelque chose de gros et de noir a été expulsé.

— Des corbacs ! a crié Alric.

Une flopée d'oiseaux se sont envolés en poussant des croassements. Ils ont fondu sur les papillons qui voletaient dans le chœur. Ils étaient rapides, beaucoup plus vifs que les insectes dorés. Ils croassaient, ouvraient leur bec, avalaient une dizaine de papillons à chaque battement d'ailes.

Le chapeau, qui paraissait avoir tourné au ralenti, est retombé sur la tête de son propriétaire. Le Bonhomme Nuit a pointé son index vers moi.

— *Je suis ta Nuit, je suis votre néant ! Je suis les guerres, les meurtres, les viols et le sang ! Je suis les famines, les fous, les tortures et les pleurs ! Je suis les temples qui sont tombés et les tours qui tomberont encore ! Je suis vos bassesses et vos bas-fonds ! Je suis ces mots que vous n'aimez pas entendre ! Je suis les suicides, tous les suicides, mon suicide et le vôtre ! Je suis ta souffrance, ta honte et tes larmes, mon ami ! Mais je ne suis pas une simple pénombre et je ne finirai pas dans l'oubli !*

La voix grondait comme le tonnerre. De la glace tombait. Des morceaux de marbre ou de plastique noir aussi. L'église tremblait. Les piliers oscillaient.

— *Pas l'oubli, oh non ! pas l'oubli...* a dit le Bonhomme Nuit, et son cri ressemblait maintenant à un sanglot.

Au milieu de la nef, la couche de scarabées semblait

de nouveau s'épaissir. Elle s'agitait comme un lac dans la tempête.

— Il faut l'empêcher, a dit Mélanie.

Je ne savais pas trop ce qu'elle voulait dire, mais j'étais d'accord. Il fallait l'empêcher. J'avais retrouvé mon petit frère, mon amie. Je ne voulais pas les perdre de nouveau. J'ai dit :

— Je m'occupe de lui. Occupez-vous des corbacs et des scarabées.

Mélanie a souri. Elle n'avait pas oublié le corbeau caché sous le pont. Elle allait prendre sa revanche.

— C'est comme si c'était fait...

Escortée par quelques papillons survivants, elle a sauté dans la masse grouillante d'insectes noirs. Les corbeaux ont croassé et se sont jetés sur elle. La marée de scarabées l'a recouverte.

Karl est passé à côté de moi. Il hurlait à pleins poumons, le poing levé comme un étendard. Je crois qu'il a crié quelque chose comme : « Goldorak, gooooooooo ! » Il a sauté à son tour dans les vagues noires et le tourbillon de plumes.

Alric m'a regardé. J'ai cligné de l'œil et j'ai dit :

— Je crois qu'ils ont besoin d'un pilote de chasse.

Il a foncé dans la mêlée comme Buck Danny piquant sur un ennemi.

Je me suis retourné, centimètre par centimètre.

Le Bonhomme Nuit me regardait. La tête de nouveau penchée, le chapeau à l'horizontale.

— *Intéressant, mon ami, amusant. Mais toute partie a sa fin. Pour la dernière fois, je te le demande : viens avec moi. Je hais la solitude.*

— Adieu.

Il a haussé les épaules. J'ai été soulevé et me suis retrouvé flottant au-dessus des scarabées. Une seconde plus tard, j'étais projeté contre un pilier noir, près du chœur. J'ai dit « ouf ! » en attendant la vague de souffrance... qui n'est pas venue.

Je suis retombé au pied du pilier, droit sur mes jambes. J'avais ressenti un choc, comme si quelqu'un venait de me plaquer contre un mur, mais un mur situé à dix centimètres derrière mon dos. Aucune douleur malgré un sacré vol plané !

Pendant une durée indéterminée, j'ai volé ainsi de piliers en travées, de la statue de saint Martin (qui a explosé sous le choc) aux marches de l'autel, avant d'atterrir aux pieds de mon tortionnaire. Je ne souffrais pas, mais les chocs successifs, les vols planés m'empêchaient de reprendre mon souffle. Le Bonhomme Nuit a crié :

— *VIENDRAS-TU AVEC MOI ?*

Je devais interrompre ce manège. Mes amis avaient disparu sous une mer de carapaces : il était urgent de leur venir en aide. Je n'avais rien d'autre pour me défendre que ma lampe torche, calée dans mon bermuda. J'ai mis ma main dans ma poche. La lampe était toujours là, mais une lampe n'est pas une arme.

J'ai pensé : *Jedi.*

J'ai pensé : *Métamorphose.*

En même temps j'ai visualisé un sabre laser. L'arme suprême, celle de Luke Skywalker dans *La Guerre des étoiles*. Combien de fois avais-je rêvé de tenir entre les mains un sabre laser ? Pas un truc en toc, pas un bâton en plastique, pas même un jouet sophistiqué avec diodes intégrées et son électronique. Non, dans mes rêves, éveillés ou nocturnes, le sabre laser était un vrai sabre laser. Le manche vibrait, la lame de lumière se déployait, flamboyait dans la pénombre. Et lorsque dans ma chambre je m'apprêtais au combat, tenant à bout de bras l'arme magique, j'entendais le son mythique, le dzium magique que chaque gamin de ma génération était capable de reconnaître entre mille autres sons. Il m'arrive, la trentaine passée, seul dans ma salle de bains, de plier les genoux, de regarder loin devant moi et, bras tendus vers la porte fermée, de faire jouer mes poignets en imitant le dzium du laser vibrant au-dessus de ma tête. Une fois, t'en souviens-tu, Tristan, tu es entré à cet instant et tu t'es moqué ! Vexé, je t'ai condamné à périr étouffé par le souffle rauque du seigneur Vador. Car ce geste n'est pas un simple jeu. Nous sommes à jamais des Jedi.

Lorsque je me suis relevé, le sabre vibrait entre mes mains. Il brillait dans la pénombre. J'ai regardé cette lame de feu. J'avais envie de la toucher, mais je savais qu'elle tranchait pour de bon. Elle vibrait, et ce n'était pas un rêve. J'ai bougé le poignet de manière imperceptible.

Dzium.

J'ai pleuré en même temps que je riais. Quand certains rêves d'enfance se réalisent, le reste du monde a l'insignifiance du vent.

Le Bonhomme Nuit regardait cette lame lumineuse qui se dressait entre lui et moi. Elle n'était pas blanche, ni verte, ni rouge. Elle était d'or. Je tenais en main un sabre laser en or, et je savais qu'il s'agissait de l'arme suprême.

Le Bonhomme Nuit a balbutié :

— *Co... Comment...*

Puis il a compris.

— *Tu y crois vraiment.*

La lame a tournoyé au-dessus de ma tête. Je savais comment faire. Le cinéma est une bonne école de combat. J'ai plié les genoux, tendu les bras. Le Bonhomme Nuit se tenait debout sur la troisième marche menant à l'autel. La lame dorée, vibrant comme un serpent, lui a fendu le ventre.

Le Bonhomme Nuit a reculé en titubant, ses mains gantées crispées sur son abdomen.

Exalté, j'ai contenu avec peine un hurlement de joie. Les vrais Jedi savent raison garder. Mon énergie, je devais la canaliser. La retenir pour mieux la libérer.

Protégé par mon armure d'or, j'ai sauté sur l'autel en faisant tournoyer mon sabre, moulinet à gauche, *dzium*, moulinet à droite, *dzium*. Elle grésillait, ma lame sacrée, elle vibrait ! Je sentais sa force irradier d'une chaleur bienfaitrice la paume de ma main, remonter jusqu'à mon épaule, irriguer mon cœur.

Le Bonhomme Nuit a tenté de me suivre des yeux. Une deuxième fois, je l'ai frappé au ventre.

Les billes noires qui habitaient ses orbites brillaient, non plus de haine ou de joie maléfique, mais de surprise. Il hoquetait.

J'ai bondi vers les voûtes, plus haut que jamais. Mon corps savait chaque figure, chaque geste, chaque passe. Il en avait tant de fois rêvé ! Je l'ai laissé faire, grisé de liberté : salto avant, réception parfaite, virevolte. *Dzium.* Mouvement tournant du sabre laser, fente...

Estocade !

Une troisième fois, le ventre du Bonhomme Nuit s'est ouvert.

J'étais face à lui, à peine essoufflé. J'ai vu ses lèvres hideuses trembler. Son chapeau est tombé à terre, libérant ses cheveux hirsutes.

La lame de mon sabre est rentrée dans le manche, en or lui aussi. Je n'avais pas actionné d'interrupteur. Le sabre et moi savions que le combat était terminé.

Le ventre du Bonhomme Nuit était déchiqueté. Trois plaies couraient d'un bout à l'autre de son corps. Trois plaies béantes. Tout était noir et palpitant à l'intérieur. Un liquide noir a commencé à s'échapper des ouvertures.

Les papillons sont arrivés. Des dizaines de papillons dorés, ceux qui avaient survécu au massacre des corbeaux. Les papillons ne voletaient plus de-ci de-là. Ils filaient en ligne droite, aussi véloces que les scarabées. Ils savaient où ils allaient : vers les plaies.

Le Bonhomme Nuit s'est mis à hurler. Il agitait les mains pour chasser les papillons, mais ses mouvements n'étaient plus aussi rapides. Les papillons l'évitaient, et lorsqu'ils étaient touchés, ils n'explosaient plus. Ils tombaient au sol puis repartaient, obstinés, droit sur les plaies.

Le Bonhomme Nuit s'est plié en deux. Il a frappé l'autel et l'autel a volé en éclats noirs. Au fond du chœur, dans l'obscurité, quelque chose de très lourd est tombé. J'entendais des chocs derrière moi, dans la nef et sous les collatéraux.

Le Bonhomme Nuit a ouvert la bouche. Il ne criait plus. Des rayons dorés ont fusé d'entre ses dents, puis de ses yeux, de ses oreilles, de ses plaies au ventre, de partout.

Le Bonhomme Nuit a explosé. Des morceaux noirs et gluants sont partis dans toutes les directions. Certains se sont écrasés sur ma poitrine, sur mes bras, sur mes jambes, puis sont tombés à terre, fondant comme du beurre dans une poêle brûlante, se transformant en un liquide épais et noir.

À la place du Bonhomme Nuit, devant les décombres de l'autel, une petite silhouette était recroquevillée sur la troisième marche. La silhouette s'est redressée. Elle était un peu plus grande que moi. Elle était noire comme j'étais d'or. Elle luisait, de la même manière que les parois et les piliers de l'église.

La silhouette m'a regardé. Des franges noires tombaient sur son front.

J'ai dit :

— Maël ?

La silhouette a bondi sur le côté en direction du porche latéral, celui qui donnait sur la muraille sud et sur le précipice. En courant derrière elle, j'ai entendu un grand fracas.

La porte de bois, défoncée, pendait de guingois.

J'ai senti le souffle du vent sur ma peau. Dehors, il faisait nuit. La lune éclairait le Chemin de Ronde. La silhouette se tenait sur le muret, près des quatre tombes.

Il y a eu du bruit derrière moi. Je me suis retourné. Karl, Alric et Mélanie étaient là, toujours couverts de leur armure en or.

— Il n'y a plus de scarabées, ni de corbacs, a dit Karl. Ils ont explosé et sont devenus liquides.

J'ai hoché la tête pour dire que je comprenais.

La silhouette noire nous contemplait toujours.

J'ai tendu la main et j'ai répété :

— Maël ?

La silhouette a basculé en arrière. Cette fois, je n'ai pas hurlé, je n'ai pas pleuré. J'ai marché vers le muret. La silhouette noire avait disparu. Au pied de la muraille, à la place de l'avenue de la République, coulait une rivière de ténèbres.

Nous étions tous les quatre, debout les uns près des autres, devant le muret. Je suis resté immobile, fasciné par le fleuve qui descendait du bourg et roulait jusqu'aux prairies obscures.

Mélanie a dit :

— Regarde !

Mes amis contemplaient les quatre tombes. Je me suis approché. Sur la première, j'ai lu « Francis-Emmanuel, 13 juillet 1980 », sur la deuxième, « Sébastien, 13 juillet 1980 ». Sur la troisième, il y avait « Mélanie, ? ? août 1980 », mais l'épitaphe peu à peu s'effaçait. Sur la quatrième était écrit « Marc Dulac, 13 juillet 1978 ». Le père de Maël !

En dessous, en plus petits caractères, il y avait d'autres noms : Christelle Lerond, Marco Gaspar, Steve Gaspar, le nom des gens dont nous avions retrouvé le cadavre, dans le wagon et dans la rivière, et tout en bas : « La multitude qui viendra. »

Le sol a oscillé. Nous avons couru pour rejoindre la petite place et nous sommes cachés derrière le monument aux morts. L'église avait repris son ancienne apparence, taille tout à fait normale et murs sombres, mais en granit, pas noirs et lisses. Lorsque nous nous sommes accroupis derrière les obus cuivrés, les derniers reflets d'or avaient quitté nos vêtements. Je serrais toujours, dans ma main droite, la lampe torche : elle n'avait plus rien d'un sabre laser.

Alors que nos cœurs s'apaisaient, nous avons regardé le coq tomber de son perchoir, les contreforts et les pignons s'effondrer, la voûte s'affaisser, et une bonne moitié de l'église glisser vers l'avenue de la République dans un effroyable grondement.

Chapitre 22

Les secrets des ténèbres

Une semaine a passé, jour après jour, heure après heure. Le temps n'est pas uniforme : après les événements qui s'étaient déclenchés en cascade, il s'est étiré comme un bief sous le soleil. Nous sommes rentrés à la maison quelques heures après l'anéantissement de l'église. Ma mère a piqué une crise de nerfs (ce qui ne m'a pas arraché une larme), m'a fait promettre de ne jamais recommencer (j'ai failli rire) et m'a renvoyé deux jours plus tard chez le psy.

J'ai répondu à toutes les questions du médecin en racontant les choses de la manière dont elles s'étaient déroulées. Je n'ai menti qu'une fois, par omission : je n'ai pas évoqué la ressemblance entre la dernière silhouette noire, celle qui avait sauté par-dessus le muret du Chemin de Ronde, et Maël. Ce n'était pas un mensonge calculé : j'avais décidé d'oublier cet épisode parce que je n'étais certain de rien. J'ai su plus tard qu'Alric et Karl avaient fait de même sans que nous nous soyons consultés. Sur tous les autres points, j'ai dit la vérité. Le psy a expliqué à papa et maman que je croyais dur comme fer à ce que je disais, que j'avais été très perturbé par la mort de mes amis, que j'avais une imagination digne de Jules Verne. Ma mère a approuvé en bloc. Le psy a pris un air grave et, tout en encaissant le chèque de la consultation, a dit à mes parents : « Ce garçon a besoin de repos, de beaucoup de repos. » J'étais d'accord avec ce bon docteur.

Je n'étais cependant pas dupe : je savais que le psy avait été troublé, mais assez malin pour ne pas le montrer. Il avait reçu Karl et Alric dans son cabinet ; il savait que Mélanie était sortie du coma la nuit de l'église, que ses jours n'étaient plus en danger, qu'elle se rétablissait. Il avait parlé avec mon père, et mon père aussi était préoccupé. Papa pensait surtout à Maël, qui restait (vivant ou mort) introuvable. Il ne comprenait rien à cette histoire de bonhomme noir avec un haut-de-forme sur la tête – sans doute un clochard, mais où s'était-il envolé ? –, et les événements du 13 juillet n'avaient pas été résolus. Beaucoup de mystères qui baignaient plus ou moins dans l'irrationnel restaient en suspens : de quoi perturber un flic habitué à lutter contre des vols de voiture ou des incendies suspects.

Au moins, l'effondrement de l'église – on déplorait sept blessés, dont le dentiste, mais pas de mort – avait-il une explication logique : un glissement de terrain. La colline n'avait pas été assez consolidée au XXe siècle, et c'était une erreur. « Il aurait fallu renforcer les murailles. Cette catastrophe était prévisible et j'avais déjà alerté les autorités à ce sujet », avait déclaré un géologue dans *Ouest-France*. Selon ce spécialiste, le schiste qui constituait l'essentiel de la colline n'avait pas résisté aux énormes pressions subies depuis plus d'un siècle. Le chœur était encore debout, mais la plus grande partie de la nef avait basculé dans le vide.

J'étais content pour mon père que des types sérieux et intelligents aient proposé une hypothèse rationnelle : papa n'avait pas aimé l'histoire de la bataille entre le Bonhomme Nuit et les papillons dorés consignée par le psy. Pour papa comme pour le psy, mon imagination débridée, dopée par les événements traumatisants des semaines passées, par l'attaque du clochard dans l'église et par le glissement de terrain, était la clé de mes élucubrations. Au point, avait remarqué le docteur, que j'avais persuadé Alric et Karl de croire en cette version de l'histoire. Peut-être même avais-je été, selon lui, à la source de ce qu'il appelait une « hallucination collective » ou une « apparition partagée ».

J'ai creusé ces idées, je les ai retournées dans ma tête durant une semaine, puis j'ai décidé d'aller voir la mère de Maël.

Héroïko galopait sur le chemin de halage. Je voulais rentrer vite à la maison et ne pas inquiéter maman. Le mot d'ordre pour le reste des vacances était : profil bas. Cinq jours plus tard, nous devions nous rendre chez grand-mère dans le Finistère. Nous y resterions jusqu'à la fin août, et je comptais me comporter en enfant modèle au bord de la mer. Bronzer, dormir, manger, sourire : je serais le parfait zombie.

On était le lundi 11 août. Les taches de soleil dansaient sur le chemin et sur le bord du canal. Il faisait un peu moins chaud qu'au mois de juillet, et c'était tout aussi bien. L'écluse est apparue au pied du coteau arboré. L'endroit paraissait désert. J'ai appuyé mon vélo contre la haie et poussé le petit portail. La porte de la maison était grande ouverte.

Il n'y avait personne au rez-de-chaussée, seulement des bouteilles partout, sur la table, sur la commode, par terre. J'ai appelé. Pas de réponse. J'ai pris l'escalier. L'odeur était atroce au premier étage. Un palier, une porte ouverte. Madame Dulac était assise sur un lit, les mains posées sur une bouteille de rouge presque vide. Elle avait calé la bouteille entre ses genoux et regardait par la fenêtre en direction du canal. Je n'étais jamais entré dans cette pièce. Il y avait un poster de Dark Vador sur le mur

de droite. Les autres murs étaient aussi vides que ma gorge était sèche. Dans cette pièce aussi, il y avait des bouteilles partout, et beaucoup de boîtes de conserve. La plupart de ces boîtes étaient ouvertes, certaines renversées et moisies. Ça sentait les poubelles stagnant sous le soleil.

Madame Dulac portait la même robe que l'autre fois, en beaucoup plus sale.

Elle va finir dans la maison des fous, ai-je pensé.

J'ai dit :

— Bonjour, madame. Pardon de vous déranger.

Elle a sursauté.

Son regard était vide. Le blanc de ses yeux était piqueté de nuées de points rouges.

— Ouais, c'est qui ?

— Pierre. Pierre Launay.

Une barre est apparue sur son front.

— T'es l'ami de Maël ? Le fils du flic ?

— Oui.

— Qu'est-ce que tu veux ?

— Discuter.

Elle a bu une gorgée.

— Discuter de quoi ?

— De plusieurs trucs. De...

— Et puis quoi encore ? Dégage, t'es flic.

— Non, je ne suis pas flic.

— Ton père ou toi, c'est pareil.

— Maël et moi, on était amis.

Elle a bu une autre gorgée et a roté. Un rot balèze de mec carburant à la bière.

— De quoi tu veux qu'on cause ?

— Est-ce que Maël vous a déjà parlé d'un Bonhomme Nuit ?

Elle m'a tendu la bouteille.

— Une gorgée ?

— Non.

— Tant mieux. Le Bonhomme Nuit, c'est un truc que je lui racontais quand il était petit, quand il était pas sage. Je lui disais : « Sois sage ou le Bonhomme Nuit va venir ! » Comme la fée Carabosse. Sauf que la fée Carabosse, à côté de ce salaud, c'est une sorcière de Walt Disney. Le Bonhomme Nuit fait pas de cadeau. Il a toujours fait ce boulot-là, il connaît son affaire ! Ma grand-mère, elle me parlait déjà du Bonhomme Nuit. C'est un truc breton, ce Bonhomme Nuit, comme les korrigans et l'Ankou. « Le Bonhomme Nuit, il vient chercher les enfants pas sages », qu'elle disait en montrant la porte ouverte sur la nuit et le froid. « Il les emporte, loin et pour toujours », qu'elle disait. C'est ça, le Bonhomme Nuit. Il vient la nuit évidemment, sinon il s'appellerait pas le Bonhomme Nuit ; il s'appellerait le Bonhomme Jour.

Elle s'est esclaffée. Son corps a tressauté sur le lit. La bouteille est tombée par terre. Elle a juré.

— Le Bonhomme Nuit, il était comment ? ai-je demandé.

— Comment quoi ?

— Il ressemblait à quoi ?

— Bah, j'en sais rien, c'est une légende. T'es demeuré ou quoi ?

— Il avait pas un chapeau haut de forme ?

Madame Dulac m'a regardé avec des yeux qui n'étaient plus vides. Il y avait beaucoup de surprise dans le blanc-rouge et au milieu. Puis des souvenirs sont arrivés. Et des larmes ont coulé sur sa peau sale.

— Qu'est-ce que tu racontes, morveux ? Un chapeau quoi ?

Je savais qu'elle avait compris.

— Haut de forme. Comme les bourgeois du XIXe siècle.

Elle a dit :

— Je sais ce qu'est un chapeau haut de forme. J'suis bourrée, pas conne. Va me chercher une bouteille dans la commode en bas. Le tire-bouchon est dessus.

Je suis descendu. J'ai pris la bouteille et le tire-bouchon et je suis revenu. La mère de Maël n'avait pas bougé.

— Tu veux vraiment tout savoir ? a-t-elle demandé.

Elle ne me regardait plus. Elle regardait le canal par la fenêtre.

— Oui.

— Qu'est-ce que tu diras à ton père ?

— Rien.

— Peut-être qu'après tu pourras plus jamais dormir...

— Je peux déjà plus dormir.

Elle a acquiescé.

— Tu as vu mon fils, je veux dire depuis sa disparition officielle ?

J'ai laissé filé des secondes de silence.

— Je pense.

Elle a de nouveau acquiescé et a soupiré, puis elle a parlé, longtemps.

— Il y a trois ans, nous vivions tous les trois loin d'ici ; je pourrais te dire l'endroit, mais tu t'en foutrais, c'était un coin paumé de l'arrière-pays niçois, c'est suffisant à savoir. Marc, mon salopard de mari, travaillait dans le cinéma et pour la télé. Pas comme acteur – les gens pensent toujours qu'il n'y a que des acteurs dans le cinéma –, mais comme scénariste. Il gagnait bien sa vie, ce salaud. On avait une grande maison au soleil, de quoi vivre sans compter, pas comme quand j'étais gosse au fin fond de cette foutue Bretagne. Je m'occupais de Maël, c'était bien. Marc avait des cernes sous les yeux plus souvent que la normale, mais on vivait tranquille. J'avais des robes chouettes, pas ce genre de torchon...

Elle a froissé sa robe grise, puis a débouché la bouteille.

— Marc s'absentait régulièrement, pour des films. Par hasard, j'ai compris qu'il y avait en lui des zones d'ombre, des ténèbres. Plus que dans n'importe quel caveau en pleine nuit ! J'ai découvert ses soirées confidentielles, ses plaisirs interdits, les orgies et les desserts qu'il vaudrait mieux pas que t'imagines... Pendant une semaine j'ai pleuré, pendant une autre semaine j'ai cassé des assiettes, puis j'ai commencé à picoler. J'avais bien le droit d'avoir mes moments de bonheur, de gerber comme tout le monde dans le lavabo, non ?

Elle me regardait.

— Je sais pas, ai-je dit.

— Normal, t'es un mec. Un futur père de famille. Un brave mec.

Elle a porté la bouteille à ses lèvres et l'a descendue d'un bon tiers avant de s'arrêter.

— Les ténèbres l'ont pas lâché, jamais ! Un jour qu'il avait pris la BMW pour emmener Maël se balader, je les ai vus revenir bizarres. Maël avait les genoux sales et il avait pleuré. Marc m'a expliqué qu'il était tombé, et j'ai pas insisté. J'ai su plus tard ce qui s'était vraiment passé, quand Maël m'a raconté, mais je m'en suis doutée à l'instant où je les ai vus revenir. Tu vois ce que je veux dire ?

Je ne voyais pas trop, mais quelque chose, quelque chose de froid au creux de mon estomac, le pressentait.

— T'as un air d'abruti. Tu veux un dessin ?

— Non.

— Il a recommencé souvent, après ça. Maël me le disait. Et il ajoutait, en me regardant avec ses grands yeux mouillés : « Le Bonhomme Nuit, il existe. Il a attrapé papa. »

Madame Dulac a reniflé et s'est mouchée dans sa robe, puis a relevé la tête. Ses yeux étaient rouges.

— Tu comprends ce que ça veut dire ? Ça veut dire qu'il pensait que son père était innocent. Il croyait (ou il faisait semblant de croire) que c'était le Bonhomme Nuit qui lui faisait subir ces choses en entrant dans la tête de son père. Il disait jamais « papa », il disait « le Bonhomme Nuit ». Et il disait que le Bonhomme Nuit avait un chapeau haut de forme sur la tête. J'ai jamais su pourquoi il ajoutait ça.

Durant les deux minutes qui venaient de s'écouler, j'avais vieilli de cinq ans. J'ai compris que le monde pouvait être plus dégueulasse encore qu'un cadavre de femme flottant à la surface d'un canal. Madame Dulac a continué :

— Je savais pas quoi faire. J'en ai parlé à Marc. Il a même pas nié. Il s'est mis à pleurer. Je savais pas quoi faire, alors j'ai rien fait. Tu comprends pas ? Tu trouves ça dingue ? J'vais te dire, mon p'tit gars, mon p'tit fils de flic, pourquoi j'ai fermé ma gueule de poivrote : je voulais pas que mon mari aille en prison. Je voulais pas, c'est simple, non ? Je travaillais pas, alors qu'est-ce qu'on aurait fait, hein ? Qu'est-ce qu'on aurait fait sans fric, Maël et moi, sans rien à bouffer ? Tu peux me le dire, toi ? Je savais pas quoi faire, putain, et arrête de me regarder comme ça ! Tu sais ce que c'est l'enfer, toi ? Moi je sais !

Elle a bu le restant de la bouteille.

J'avais envie de lui sauter au visage en hurlant.

— Ça a continué comme ça pendant un an. Ensuite, Marc a disparu. Les flics ont dit qu'il était parti, voilà. Ils ont demandé s'il avait eu des problèmes avec des amis ou des gens de la famille. J'ai dit qu'il buvait beaucoup. Ils savaient déjà. Ils m'ont expliqué sur le coup qu'il avait sans doute voulu changer de vie.

— Mais vous n'avez rien dit pour Maël.

— Tu connais la réponse, alors pose pas des questions idiotes, c'est une méthode de flic.

Je me suis levé et j'ai quitté la pièce.

— Hé, reviens ! Dis-moi où t'as vu mon fils !

J'ai dévalé les marches et je suis sorti de la maison. J'ai dégueulé contre la haie.

Elle a ouvert la fenêtre, à l'étage. Elle hurlait.

— Où t'as vu mon fils ? Dis-moi ! Où tu l'as vu ?

J'ai enfourché Héroïko. Des bouteilles vides ont commencé à éclater autour de moi. J'ai appuyé sur les pédales et je me suis éloigné de l'écluse. J'entendais les hurlements de la femme.

On a retrouvé son corps trois jours plus tard flottant entre les bajoyers. Je n'ai jamais prié pour elle.

Arrivé chez moi, j'ai vu la voiture de papa garée devant la maison. Il profitait d'une journée de congé ou de quelques heures de repos.

Dans la chambre d'amis, près du canapé pliant, il avait installé un petit bureau, qu'on déplaçait quand quelqu'un, grand-mère par exemple, venait dormir à la maison. La porte était entrouverte ; je l'ai poussée. Papa lisait des papiers – il y en avait des piles sur son bureau – et prenait des notes. Il penchait la tête et j'ai remarqué que son crâne était un peu plus dégarni qu'au début de l'été, mais peut-être n'était-ce qu'une illusion. Le monde est plein d'illusions.

Il a levé les yeux et a cessé d'écrire. Il m'a observé – il observait beaucoup les gens, c'est peut-être pour ça qu'il est devenu flic – et il m'a dit que je pouvais entrer, rien de plus. C'était sa méthode : ne jamais brusquer les gens, les laisser venir, les écouter, puis lancer quelques questions. Mon père aurait pu être pêcheur.

Je me suis assis sur le canapé pliant.

— Je voudrais savoir des trucs sur les meurtres, ai-je dit.

— Oui. Tu veux savoir quoi ?

Il ne répondrait peut-être pas, mais il désirait savoir pourquoi je voulais ces informations et il attendrait le bon moment pour m'interroger sur ce point. Surtout ne pas me bousculer, juste m'écouter. On peut trouver bien des réponses dans certaines questions. Mon père avait la ruse d'un bon pêcheur, mais j'étais son fils.

— Les gens retrouvés morts, c'est un fou qui les a tués ?

— De quels gens veux-tu parler ? Il y a eu beaucoup de morts, ces temps-ci...

Mon père savait de qui je voulais parler. Sa question avait la forme d'un hameçon. Les frères Gaspar n'avaient pas été retrouvés, je l'avais lu dans le journal. Aujourd'hui, devant le clavier de mon ordinateur, je m'interroge encore : y a-t-il des os quelque part sous l'humus, pas loin de l'étang des Maffrais, peut-être au fond du lac, ou ont-ils été pour toujours emportés dans le Puits du Bonhomme Nuit ? À l'époque en tout cas, ils étaient portés disparus, tout comme Christelle Lerond. Karl et moi avions été interrogés sur ce point. Nous avions dit la vérité pour l'église, mais passé sous silence la découverte du cadavre de Lerond et la confrontation avec les frères Gaspar. Dans les deux cas, nous aurions fait de sérieux suspects. D'ailleurs, le reste de notre histoire était tellement abracadabrant que ces mensonges n'étaient pas risqués. Mon père n'avait cependant pas été nommé inspecteur pour ses talents de footballeur. J'ai énuméré les cadavres que j'avais en mémoire :

— Celui qu'on a trouvé dans le wagon et la femme noyée dans le canal.

— Officiellement, ce sont des suicides.

— Je sais. Mais toi, tu penses que ce sont des meurtres ?

— Oui.
— À ton avis, c'est le même fou pour les deux ?
— Oui.
— Mais il ne leur a pas fait la même chose ?
— Non.
— Pourquoi tu penses que c'est le même ?
— Il les a forcés à se mutiler et à mourir.

Il s'est appuyé contre le dossier de sa chaise, a passé une main sur son crâne dégarni.

— Pierre, je pense que tu t'en doutes : tout ce que je te dis ici est confidentiel. Je te fais confiance, OK ?
— Je ne dirai rien.
— Ta mère serait furieuse si elle m'entendait parler de

ça. Très furieuse. Mais je pense deux choses : un, tu es assez grand pour entendre ces détails ; deux, tu as vécu pas mal de trucs bien pires que ça ces temps-ci. Et il vaut mieux des réponses claires, même si elles font peur, que des questions qui tournent tout le temps dans la tête, hein ?

J'ai opiné. Je savais où il voulait en venir. C'était un marché. Chacun ses questions, chacun ses réponses.

— Oui, ai-je répondu. Ça vaut mieux.
— Bien. Tu as encore des questions ?
— Oui. Si le fou a obligé les gens à se mutiler, pourquoi il l'a fait de cette manière ? Par exemple, il a demandé à l'homme de se couper les doigts, pourquoi ? Et pourquoi pas à la femme ?

Mon père m'a regardé trente secondes sans bouger, sans même cligner des yeux.

— C'est une question bougrement intéressante. Comme il s'agit officiellement de suicides, nous ne sommes pas nombreux à nous l'être posée. Quatre exactement : moi, le médecin légiste qui s'est occupé des corps et un psychiatre que je connais, à qui nous avons parlé. Le quatrième, c'est toi. Tu veux savoir nos conclusions ?

— Je veux bien.

— Tu connais les cinq sens ? L'ouïe, la vue, le toucher...

— Le goût, l'odorat.

— Je ne suis pas psychiatre, mais je vais tenter de t'expliquer. Je vais employer des mots d'adulte : tu ne diras rien à ta mère ni à personne. Le tueur – en admettant qu'il ne s'agit pas de suicides – s'est attaqué aux sens. Il a voulu faire passer un message en deux parties, à l'aide des deux corps, OK ? Le mort du wagon avait le pénis coupé, les lèvres arrachées, les doigts tranchés. Je suppose que tu t'en souviens. On pense que le tueur a été victime de quelque chose, un événement horrible, traumatisant, et qu'il a voulu expliquer ce qu'il a vécu. Sans doute un viol. Tu sais ce qu'est un viol ? Bon. Dans un viol, on utilise le sexe, les doigts, les lèvres, enfin en général...

Papa s'est arrêté. De nouveau, il a passé une main sur sa calvitie naissante. Peut-être pensait-il qu'il allait trop loin, que je n'avais que onze ans et demi, mais aussi que je n'étais plus tout à fait un enfant, que ce genre de révélation pouvait m'aider à encaisser les chocs successifs. Et puis, papa était convaincu que je lui cachais des choses importantes : un traitement radical pouvait m'inciter à les révéler.

— Je continue ? a-t-il demandé.

— Oui.

— La femme dans le canal n'avait plus d'yeux, plus de

langue, plus d'oreilles. Avec ses yeux, on fait quoi ? On regarde. Avec sa langue, on parle, avec ses oreilles, on entend. C'est le propre d'un témoin. Peut-être que notre tueur a été victime d'un viol, que quelqu'un a tout vu et entendu mais n'a rien dit. Notre tueur est très en colère à cause de cela. Ses cinq sens ont été violés, et il a gravé cette horreur sur les deux victimes.

Il m'était difficile d'empêcher mes mains de trembler. Mon père, sans le savoir, avait assemblé une à une les pièces du puzzle.

J'avais envie de pleurer et de vomir une nouvelle fois. Si mon père avait espéré me rassurer en m'expliquant les choses comme à un grand, il s'était trompé. Il y avait un immense vide en moi.

Ensuite, papa m'a posé quelques questions. Pourquoi je voulais savoir ça ? J'ai dit que je faisais des cauchemars tout le temps en pensant aux deux cadavres, que je ne comprenais pas pourquoi ils étaient morts et pourquoi ils avaient été mutilés. Est-ce que j'avais vraiment dit toute la vérité pendant l'enquête, est-ce que je n'avais rien oublié ? J'avais dit la vérité et je n'avais rien oublié. Est-ce que je rêvais au Bonhomme Nuit ? Non, plus du tout, je faisais juste des cauchemars à cause des cadavres. Lesquels ? Celui du type au stade et celui de la noyée. Est-ce que je savais qui ce drôle de bonhomme noir pouvait représenter ? Personne, c'était juste le Bonhomme Nuit. Ce Bonhomme Nuit avait pu enlever Maël ? Oui, c'était ce qui s'était passé à l'église le 13 juillet. Donc Maël avait disparu pour toujours ? Sans doute. Est-ce que je connaissais la mère de Maël ? Pas bien, juste de vue. L'avais-je rencontrée depuis la catastrophe à l'église ? Non. Est-ce que

Maël m'avait déjà parlé de son père ? Juste une fois pour dire qu'il avait disparu.

— Il n'a pas disparu, il s'est suicidé, a déclaré mon père en fronçant les sourcils. Il s'est pendu en Provence, au milieu d'une forêt.

Ma mère a crié « À table ». J'ai quitté le bureau de mon père sans qu'il ait rien appris de bien intéressant. Je n'ai pas mangé grand-chose, puis je suis parti à pied en direction de l'église démolie. L'avenue de la République, au pied de la colline, n'était qu'un champ de gravats. J'ai traversé l'immense chantier désert (c'était l'heure de la pause, les ouvriers étaient allés manger). Il faisait plus de vingt-cinq degrés et la sueur coulait sous mon T-shirt. Quand j'ai passé la barrière du stade, j'ai vu qu'il était désert lui aussi et que, sur la pelouse grillée, il faisait encore plus chaud. J'ai entendu des bruits de verre cassé au loin. Quelqu'un s'amusait à jeter des bouteilles du côté du wagon désaffecté.

Chapitre 23

Le dernier combat

Le bois du wagon craquait sous le soleil. J'étais arrivé là sans avoir conscience de m'être déplacé.

Je suis entré. À l'intérieur, Maël était habillé comme le jour de la fête des Fleurs : jean coupé en guise de bermuda et T-shirt blanc mille fois porté, tous deux en lambeaux. Ses cheveux étaient collés par la graisse, et sa peau avait bruni, sans doute à cause du soleil mais aussi de la crasse.

Maël était appuyé contre le bar déglingué, un sourire asymétrique sur son visage couvert de terre et de poussière. Je voyais sa main gauche ; l'autre était cachée derrière son dos.

J'ai dit :

— Salut Maël.

Il y a eu trente secondes de silence.

Maël a dit :

— Tu m'as manqué, Pierre !

Il y avait des larmes dans ses yeux, et ces larmes étaient sincères, je le savais. J'ai compris à cet instant que si les événements de l'été m'avaient perturbé, Maël, lui, avait quitté notre galaxie spiralée pour d'autres éternités. J'ai senti, moi aussi, de l'humidité sous mes paupières.

Le sourire de mon ami s'est élargi.

— Tu sais, ne t'inquiète pas, je crois que je l'ai semé...

J'ai haussé les épaules et je n'ai pas répondu. J'en étais incapable. Maël a cru que je n'avais pas saisi.

— Le Bonhomme Nuit, je l'ai semé. Il n'est pas revenu !

Je me suis mis à pleurer pour de bon.

— Il est pas mort, Maël... Il est pas mort...

Je sanglotais. Maël – sa main droite toujours cachée derrière son dos – a souri de plus belle :

— Si, si, il est mort, je te jure ! Je me suis caché. J'ai

attendu longtemps, très longtemps, même la nuit, mais il n'est pas revenu, jamais. Je crois qu'on l'a tué, le jour de la fête des Fleurs.

J'ai répété :

— Il est pas mort...

Puis j'ai fait un effort pour arrêter de pleurer et j'ai ajouté :

— T'as pas dû le voir. Il est passé et tu l'as raté.

Maël a froncé les sourcils.

— Tu l'as vu, toi ?

J'ai confirmé.

Maël m'a regardé, bouche bée.

— Écoute, Pierre, je connais bien le Bonhomme Nuit. Je suis sûr qu'il n'est pas revenu.

— Il a tué Christelle Lerond, et aussi Marco et Steve Gaspar.

Maël ne souriait plus. Il a passé sa main gauche dans ses cheveux sales.

— Toi, je t'ai protégé, a-t-il murmuré.

— Je sais.

— Alors je ne comprends pas...

— Oh Maël, ai-je dit à travers mes larmes. Je suis désolé.

Il s'est approché de moi. Il avait l'air inquiet, comme s'il me découvrait malade... ou comme s'il commençait à entrevoir une partie de la réalité. Je ne voyais toujours pas sa main droite, dissimulée derrière ses reins.

— Pourquoi es-tu désolé ? Je ne comprends pas...

J'ai vu qu'il devenait noir, tout noir. Son visage, ses vêtements, ses cheveux, ses yeux. Il devenait couleur de nuit.

— Pourquoi es-tu désolé ? Pourquoi ? *Je* suis désolé, *je* suis désolé que des gens soient morts. Pourquoi es-tu désolé *toi* ?

— Arrête !

— Quoi ? Pourquoi es-tu désolé ? *POURQUOI ?*

Dans sa voix, les graves alternaient avec les aigus. Rien à voir cependant avec les stridulations d'un adolescent en train de muer. Les graves sortaient des profondeurs de la terre : ils évoquaient les caves, les tombeaux, la mort. Les aigus me faisaient penser à des cordes de violon torturées par un mauvais musicien.

Maël m'a bousculé. J'ai roulé par terre, à l'extérieur du wagon. Il y avait des canettes de Coca, d'Orangina, de Heineken, de Kronenbourg tout autour de moi. Je me suis mis sur le dos. Des élancements remontaient de ma cuisse blessée, pas encore guérie. Des cailloux se sont incrustés entre mes vertèbres, peut-être des bouts de verre aussi. Maël était debout dans l'encadrement de la porte du wagon.

— Pourquoi es-tu désolé ? *POURQUOI ? MOI, JE SUIS FATIGUÉ !*

La sueur coulait sous mes bras. La chaleur tapait sur mes jambes. Elle cognait sur mon front, sur mes sinus, me grillait les rétines. Maël était noir, noir de haut en bas, noir comme moi, Alric, Karl et Mélanie avions été d'or. Le timbre de Maël avait laissé place à la voix caverneuse du Bonhomme Nuit.

Il était debout devant moi, une main ouverte pour dire qu'il ne comprenait pas, l'autre planquée derrière ses fesses. Derrière lui, je voyais le vieux wagon ; les poussières valsaient dans la lumière qui passait à travers les lattes disjointes des parois. Autour de moi, des orties, des ronces, des herbes sauvages. Par terre, des dizaines de bouteilles, la plupart éclatées. Des tessons qui scintillaient sous le soleil et pouvaient déchirer la peau. Personne en vue. Personne à portée de voix.

— T'étais où ? ai-je demandé. T'étais où tout ce temps ?

— Dans les bois ! J'étais dans les bois, ou ici, ou près du canal, ou à l'école, ou sous le pont, ou planqué à côté de l'écluse et de ma mère ! *POURQUOI ES-TU DÉ-SO-LÉ ?*

Maël a ramené sa main droite devant son ventre. Il tenait par le goulot une canette de Coca brisée, qu'il a brandie au-dessus de mon corps. Les arêtes de la bouteille brillaient dans le soleil.

— Je sais ce qu'est devenu ton père ! ai-je crié.

Maël-en-Noir a souri. Il pensait pour de bon que j'étais malade, mais pas de la grippe. Il pensait que j'étais malade de quelque chose du côté du cerveau. Il voulait me préserver.

Et me guérir. Il veut me guérir.

Il a dit calmement :

— Hé, je sais où est mon père, il s'est suicidé. / *Mon père, je l'ai buté ! C'était un salopard !*

— Tu... Tu l'as buté ?

— *Oui.* / Arrête de dire n'importe quoi, il s'est suicidé. / *Ouais, bingo.*

Sa voix sautait, retombait, montait.

— Tu l'as forcé à se pendre ?

— J'ai rien forcé du tout. / *Oui, je l'ai... poussé.* / Mon père a eu l'idée de se pendre et il l'a fait.

— Mais tu étais avec lui.

— *Oui.* / Non.

— Tu l'as forcé.

— Peut-être que le Bonhomme Nuit l'a forcé. / *Il a obéi, ce salopard.*

— Le Bonhomme Nuit, c'est toi.

Maël-en-Noir n'a pas répondu.

— Tu as tué le type ici, ai-je repris, et la femme noyée dans le canal. Et Christelle Lerond, tu l'as forcée à se pendre parce qu'elle savait des choses sur toi, sur tes parents. Elle avait tout compris et elle voulait entrer dans la bande. Tu les as forcés à se tuer ! Tu les as tous tués. Tu les as pas touchés, mais tu les as tués !

Maël-en-Noir a haussé les épaules.

— Je ne vois pas ce que tu veux dire. / *Tu commences à m'emmerder, Pierrot-le-Pissot. Ils méritaient pas de vivre. Ces petites frappes se sont mises en travers de mon chemin. Et l'emmerdeuse savait trop de choses. Elle aussi, elle avait reçu les visites du Bonhomme Nuit !*

— Tu voulais expliquer le viol !

— Tu délires. / *Je suis* FATIGUÉ.

— Je sais (le soleil me brûlait les cuisses). Tu es fatigué. Personne ne t'a écouté.

— Personne. / *Les salopards.*

— Même pas ta mère.

Maël-en-Noir s'est accroupi. J'étais toujours allongé sur le dos. Il me scrutait de son regard noir, ses jambes nues pliées entre mes chevilles, ses mains pendant devant ses genoux. Le verre de la bouteille scintillait à vingt centimètres de mes cuisses.

— Tu connais ma mère ? / *Tu la connais, Pierrot ?*

— Oui.

— Tu la connais bien ? / *T'as fait des choses avec elle ?*

— Elle m'a raconté. Elle m'a dit que, la nuit, elle entendait ce que faisait ton père. Elle pleurait, mais elle a jamais rien dit.

— Comment va-t-elle ? / *Comment va la pute ?*

— Mal. Je... Elle boit beaucoup.

— Elle buvait déjà avant. / *On va pas la plaindre, hein Pierrot ?* / Elle boit encore plus maintenant. / *Pas facile de rester sobre quand on baise pour bouffer.*

— Avant quoi ?

— Avant le premier viol.

Il m'a regardé. Il était noir, mais plus tout à fait. La couleur de sa peau variait sans cesse, comme celle d'un caméléon irrité. Ton chair, puis noir, puis chair à nouveau. Ses cheveux passaient en alternance du blond au noir.

Il a dit :

— Merde. Elle boit trop.

— Oui. Maël, je sais où est le Bonhomme Nuit.

— Ah... Il est où ?

— Il est là.

J'ai tendu l'index vers sa poitrine.

Il était noir, puis normal. Noir, puis normal. Toujours accroupi.

— Tu sais comment ça s'est passé ? a-t-il demandé au bout d'un moment.

J'ai réfléchi à ce qu'il voulait dire.

— C'était dans la forêt. T'es pas obligé de raconter.

— J'ai couru. Il me poursuivait. Je l'entendais. Il respirait fort. Très fort. Je savais ce qu'il voulait parce qu'il venait de me le dire. Il l'avait déjà fait, avec d'autres. Il courait plus vite que moi, mais j'avais réussi à m'échapper. Il courait quand même plus vite. Je fonçais entre les arbres – tu sais que je suis bon en sprint –, puis j'ai vu que le bois se terminait. Derrière, il y avait un champ. Dans le champ, il y avait un truc pour empêcher les oiseaux de venir, tu sais, un...

— Un épouvantail.

— Ouais. Il avait des bottes, et un long manteau noir, et un chapeau comme en portaient les hommes avant.

— Un chapeau haut de forme.

Maël-en-Noir/en-Couleurs m'a regardé, surpris.

— Ouais, un chapeau haut de forme. Comment tu sais ?

— Je sais pas.

— Pas grave. Je me suis dit que si j'arrivais là, dans ce champ, je pourrais appeler au secours. Derrière le Bonhomme avec son chapeau – l'épouvantail –, il y avait une ferme. Ils m'auraient entendu ; j'entendais bien leur chien aboyer. Ils m'auraient entendu crier et ils seraient venus mais, juste avant d'arriver au bord du bois, quelque chose est sorti des fougères. Un animal énorme. Tu sais ce que c'était ?

Je savais : cet animal avait des yeux de rat et un nez dégoulinant de morve.

— Non.

— Un énorme sanglier. Il était debout dans les fougères. Il m'a regardé, il a grogné et il est parti en courant. Moi je suis resté là sans bouger. Ensuite mon père m'a attrapé. J'ai essayé de pas penser. J'ai écouté un corbeau. Il croassait dans les arbres. J'avais mal. J'avais mal partout et au nez aussi. J'avais le nez dans les feuilles mortes, ça sentait pas bon. Ça sentait le pourri. Dans les feuilles, juste devant moi, il y avait un scarabée. Noir, avec de grosses ailes qui brillaient. Il est parti. Ils sont tous partis. Sauf le bonhomme dans le champ – l'épouvantail – qui regardait mais ne bougeait pas. C'est normal, c'était un épouvantail, et un épouvantail, ça ne bouge pas. Mais s'il n'avait pas été un épouvantail, tu vois, si ç'avait été un homme normal par exemple, il aurait pu venir, il aurait pu m'aider. Ou peut-être qu'il ne serait pas venu. Maman, elle, n'est pas venue. Elle n'a rien dit.

Il parlait et je pleurais. Je n'avais plus peur. J'étais désolé. Désolé comme plus tard, au collège, quand j'ai vu ce film sur les camps d'extermination. Désolé comme l'adolescent découvrant les famines et les guerres ravageant l'humanité. Désolé comme le jour où les tours de New York sont tombées. J'étais désolé et j'avais honte. Infiniment.

Je comprenais beaucoup de choses, aussi. Je comprenais les regards de Maël. Je comprenais pourquoi le Bonhomme Nuit était fatigué. Il était fatigué de ne pas être écouté, fatigué d'être seul. Je comprenais pourquoi Maël était devenu le Bonhomme Nuit, pourquoi il avait besoin de nous, pourquoi il avait inventé cette légende, avec le Puits et la Lumière et les papillons de nuit. Je ne comprenais pas pourquoi nous avions cru, nous aussi, au Bonhomme Nuit et pourquoi nous l'avions vu.

Devant moi, Maël peu à peu se transformait. Une ombre mouvante de chapeau haut de forme commençait à apparaître sur sa tête.

— C'est le Bonhomme Nuit qui l'a fait, a-t-il grondé. Il a pris mon père.

— Il *t'a* pris, toi, Maël !

— *JE L'AI PRIS, OUI ! JE SUIS LUI, ET JE SUIS LE BONHOMME NUIT ! JE SUIS VOTRE NÉANT, VOTRE VIDE, CELUI QUI VOUS RONGE, VOUS HANTE ! JE SUIS VOS ERREURS, VOS REMORDS !*

— Tu n'es rien ! ai-je hurlé.

La canette éventrée a fusé dans le soleil et j'ai hurlé. Ma cuisse droite, déjà blessée, était maintenant ouverte de l'aine au genou. Du sang épais s'est mis à couler sur les cailloux. Sans un cri, j'ai tenté de reculer sur le dos. Une main de fer m'a broyé la cheville.

— *JE SUIS LÀ DEPUIS TOUJOURS ! JE SUIS VOTRE PART D'OMBRE, LES TEMPLES QUI SONT TOMBÉS ET LES TOURS QUI TOMBERONT ENCORE ! JE SUIS TA NUIT, TES BASSESSES ET TES BAS-FONDS ! TU DOIS ME CROIRE !*

J'essayais de ramper, de fuir la main gantée qui me tenait, l'haleine de bois pourri qui assaillait mon visage, les cheveux hirsutes et les yeux de rat sous le chapeau désormais bien net. J'ai reconnu les orbites creuses, les cheveux fous : les traits de Maël, en plus âgé. Sans doute ceux de son père. Le verre tranchant a plongé vers moi. Vers mon flanc. J'ai levé le genou gauche. Le tesson s'est planté dans ma rotule. De nouveau j'ai hurlé. Je poussais des cris de chat écrasé. J'ai réussi malgré ma jambe déchirée à frapper le Bonhomme Nuit au menton. Son chapeau est tombé, son étreinte s'est relâchée. J'ai rampé sur le dos. Je sentais les cailloux, les tessons racler ma colonne vertébrale, érafler mes hanches, mes fesses. Les coupures me brûlaient les jambes. Le sang – *mon sang !* – gouttait sous le soleil, mais je devais me calmer.

Notre Père qui es aux cieux...

Je me suis assis en essayant de contrôler ma respiration, comme si je discutais peinard avec un ami assis sur le canapé du salon, et j'ai dit :

— Maël, Maël, le Bonhomme Nuit, il existe pas ! Je ne te crois pas !

Le Bonhomme Nuit était accroupi. Il venait de ramasser son chapeau. Il s'est immobilisé, le couvre-chef posé sur ses genoux.

— *Tu dois me croire.*

Il n'avait plus le ton impératif habituel. Sa voix devenait sourde, implorante, presque suave.

— Je te crois pas. Tu es Maël. Le Bonhomme Nuit n'existe pas.

Le Bonhomme Nuit a souri. Il a remis son chapeau.

— *Je pense que tu me crois.*

— Très bien. Alors je te crois. Mais si je te dis que j'ai une arme pour te détruire, tu dois me croire aussi. C'est logique. C'est donnant, donnant.

— *Tu n'as plus ton sabre laser.*

— Je n'ai plus besoin de sabre.

Le Bonhomme Nuit a penché la tête, comme un reptile observant sa proie. Il avait l'air intrigué. Je sentais le sang continuer à couler, sous ma cuisse, et j'étais terrifié. De mon genou gauche fusaient d'atroces douleurs.

— *Ah ouais, t'en as plus besoin ? Pourquoi ?*

— Toutes les armes que j'imagine, je peux les avoir. Parce que si je crois en nous, tu dois y croire aussi. C'est donnant, donnant.

— *Bon. Quelles armes par exemple ?*

Le Bonhomme Nuit faisait rouler la canette brisée entre ses doigts. Sur le verre coulaient des gouttes de sang. *Oh merde, au secours papa, c'est mon sang...*

— Des fusils mitrailleurs, des sabres laser, des Fulguropoings, des Astérohaches si je veux.

À cet instant je te le jure, Tristan, j'étais persuadé que si j'avais gueulé « Fulguropoings », mes poings serrés se seraient désolidarisés de mes poignets, comme ceux de Goldorak, et auraient foncé droit sur la poitrine du Bonhomme Nuit pour le traverser de part en part.

— *Vas-y. Sors-les. Je suis curieux de voir ça.*

— J'en ai pas besoin.

— *Ah. Et pourquoi donc ?*

— J'ai pas d'arme. *Je* suis l'arme.

— *Quoi ?*

— L'arme, c'est moi.

— *Je ne comprends rien à ton charabia, mon pauvre Pierrot, vraiment rien. C'est intéressant, mais ça ne veut rien dire. Explique-moi parce que je ne comprends rien.*

Il mentait. Je lisais de la peur dans ses yeux de rat. Je voyais sa tête, ses épaules qui reculaient, millimètre par millimètre.

— Je suis conçu pour te détruire ! Je suis un papillon de nuit ! JE SUIS LE ROI DES PAPILLONS !

J'avais hurlé, à la fois par peur et pour me convaincre de ce que je disais.

— JE SUIS LE ROI DES PAPILLONS ! JE SUIS UN PAPILLON D'OR ! ai-je poursuivi en me redressant.

Mes larmes coulaient parce que la douleur à mon genou était au-delà de tout ce que j'avais pu ressentir en onze ans et demi d'existence. Je me suis retrouvé accroupi face au Bonhomme Nuit. À son tour, il est tombé en arrière. Ses yeux écarquillés me fixaient. Il a bafouillé.

— *Qu'est-ce que tu... Tu n'as pas le droit... Je... Je ne te crois pas.*

— Moi, je te crois : tu es le Bonhomme Nuit. Et si je te crois, tu me crois ! Donnant, donnant ! Quand je te toucherai, tu mourras, ai-je dit entre deux gémissements (un morceau de verre dépassait comme un dard de mon genou).

J'ai posé ma main sur son ventre. J'ai su que le Bonhomme Nuit me croyait. La nuit n'était plus très épaisse dans ses yeux, il n'y avait plus qu'un voile de fumée qui peu à peu se désagrégeait. Il a poussé un hurlement et a basculé en arrière, au pied du wagon abandonné.

Je suis tombé à plat ventre à côté de Maël. Maël avait les yeux ouverts. Il regardait le ciel. Ses yeux étaient bleus.

— Tu avais raison, a-t-il murmuré.

J'étais incapable de parler. Mes deux jambes se tordaient au cœur d'un incendie. Le bout de verre avait dû pénétrer profondément dans mon genou.

— Le Bonhomme Nuit a eu mon père. Il m'a eu aussi, a repris Maël.

— Il est plus là... Il est plus là...

Ma tête me tournait. Je sentais la chaleur sur mon visage.

— Il reviendra, a dit Maël.

— Il n'est plus là, je l'ai détruit.

— Il reviendra, Pierre. Il est en moi. Avec mon père, il revenait toujours. Le Bonhomme Nuit revient toujours.

***

Tu n'es pas encore levé, Tristan, et pour une fois ta grasse matinée ne va pas m'irriter. Je n'ai pas tout à fait terminé.

Alors que les rayons du soleil filtrent entre les volets du bureau, je m'interroge encore. Tu voudras peut-être comprendre aussi. Les jeunes gens aiment les réponses claires. Souviens-toi cependant de ton enfance, qui n'est pas si lointaine. En ce temps-là, la magie et le mystère nous suffisaient. « On ne saura jamais » était une réponse aussi valable qu'une autre face à l'étrangeté du monde...

Mais j'ai vieilli, et mes pensées tournent en spirales, morbides. Le Bonhomme Nuit a-t-il existé ? Était-ce une hallucination collective ? Maël nous a-t-il à ce point marqués qu'il a pu nous hypnotiser par une sorte d'imprégnation télépathique ? Ce genre de phénomène existe, je le sais aujourd'hui. C'est même assez fréquent dans les hôpitaux psychiatriques. Plusieurs patients, dans un délire commun, aperçoivent la même chose au même moment, comme si ces visions étaient contagieuses. Les hallucinations collectives – si on les appelle ainsi – restent cependant des événements inexpliqués, controversés.

Il y a une deuxième hypothèse. Elle est valable si l'on croit aux apparitions, qui n'ont rien à voir avec les hallucinations. Les hallucinations sont des projections à l'extérieur du corps d'un contenu psychique. Les apparitions, si l'on y croit, seraient des images émises par une source inconnue, extérieure au sujet et que seules quelques personnes pourraient apercevoir. Les enfants sont particulièrement sensibles à ce type de phénomènes. Ils peuvent même, parfois, observer en groupe d'étranges personnages (pas forcément la Vierge Marie, même si la mère de Jésus est sans aucun doute la star numéro un des apparitions). S'il s'agissait bien d'une apparition, c'est que le Bonhomme Nuit, à travers Maël, existait réellement. Il était là, quelque part, et nous l'avons vu. Après tout, Maël n'a pas inventé la légende du Bonhomme Nuit, puisque son arrière-grand-mère en parlait déjà. Et les légendes ne sont pas comme les rêves des buveurs de bière. Les légendes ont toujours un pied, un œil, une dent, un chapeau haut de forme, bref un petit quelque chose bien ancré dans la réalité.

Tu veux mon avis ? La solution est souvent dans le mélange. Maël était mon meilleur ami et il était fou, comme bon nombre de gosses l'auraient été après ce qu'il avait subi. Je sais aussi que les êtres de légende, comme l'Ankou et toutes ces créatures qui viennent vous prendre par la main ou par la peau des fesses quand le soleil a disparu, ont plein de tours dans leur sac. Ils savent profiter, par exemple, d'un enfant dont le cerveau a été chauffé à blanc. Dans nos villes comme dans nos âmes, il reste bien des zones de ténèbres. Ce ne doit pas être bien compliqué, pour les créatures de la nuit, d'y subsister.

Je sais autre chose : le Bonhomme Nuit n'est pas une simple créature maléfique en chasse. Ce n'est pas un vampire sortant la nuit de son caveau pour y revenir au petit matin ou un Golgoth fondant sur la terre lorsque rousse est la lune. Le Bonhomme Nuit est tapi au cœur du monde. Il guette, il attend. Il est notre vide, notre néant, nos temples qui sont tombés et les tours qui tomberont encore. Alors je veille. Selon la génération à laquelle nous appartenons, nous avons rêvé de sabres laser, de robots justiciers, de chevaliers héroïques, de superhéros, de filles casse-cou ou d'apprentis magiciens, et nous devons être fidèles à nos rêves, à nous-mêmes.

Le temps balaie bien des choses, Tristan, mais au fond de mon cœur, je suis toujours un Jedi. Toi, que seras-tu ?

***

Maël m'a transporté sur mon vélo. C'était un début d'après-midi étouffant ; les rues étaient désertes. Mon ami m'a déposé sur le trottoir, dos appuyé contre le mur de la Maison d'Avalon. J'ai refusé de m'asseoir et je suis resté debout, chancelant. Devant moi se dressaient les ruines de notre église.

Maël m'a fait un petit signe de la main, a laissé Héroïko et a commencé à gravir ce qui restait des escaliers de granit. Il marchait tout droit, comme le jour où je l'avais rencontré dans la cour de l'école, avec cet air de prince déchu que je comprenais désormais. Jamais il n'avait supplié, jamais il n'avait cédé, mais le monde avait pulvérisé l'intérieur de sa tête.

Souvent, avant de m'endormir, je revois cette image : mon ami s'en allant sur les marches.

Je me souviens aussi de notre joyeuse bande alignée sur le pont des crachats et j'expire un bon coup pour briser la boule qui me serre la gorge.

Karl s'est tué en voiture l'année de ses dix-neuf ans. Il a raté un virage sur une petite route de campagne, un samedi soir, à trois kilomètres de l'église. Il avait trop d'alcool dans le sang.

Alric vit au Québec. Je le vois une fois par an, quand il revient en France. Il est ingénieur en hydroélectricité. Il est marié à une jeune femme charmante de Montréal et ils ont un garçon de quatre ans. En 2002, alors qu'on buvait une bière dans un hôtel de Gaspésie, j'ai essayé de parler du fameux été 1980. Alric m'a regardé avec un air ébahi, comme si je lui parlais de la planète Krypton. Je crois sincèrement qu'il ne se souvient de rien.

J'ai perdu Mélanie de vue après mon entrée au collège. Elle a quitté la région en 1981 et est revenue en 1986, après cinq ans passés à La Rochelle. On s'est retrouvés dans le même lycée, à Rennes. Elle fumait des pétards, mettait des jupes très courtes, badigeonnait de bleu le tour de ses yeux, écoutait du rock alternatif, avait de sales notes. Je n'étais pas le premier de la classe, mais pas le plus nul non plus. Je portais un jean moulant et un T-shirt blanc, comme Bruce Springsteen sur la pochette de *Born in the USA*. Je taxais une cigarette de temps en temps à des copains, mais ne fumais pas de pétards ; je sortais avec des filles, mais pas avec des milliards, et c'était des minettes plutôt standard. Quand on s'est croisés, un midi au milieu de la salle omnisports du lycée, Mélanie a fait comme si elle ne me connaissait pas. Mais, à son regard en coin derrière le maquillage, j'ai vu qu'elle savait qui j'étais. Elle a tourné la tête, a demandé une clope à la bande de mecs qui l'accompagnait et ils se sont éloignés. J'ai voulu lui courir après pour lui parler du corbeau sur le pont, mais j'ai continué à marcher en tentant d'oublier que je l'avais croisée. Je préférais qu'elle reste comme avant dans ma tête, avec son collier d'aigues-marines en toc autour du cou et son T-shirt orange sur les seins.

Je me souviens de mon ami montant les marches une à une. On était au milieu de l'été 1980. John Lennon allait mourir, mais je ne connaissais pas John Lennon. Nous étions d'une autre génération, celle qui écouterait Michael Jackson chanter *Beat It* et regarderait Sylvester Stallone mitrailler le Viêt-nam au cinéma. Sous peu, une navette partirait pour la première fois dans l'espace. C'était encore la guerre froide ; on avait peur qu'éclate un conflit thermonucléaire global. Il y avait des restes de pétrole de l'*Amoco Cadiz* sur les plages du Finistère. Le pape était polonais. Il y avait déjà des micro-ordinateurs en Amérique, pas chez nous, l'invasion cependant était imminente. Une autre décennie commençait, sans Goldorak, Sankukaï et Calimero. Dark Vador n'avait pas dit son dernier mot. Nous étions les premiers Jedi. Les fils d'Actarus et les frères de Luke Skywalker.

Je n'avais pas douze ans lorsque mon meilleur ami, dans la lumière verticale de l'été, s'est jeté du clocher de Duaraz. Quand son corps a touché le bitume, trente mètres plus bas, au pied de l'église calcinée, je ne me suis pas effondré ; je suis resté debout. À travers mes larmes, j'ai souri. Ma douleur était immense. Mon soulagement aussi.

We played king of the mountain out on the end
The world come chargin' up the hill,
[and we were women and men
Now there's so much that time, time
[and memory fade away
We got our own roads to ride and chances we gotta take
We stood side by side, each one fightin'
[for the other
We said until we died we'd always be blood
brothers.

Bruce Springsteen, *Blood brothers*,

« On jouait au roi de la montagne mais à la fin
Le monde a chargé sur la colline, et nous n'étions que
[des hommes et des femmes
Il y a tant de choses que le temps, que le temps
[et la mémoire effacent
Nous avions chacun notre route à suivre
[et nos chances à saisir
Nous sommes restés côte à côte,
[chacun luttant pour l'autre
Nous disions que jusqu'à la mort
[nous serions frères de sang. »
(traduction : Hugues Barrière)

Table des matières

Prologue – Mémoires d'un mort vivant 9

Partie I
La Menace Noire

1. Le jour des cloches 17
2. Morts de frousse 27
3. La vieille écluse 45
4. Bêtes noires 57
5. Doberman 71
6. Hystérie 85
7. Terreur nocturne 97
8. Fous furieux 109
9. Dans les bois 121
10. Les proies de l'ombre 131
11. Mortes eaux 149
12. Un village en enfer 165

Partie II
Les papillons de nuit

13. Les jours morts 199
14. La Lumière et le Puits 215
15. Une âme perdue 223
16. Hécatombe 235
17. Au fond du gouffre 251
18. Extinctions 269
19. Seuls 287
20. Le maître des abîmes 297
21. L'armure et le sabre 315
22. Les secrets des ténèbres 333
23. Le dernier combat 349

L'AUTEUR : LOÏC LE BORGNE

Né en 1969 à Rennes, Loïc Le Borgne est journaliste et écrivain. Depuis 1993, il est reporter dans un quotidien de presse régionale, dans l'ouest de la France. Il est l'auteur d'un cycle de science-fiction, « Les Enfants d'Éden », paru en 2006-2007 chez Mango Jeunesse, dans la collection « Autres Mondes ».

Il vit à La Ferté-Bernard, dans la Sarthe. Marié, père de deux petites filles, il a passé son enfance dans un village breton, près de Rennes. Un village qui ressemble trait pour trait à Duaraz, où se déroule l'action de *Je suis ta Nuit*. Avec ses frères et ses amis, il imaginait toutes sortes d'aventures, de dangers, de monstres cachés dans l'obscurité...

Son premier roman, il l'a écrit en classe de sixième, peu de temps après avoir découvert *Star Wars* sur les écrans de cinéma : des images qui l'ont marqué pour toujours. Adolescent, il a par la suite dévoré les romans de Stephen King, son écrivain favori.

Loïc Le Borgne a beaucoup voyagé, mais c'est vers la

Bretagne que ses racines paternelles et maternelles le ramènent sans cesse, entre les dunes et les rochers de la Côte des Légendes qu'il affectionne. C'est d'ailleurs dans l'une des contrées perdues de Bretagne qu'il a déniché la légende du « Bonhomme Nuit ».

LUC BESSON PRÉSENTE :

15-20

La collection

15-20 — Une collection particulièrement adaptée aux grands adolescents, pour les faire rêver, les émouvoir et les aider à prendre leur place dans le monde qui s'offre à eux, grâce à des textes en phase avec leur sensibilité et leurs préoccupations.

15-20 — Une collection où l'imaginaire est roi : science-fiction, *fantasy* urbaine, fantastique, thriller futuriste... des univers originaux et très visuels qui embarquent le lecteur dès les premières lignes grâce à une écriture limpide et nerveuse, une intrigue forte et des personnages emblématiques.

15-20 - Une collection de romans grand format au look choc, co-dirigée par Constance Joly-Girard et Denis Guiot.

15-20 - Le nouveau plaisir de lire.

www.editionsintervista.com

TITRES DÉJÀ PARUS

MU, LE FEU SACRÉ DE LA TERRE

de David Klass

(La Trilogie du Gardien – livre 1)

Jack est un garçon ordinaire. Il a dix-huit ans et ses principaux centres d'intérêt sont les filles, les belles voitures et le football. Un soir qu'il célèbre une éclatante victoire, un inconnu le dévisage et le *flashe*. Une traque sauvage commence. Ce soir-là, Jack apprend qu'il est l'étincelle d'espoir, le Sauveur envoyé par le futur pour éviter à la Terre d'être anéantie. Sa mission : trouver Mu, une boule de feu égarée dans l'océan, qui représente le pouvoir de la Nature...

Entre roman d'apprentissage et récit de science-fiction 100 % adrénaline, *Mu* réussit le difficile pari de sensibiliser le lecteur aux grands enjeux écologiques, tout en le divertissant. Les droits d'adaptation cinématographique ont été achetés par la Warner.

La Trilogie du Gardien se poursuivra avec :
— Livre 2 : *Zeta — Le Souffle du ciel* (novembre 2008)
— Livre 3 : *Phi — La Clé du temps* (novembre 2009)

JE SUIS TA NUIT

de Loïc Le Borgne

Été 1980, dans un village de Bretagne...

Ils sont six : Karl, qui veut plus tard devenir G.I., Francis-Emmanuel, à la fière allure de guerrier massaï, Sébastien au physique plutôt... enveloppé, la belle Mélanie dont tout le monde est amoureux, Maël, le chef, arrivé depuis à peine trois mois, et Pierre, le narrateur.

Lors d'une partie de casse-bouteilles, ils découvrent le corps atrocement mutilé d'un vagabond. C'est le début d'une cascade d'évènements angoissants, inexplicables : attaques de corbeaux, pluies de scarabées, traces de sang... La bande comprend qu'une force maléfique rôde : « C'est le Bonhomme Nuit. Il me poursuit », explique Maël. Mais qui est ce Bonhomme Nuit ? Un psychopathe ? Une entité maléfique sorti du Puits des Ténèbres ? Une hallucination née dans les cerveaux enfiévrés des gamins ?

Quoi qu'il en soit, le Bonhomme Nuit a décidé d'éliminer les adolescents.

Un roman d'horreur moderne authentiquement terrifiant dans la lignée du *Mystère du lac* de Robert McCammon ou de *Ça* de Stephen King. Un roman sur la chute des illusions de l'enfance, décrite ici avec une puissance d'évocation intense et une grande sensualité ; et une savoureuse reconstitution du début des années 80, vues à travers les yeux d'une bande de gosses rêvant à *Star Wars* et *Goldorak*.

À PARAÎTRE

Mai 2008

LE DOS AU MUR

de Christophe Lambert

2020 : un mur de plusieurs milliers de kilomètres trace une frontière en béton et barbelés entre les USA et le Mexique.

Le nouveau grand jeu télé *America's most hunted* fait fureur. Chaque mois, le Mur laisse passer deux cents Mexicains, en quête de l'*American Dream*. Ils ont deux heures d'avance sur les forces de l'ordre. Celui qui échappe le plus longtemps à la chasse à l'homme est naturalisé et gagne une importante somme d'argent destinée à l'aider à bien démarrer sa nouvelle vie.

Diego Ortega, vingt ans, se lance dans l'aventure. Il a besoin d'argent, et vite, car son père s'est endetté auprès d'un mafieux dont la patience n'est pas la qualité principale. Dans sa fuite, il s'est allié à Pedro, qui ressemble à son grand frère défunt, et à Guadalupe, une jeune punkette qui semble poursuivre une quête très personnelle.

Comme si avoir toutes les forces de police de l'État de Californie aux trousses ne suffisait pas, un serial killer raciste, bien décidé à réguler à sa manière l'immigration, s'est glissé parmi les policiers. De plus, un traître opère en « sous-marin », chez les *clandestinos*. Dans quel but ?

Suspense, émotion, trahisons et satire sociale sont les ingrédients de ce thriller au rythme digne des plus trépidants feuilletons contemporains, tels que *24 heures* ou *Prison Break*. Par un spécialiste du genre : Christophe Lambert.

Septembre 2008

POINGS LEVÉS

de Nathalie Le Gendre

Futur proche. L'écart s'est creusé entre les villes, où vivent les nantis, et les banlieues, appelées 6T, qui s'enfoncent dans la misère. L'élection présidentielle est gagnée par la droite dure. Le nouveau président de la République crée un ministère des Banlieues pour s'occuper efficacement des jeunes des 6T, accusés de tous les maux. Aussitôt, les banlieues s'enflamment. La répression est sévère. Les banlieues sont ghettoïsées, quadrillées par des forces spéciales, surveillées par des drones, et les jeunes sont fichés.

Glenn (17 ans) et Rico (15 ans), deux jeunes de la 6T Ouest-IdF, sont révoltés par cette situation. Mais si Glenn prône la non-violence et la négociation, Rico, lui, est partisan de l'action violente. Par hasard, ils font la connaissance de Ziya (17 ans, habitant la ville et fille d'un représentant du pouvoir), dont ils tombent tous deux amoureux.

Au cours d'une manifestation qui dégénère, Glenn est raflé par la police en voulant sauver son frère qui a agressé un flic et se retrouve en prison.

Quatre ans plus tard, Glenn sort de prison.

Depuis *Dans les larmes de Gaïa*, son premier roman paru en octobre 2003, Nathalie Le Gendre a raflé dix-sept prix littéraires jeunesse dont, à deux reprises, le très convoité Prix des Incorruptibles. En cinq romans d'une densité émotionnelle rare mettant en scène des personnages animés de la rage de vivre, elle est devenue un auteur jeunesse de tout premier plan.

Photocomposition Euronumérique
Villeneuve d'Ascq

Achevé d'imprimer sur rotative
par l'Imprimerie Darantiere à Dijon-Quetigny
en février 2008

Dépôt légal : février 2008
N° d'impression 28-0014

Imprimé en France